重燃

二白 著

中国致公出版社

图书在版编目（CIP）数据

重燃 / 二白著 . -- 北京 : 中国致公出版社 , 2023
ISBN 978-7-5145-2068-2

Ⅰ . ①重… Ⅱ . ①二… Ⅲ . ①长篇小说－中国－当代
Ⅳ . ① I247.5

中国版本图书馆 CIP 数据核字 (2022) 第 241230 号

重燃 / 二白　著
CHONG RAN

出　　版	中国致公出版社 （北京市朝阳区八里庄西里 100 号住邦 2000 大厦 1 号楼西区 21 层）
发　　行	中国致公出版社（010-66121708）
责任编辑	贺长虹　雷　琛
责任校对	吕冬钰
装帧设计	吴思龙
印　　刷	三河市京兰印务有限公司
版　　次	2023 年 5 月第 1 版
印　　次	2023 年 5 月第 1 次印刷
开　　本	880 mm × 1230 mm　1/32
印　　张	8.25
字　　数	210 千字
书　　号	ISBN 978-7-5145-2068-2
定　　价	45. 00 元

目录
CONTENTS

楔子 001

第1章 不行女士
喜闻乐见 004
中年男主 009
恋爱喜剧 014
如此高效 019

第2章 全面垮掉
杰出青年 028
你骗了我 032
全被毁掉 038
直接崩裂 045

第3章 魔幻清晨
呼吸都错 052
你值得吗 056
惩罚方法 061
由梦转醒 066

第4章 城市英雄
我受够了 074
嘉奖好人 078
用脸降落 083
壮汉房东 086

第 5 章 无为青年

寄人篱下 094
成长故事 099
处女巨制 104
网红莉莉 108
前尘不忆 113

第 6 章 受害者贰

你喜欢我 120
她变心了 126
抱憾终身 131
要干什么 137
蜜里藏刀 143

第 7 章 半个恋爱

伯乐之恩 148
柯南唇下 153
天降大瓜 159
初情往事 166

第 8 章 祸从天降

从心从心 174
如此闪耀 179
红人是非 184
助纣为虐 190
不可逆转 194

第 9 章 舆情来了

一大三条 202
头疼欲裂 206
夜雨不停 212
东郭女士 219
救救我们 226

第 10 章 永远流动

失去浮木 234
谢谢，再见 239
你愿意的 244
柳暗花明 251

Wedge

楔子

京北河算得上是条宽阔的大河，夜里的河水乌漆抹黑，一眼望去深不见底。被改造过的景观河滩上挂满装饰灯带，显得“乱花渐欲迷人眼”，把河面映照得波光粼粼。

这是工作日的凌晨。就这时间点，除了偶尔路过的巡警和一两对荷尔蒙激增的情侣，正常人真不会在此瞎溜达。

然而此时，一条黑影却坐在河滩最前处。

那人盘腿坐在河岸边，周围地上丢着几只空啤酒罐。只见那人身形瘦长，应该是个男的。他一动不动，仿佛一尊被钉在岸上的雕塑。雕塑仰着脖子，凝视着远处的夜空，谁也不知他到底在想什么，也没人会注意到他那微不可闻的叹息：就这样吧，一切都结束了。

男人又开了罐酒，“咕嘟咕嘟”喝下。突然，他背后出现了一阵诡异而快速的脚步声。转头一看，只见一披头散发的女子正以百米冲刺的速度向自己狂奔而来！男人晃晃脑袋：啤酒没几度呀，怎么才喝了几罐就醉了呢?

闭眼，呼吸，睁眼——那女人离自己越来越近，这竟不是幻觉——10米……5米……1米!

“你、你、你……”“要干什么”还含在嘴里，甚至没有反抗的机会，就被对方撞进了水里。

“扑通”“扑通”，前后接连两声。

入水的一刹那，“雕塑”忍不住破口大骂：这一年来，“金木水火土”全逆，下了好大的决心举行的“诀别”仪式，还来个踢馆的!

chapter 1

第1章
不行女士

纵身跳进京北河的女人叫陈果。

3周前，没人预料到她酒后会像头牛似的往京北河边跑，包括她自己。那时，她觉得岁月静好，未来可期。不过短短二十几日，她的世界却发生了翻天覆地的变化。一切都是从8月3日那天早晨开始的。

那个夏日清晨与以往没有任何不同——

快9点时她才慌慌忙忙起床，冲到盥洗室，用5分钟化了个只能算及格的日常妆，穿上条高奢仿版连衣裙，在房间门口抓起男友刚送的二线名牌挎包，匆匆出门，挤进地铁。在地铁上被挤得前胸贴后背，额头都出了汗，她还不忘掏出手机查看一下星座运势。微信小程序上说，这一天双鱼座运势5颗星，工作、财运、爱情全面开花。用一句话形容就是：白虹贯日，形势大好。

尽信日运不如无日运，根据自己的资质条件和过往经历，陈果并没迷信到把这种来由玄妙的胡说八道当真。

她是个普通姑娘：长相虽姣好，可想当网红，还得在医美上花不少钱；审美虽不错，可高中考美院失败后，与二本大学擦肩而过；毕业虽顺利，可成绩徘徊在中下游，春招结束了好几个月还没找到工作；目前有工作，可在地产公司综合部做行政，平常除了打打杂，就是打打

饭，也算不上有“钱”途……

各方面的普通造就了她整体层面的平平无奇，用她妈妈陈淑芬的话来说就是“干啥啥不行”。

每次听到这句话，陈果总想大声反驳。可憋完一口气，最后不仅没成功反驳，还默默地认为有点道理：自己的确是成绩不行、收入不行，连与人交往的能力也不行。

不过，最近她终于打了场漂亮的翻身仗，可以站在宇宙中心，对包括她妈妈在内的全世界呐喊：就算我什么都不行，至少我恋爱还行，我男朋友更是很行！

陈果的现男友姜浩是实打实的中青年才俊，温文尔雅，一表人才，博闻强识，谈吐不凡，35岁就位至Pre-IPO（首次公开募股之前）互联网公司高管，手握大把期权，财务自由指日可待。两人交往60天，感情甚是甜蜜。

虽然男友很忙，经常满世界飞，但只要他人在京北，就把时间全花在了自己身上。而且每次出差回来，他都不忘给自己带小礼物：这次是手里的Gucci，上次是施华洛士奇的限量版手链，上上次是SK-II的精装礼盒，上上上次是宙斯上万元的美容仪——物质倒是其次，关键是心意。

至于这个优质青年为什么唯独看上了普普通通的自己……陈果对此经常有点天上掉馅饼的失真感，因而也不是没扪心自问过：是气质、才华、内涵、万里挑一的灵魂共鸣，还是以上皆是？

赶在最后一分钟打卡，好险！待会儿是每周例行的总经理会议，领导们都来了，“小弟”们更是不敢懈怠地一个不落。平复了一下呼吸，她到工位放好包，溜到卫生间稍做整理。

镜中人皮肤白皙细腻，五官小巧玲珑，尤其那两片嘴唇，看上去肉嘟嘟的，裸色唇釉满涂，是特别适合接吻的一张嘴——当然是她自己以为的。头发柔柔地搭在肩后，微长刘海斜在一侧，把脸勾勒出了一道温婉的弧度。

虽然今天选的这条奶白色连身裙是打版的，但非常贴身好看，裙尾一圈荷叶边，像卡布奇诺上漂浮的奶沫，V字领又很好地弥补了自己脖子短的缺陷。陈果胸口别着的蛇状水晶装饰一闪一闪十分亮眼——这也是姜浩挑的，他的眼光一如既往的高水准，噗，就像他挑中自己一样。

认识姜浩前，陈果打扮全凭心情，懒起来连面霜都不涂。但现在不一样了，陈果想把最好的自己展现给他，嘻嘻，这就是爱嘛。

“今天好漂亮呀。”秘书小妹上完厕所，看到她之后由衷赞叹。

是吗？我也这么觉得。陈果摸摸微微发烫的脸，下意识说出的却是：“哪有哪有！没你好看，你才好看……”

又磨蹭了好一阵，她才走出洗手间：为了这条刚买的裙子，和与之相配的白色小羊皮凉鞋，今天也是个庄重的周一！

回工位的路上，陈果顺手给自己磨了杯咖啡，以前觉得速溶的还不错，可自从跟姜浩在一起，听他讲了现磨咖啡中油脂的种种好处，又听了速溶咖啡中添加剂的种种坏处，她逐渐对后者深恶痛绝起来。

刚到办公区，秘书抱着文件迎面而来：“姐，有人找你，已经在你座位那边等你了。”

陈果不由自主地皱了皱眉头：大周一上午的，谁会找她一个行政人员呢？推销的？贷款的？不会是什么变态追求者吧？追求者……会是谁？自己怎么毫无察觉呢？想了半天，陈果没半分头绪。

算了，任他什么齐天大圣孙悟空、四海八荒第一帅、天地六合王

家富二代通通都没用！就算他们现在跪在自己面前，哭着求她嫁给他们，她也看都不会看一眼！她的心就巴掌那么大，只装得下姜浩。不好意思了，小哥哥们，新郎的位置已经被预订了！

这些帅哥们当然只存在于她的想象里，因为等她的是个女人，她在陈果的座位旁站得像把镰刀。

“您好，请问您找我有什么事吗？”陈果把咖啡放下。虽然一头雾水，但她还是表现出地产行政人员的专业素养：称呼用“您”，微笑得体，声量适中，姿态放低。不过，据公司里其他需要抛头露面陪老板跑商务的同组同事说，行政人员真正的专业素养是仰脖一瓶高度白酒，面不改色谈合同。

“你就是陈果？”听见询问，女人扭头，同时取下遮住半张脸的夸张墨镜。她很高挑，一头栗色波浪卷，大花紧身长裙包裹着丰满匀称的身材，整个人散发着华贵的优越感。

陈果没多想，点了点头。

女人嘴角一扬，突兀的笑容中充满了鄙视，有点来者不善。陈果心中充满了不好的预感：“嗯，那个……请问您找我有什么……”“事”字还没说出来，“啪”的一声，女人抬手扇了她一耳光，整个动作行云流水，一气呵成。

这声响好似无形的暂停键，使周围的打工人停下了手里的工作，往陈果的位置投来猎奇的目光。一切骤然变得如此安静，而来人也没让他们失望，下一秒只听那个女人气急败坏地骂道：“贱货，离我老公远一点！”

这个耳光力道之大，足以让毫无防备的陈果脑子“嗡嗡”响，天灵盖都快被掀起来了。她条件反射地捂住被打的脸：“你干吗！你凭什么打……”

“凭什么？就凭我是他老婆，就凭我是合法的。什么好的不学，学别人当‘小三’，你妈不教你思想品德，我来教！”那个女人边说边反手又是一耳光，陈果被打得一个趔趄。

办公室里连鼠标声都消失了，同事们目瞪口呆：原配打“小三”，多么喜闻乐见的桥段！

陈果双颊通红，也不知是被打的，还是羞怯难当。暂时性失语后，她终于反应过来，气急败坏地问：“你疯了吧！谁是第三者呀？”

那女人毫无怯意，高傲地抬起下巴三连问：“你觉得呢？你在跟谁交往不知道？还需要我提醒你吗？”

姜浩？陈果大惊失色，她的嘴唇都在发抖，不可能！一慌神，病句脱口而出：“我不是，我男朋友是单身……”

女人讥诮一笑：“我叫徐甜甜，是姜浩的老婆。我们结婚10年了，有两个儿子。你这种人就是看我们夫妻暂时异国分居，就想插一脚是吧？”

老婆？10年？儿子？第三者？一个个词砸到陈果身上，让她整个人都乱了：姜浩怎么可能已经结婚，怎么可能？！

“我看你也老大不小的了，特别害怕嫁不出去吧？可你再怎么恨嫁，也不能破坏别人的家庭呀！”对方越说越难听，“也是，像你这种小白领，工作到退休也不一定能在京北买得起房，想必心里明白不靠男人也留不下来吧？所以哪儿管得了道不道德呢。可我告诉你，别痴心妄想了！”

陈果像个渐冻人，什么话都说不出。同事们也从最初的呆若木鸡中回过神，窃窃私语起来：

“她看起来这么老实，居然给别人当‘小三’？”

“万一是真不知道呢？”

“怪不得她最近容光焕发，连包都换成名牌了，原来傍了大款呀，啧啧啧……”

“嗡嗡嗡……”陈果什么都听不见，什么都听不见了。

中年男主

ZHONGNIANNANZHU

“干什么呢？”一声中气十足的男中音打断了一片混乱的狗血场面。总经理白白胖胖的身躯就像尊大佛从天而降，威震四方。

徐甜甜临危不惧，转头对总经理道：“你们公司的员工插足别人家庭，小三当得很有理吗？你还敢对我大呼小叫！”

“这是你们的私事，不要在办公场所撒泼。请你马上出去，如果影响到我们员工的工作，我就叫保安了。”他……是相信自己，对吗？陈果愣愣地想。

徐甜甜大怒：“岂……岂有此理！你们公司这是什么风气，支持员工做第三者吗？你又跟她什么关系？公司风气乌七八糟，怪不得有人看她不顺眼！”

总经理脸上的肉一颤，黑着脸看向陈果的部门主管大姐。主管被吓得一佛出世二佛升天，赶紧溜出去叫人。

“第一，我没闲到窥视员工的私生活，但如果她的行为给公司造成了恶劣的社会影响，公司会按规章制度处理；第二，你已经严重干扰到我们公司的日常运营，现在请立刻出去，否则不排除追究你的经济和法律责任！”两名大楼保安终于姗姗来迟，一左一右站到徐甜甜身侧，打算把她强行拉走。

“滚开，别拿你们的脏手碰我！”徐甜甜甩开保安的手，拢拢头发，又抚平裙摆，盯着陈果，就像在看一只蟑螂。忽然，她拿起陈果刚放到桌上的咖啡，闪电般往她的脸上泼去——

“天啊！”同事们又发出了阵阵惊呼。

咖啡顺着陈果的脸流过胸口，绕开闪耀的胸针，沿着纯白衣料的纹理蜿蜒而下，然后流过荷叶边的裙摆，滴在白色凉鞋上。她自以为温婉甜美的形象，瞬间碎得连渣儿都不剩……还好是咖啡不是开水。

到底怎么回事呢？陈果躲在卫生间的小隔间里，还止不住地发抖。那条被弄脏的新裙子，此刻被揉成一团扔在地上。她捂着脸，坐在马桶盖上，脑子一片空白。

徐甜甜被勒令消失后，四周的同事被总经理一瞪，只好暂收怒放的八卦之心，纷纷作鸟兽散。白胖男人看了眼呆若木鸡又满身狼狈的陈果，说：“去收拾一下。”很难看出或听出他的目光、口吻中到底藏着什么意味，他的年龄和阅历足以掩盖这一切。当然，也可能是他压根就不在乎第三、第四、第五、第六者，对于他而言，永远有比八卦下属更重要的事，比如：“喂，各部门主管，开会！”

他一声令下，暂停键立马换成加速键：打印的打印，整理材料的整理材料，办公室瞬间又恢复了徐甜甜来之前的景象，似乎什么都没发生过。只有秘书跑过来，拖着感觉糟糕透顶的陈果，小声说：“姐，我那儿有备用的衣服，要不你把裙子换了？”她说得非常小心，唯恐陈果是颗延时炸弹，下一秒就把自己炸个稀巴烂。陈果咽咽口水，眼睛扫到地上的液体。秘书适时说：“我已经叫人来收拾了。”

自己绝不会去做第三者，姜浩也不该有老婆。可徐甜甜如果没和他结婚，那么义愤填膺地打到这里，就一定是个“骨灰级”的神经病！

然而遇见这样神经病的概率，是不是比中彩票更低呢？

陈果在里面待的时间太长，秘书敲敲门，有些担心：“姐，你没事吧？”

这一敲一说，让里面的人稍微回过神来：对，她必须去找姜浩问个清楚！用脱下的裙子擦干身体，快速穿上秘书的备用装。秘书很瘦，穿的应该是最小号。陈果几乎是屏住呼吸才把自己塞进这衣服里，还生怕崩坏了接缝。如此勉为其难，效果当然不会很雅观：东边有肉西边有“蝴蝶袖”，身材短板暴露无遗。

见她开门出来，秘书松了口气：“你吓死我了……”陈果勉强笑笑，有点心酸。偌大的公司，只有这个才入职一个月的小姑娘愿意来关心自己。

“总经理刚才发微信，说下午给你放假，让你回家好好休息。”秘书跟在陈果旁边附耳说道。好像知道她此刻没脸去面对办公室里的残局，还提前帮她拿好了手机和包，体贴极了。

电梯停在负一层，一直没有要上来的迹象，好像故意要让时间停顿，让一切变得更尴尬。让人透不过气的空气里，陈果说：“我不是……”秘书心不在焉地“嗯”了一声——信不信的，重要吗？人家老婆都打上门了。

5分钟后，陈果终于穿着一点也不合体的小衫和七分裤，走出了公司所在的大楼。耀眼的日头下，她像一只虚弱的幽灵，稍微被晒晒就要蒸发了。她给姜浩打电话，可手机那头是无休无止的忙音。陈果做了一个深呼吸，又给他发微信——

“你结婚了？”

“你老婆是不是叫徐甜甜？”

“你还有两个儿子？”

“你一直都在骗我吗？”

……

十几条信息发出去，无人回复，冰冷的感觉似乎又卷土重来。他只是在忙，对吧？

傍晚，姜浩依然没回复，陈果决定到他家去等。姜浩的公寓离繁华的CBD（中央商务区）很近，月租是陈果两个月的工资。房子是个大一居，只有70平方米，但和所有的酒店式公寓一样，装修精致、家居考究，配置的金属花瓶都是出自意大利艺术家之手。除了没有封闭式厨房，所有设施一应俱全。公共设施对标五星级酒店，健身房、游泳池、餐厅、酒吧、美容美体应有尽有，服务更不用说，一个电话，管家24小时微笑待命，绝不辜负住客的期待。

公寓的门锁是指纹密码锁。和平日里一样，陈果用姜浩的生日和自己的拇指轻松打开了门。她可以自由出入姜浩的房间，在任何时间。他们交往伊始，他就赋予了她这种特权，这也是陈果打死不信姜浩已婚的原因——哪个傻子会让情人自由出入自己的家，让她有机会和原配撞面。

两个月来，她从没在这里发现任何其他女人的痕迹。酒店式公寓一日一扫，一如往常的干净整洁，床具用品连一个褶也没有。西厨的冰箱上，还贴着她为了增添恋爱情趣买来的爱心便笺——

不要熬夜哦！

今天也要往前！

爱你爱你！

每一句话后面都跟着一个感叹号，像极了她的欢乐和希望。姜浩没回来，这里空空如也。陈果带来的那双傻白甜拖鞋，在鞋柜上以女主人专属物的姿态静静躺着，骄傲得理所当然……

仔细回想和姜浩之间的点点滴滴，美好得就像做梦一般——

第一次见姜浩是在她们公司的售楼部，他是来买房的。京北市中心的新楼盘极为稀缺，刚放出要开盘的消息，售楼部就每天人满为患。此种情况下，常规外包营销团队的人手短缺，可公司也不愿为此再增资多雇外援，于是像陈果这种行政后勤人员便经常被派过来救急，至于救急的效果嘛，就一言难尽了。

“我们是叠墅，叠墅！知道什么是叠墅吗？叠墅就是两层！你跟别人说平层，这批叠墅哪里有平层？”角落里的营销经理气得牙痒痒。

为了售前不出纰漏，一周前他们给所有销售人员，包括过来支援的行政“壮丁”分发了资料，还培训了两次——不能说面面俱到，但只要肯花点时间记，基本信息他们应该介绍得很全面了。结果这天下午，不少客户跑来问他平层的户型，一问才知是这个陈果在拖后腿。

陈果鹌鹑似的缩肩，还在努力思考：叠墅怎么就不能是平的？这也不能怪她：在京北，她住着个小小的单间；在老家，她跟她妈妈住着以前厂里分的小二居。她既没吃过猪肉，也真没见过猪跑，甚至由于并不认为自己能吃上猪肉，所以从来不对猪做过多幻想。

“标准户型，也就是有样板间的那个，是三卫，不是双卫！你见过两千万元的房子只有双卫吗？你能不能长点儿心？不要光顾着偷懒涂涂画画，放点心思在工作上！”他语气凶狠霸道，那姿势好像下一秒就要掐死她，陈果的眼泪都快出来了，但对方却还得理不饶人，“而且，我们今天的优惠是2%，不是5%，中间几十万元差价，你准备自己贴吗？”

被数落得脑子彻底停工，陈果在原地手足无措。最后的一点神思非常不合时宜地放在了对方的衬衣上：这位男同事衣冠不整，这么大年纪了怎么连扣子都不扣好？看吧，肚皮露出来了。

陈果生于3月8日，在这一天出生的女孩真是双喜临门。3月8日是双鱼座，但凡星座里带个“双”字的人，总有点人格分裂。从小到大被老妈问责，你错了没？她都会低眉顺眼地回答“错了”，从不敢还嘴——毕竟还嘴除了招一顿打，也没什么正儿八经的用处，这体现了双鱼座柔顺的一面；但她挨着骂，脑子却不受控制地走神，一会儿盯着老妈脸上新长出来的皱纹，一会儿注意到3米开外的厨房地砖缺了一个角，一会儿又幻想着突然而至的8级地震让楼塌了，她被埋了，她妈妈在废墟中泪眼婆娑地寻找她，并悔不当初，这又体现了双鱼座爱幻想的一面。她也不知道这种临危走神的应激模式，是为了逃避痛苦，还是纯粹缺心眼儿。

“要是因为你，流失了我们好不容易蓄的客户，我……”背着业绩指标的经理没有机会说完最后的台词，一个好听的男中音打断他：“能让这位顾问给我介绍下楼盘吗？”

这就是他们的初识。很俗套，姜浩就像踏着七彩祥云而来的白马王子，解救她于水火之中。虽然看起来，他只是恰好溜达到了旁边，顺嘴问了一句。

恋爱喜剧

LIANAIXIJU

客户就是营销人的命根子，经理立刻收起张牙舞爪的嘴脸，切换成殷勤的姿态，就差直接抱住对方的大腿了。抱大腿之前，他嫌弃地看了眼陈果，谄媚地转回头：“先生您好，我是公司的营销经理，谢谢您对我们的楼盘感兴趣，眼下暂时没有其他合适的顾问了，要不我来给您介绍？”言下之意很明显：这个顾问，显然是不合适的。

其实在经理心中，陈果岂止是不合适，根本就不合格！这种质检剩下的残次品，还是不要拿出去丢人现眼了！何况眼前的这位客人，全身流露着金钱——哦不——是精英的香甜气息，他手上那块表频繁出现在各大男士精品杂志上，目测少说得几十万，绝对有买得起房的潜质。

然而他的殷勤，客人并不买账，男人十分坚持自我：“还是不麻烦了，这位女士简单跟我说下就行。”

经理一面连声应好，一面颇为不放心地交代陈果：“那……那你就好好介绍，刚才说的几点，要记住了！”他交代完依旧不放心，把手里的宣传页塞到陈果手上，离开的时候还一步三回头。

刚被铺天盖地地数落一阵，陈果的脸还是红的，头也是晕的，感觉手里的户型资料都拿不住了。她低着头，背出培训时的卖房开场白：“先生，请问您想看个什么户型呢？”啊，不对，好像不是这句。“我们这个楼盘开发的是别墅……不是……叠墅……”陈果心里喊着“救命啊”！

公司到底是怎么搞的，横竖说起来不就那么点词儿吗？怎么就不能提前录下来，放到手机小程序里，再设计个语音触发机制，客户问什么，APP就答什么，多么轻松愉快！陈果接到过很多个贷款AI营销电话，证明这在技术上是完全可行的——金融业都积极引入了人工智能，地产卖房子居然还得靠真的人工记忆，这是一个何其古老而不懂得与时俱进的行业！

可再怎么怒其不争，此刻，她也只能硬着头皮按记忆中印象模糊的流程来：“您了解这个区域吗？要不……我带您去沙盘看看？”社会精英异常配合，那声“嗯”里自带的宠溺就像错觉，让陈果羞得不敢抬头。

“我们这个楼盘地处城市核心区域，房源非常稀缺。出门步行800

米就是地铁站，周边有京北市第三小学，正经的学区房，还有京北市第三医院，地铁站上就是商业综合体，附近还有3个不同档次的商场，设施非常完备……”

顺过气来，陈果终于开始重复宣传稿。她的语速没有多快，但也还算流利。她非常希望经理能来看一看这个场景，以证明自己并不是个蠢货。然而，只是这么稍稍一想，激光笔的红色光点已从商业综合体滑溜到了旁边的老破小地段，等她回过神，更是飞檐走壁到了更左边的大马路上。她灵机一动给自己解围道：“这……这里交通也很便利，您看，四周都是交通要道！”好险！

“区位很好。”男人用手托着下巴点头，语气温和。他注视着沙盘，专心致志。

这会儿，陈果才敢好好打量一下这位客人。只用了5秒，她就确定对方是都市言情剧里接地气版的中生代男主角。

一般言情剧里的中年男主角，比如《我的前半生》里的贺涵，抑或是《欢乐颂》里的小包总，都是西装革履、一头发蜡，身上每个配件都在标示着“我很贵”，一说话就是熬得味儿齁的心灵鸡汤，无法控评地油腻。然而这个男人，Polo衫、休闲裤、小白鞋加运动表，衣着十分清爽。皮肤是很健康的小麦色，高大的身形和结实的肌肉把衣服撑起了很好看的轮廓。他的长相也不难看，端端正正，活力四射。

“我想买套底跃，带院子的那种。有户型图吗？”他对陈果一笑，露出一口性感的白牙。

这时候，陈果正咽着口水：他的腹肌一定也很完美吧？于是两人中间出现了短暂的沉默。

“没有吗？”

“有……有的！”陈果像被踩了一脚地叫起来，抽出最底下的宣传页递给男人，脸又红了：自己到底在想什么呀？“户型改造后是五室二……不……三卫。布局方正，前后都有院子，独门独户，尽显尊贵身份……”

磕磕巴巴说完后，她没像其他顾问一样乘胜追击地做推销，而是完成任务般松了口气，非常认命地等着客户发挥主观能动性。陈果佛系地想：买还是不买，奖金都不属于我。远处的营销都快急死了，不明白她双手交叉做名媛状到底是在干吗！那一刻，这位经理实在想冲过去把陈果踢开，可那位客人似乎不太喜欢自己，于是他只能愤愤地在原地干等。

他到底多大呢，看样子也就30岁出头，能来看这种楼盘，不是京北的“土著”就是位金领。当然，也可能和经理一样，是个来踩盘的营销岗。不过看气质又不大像。他结婚了吗？陈果的余光滑向他的左手无名指，咦？手指朝下，什么也看不到……

“我很喜欢这个户型。这样，给我张名片吧？如果我要买的话，就联系您。”男人转身，发现陈果一脸认真地盯着自己的……小腿，专注得就像在研究外星生物。

“您怎么了？”

“没、没、没！”陈果从神游的异次元里归来，手忙脚乱地找名片，忙乱中又不小心把资料掉在地上，看起来非常局促。经理在远处捂脸：下次公司还是招外包的营销吧，也别想着省钱了，因小失大啊！

“这是我的名片，我叫陈果！”

售楼部的偶遇后，两人之间也没发生什么特别的事，就是一出标准而又紧凑的都市爱情轻喜剧：姜浩知道了她的联系方式，然后联系了她，再然后凭实力在三顿饭后就推倒了她。虽然那三顿饭发生在同一周的周二、周四、周五，但在这个快节奏的世界里，她依然是多么矜持。毕竟在第一餐的时候，见他谈笑风生，陈果脑中就有个小人跳出来狂喊：就是他！

夜晚11点，姜浩依旧没消息，他变得“查无此人”。陈果找出睡衣冲澡，水流滑过皮肤时，她还情不自禁地自言自语：莫不是出车祸了？冲完澡，陈果裹了一条浴巾就爬到五星酒店般整洁的大床上。

作为一名30岁的女青年，陈果的护肤流程哪怕在秘书小妹看来，都十分寒酸和敷衍，即使是这样简陋的流程，具体执行起来也全看当天心情而定——有时候太困，她连妆都不卸。可每次在姜浩这里过夜，护肤看心情的陈果就变得非常自律。对着镜子兢兢业业地涂抹，恨不得让自己看上去再完美一点，最好皮肤能像一颗剥了壳的洁白无瑕、通体光滑的煮鸡蛋，以此让姜浩挑选自己这件事显得更“慧眼识珠”一点。

陈果翻来覆去，无法入睡，突然诈尸一样坐起来。

说起来太难以启齿，可姜浩是真的很会撩，和她的前男友们完全不同。陈果一直觉得做爱有点无聊，跟爱不爱的关系不大——即便她对自己的半个初恋那么沉溺了，也还是会走神。

一次，前男友忽地停下动作，非常愤怒地俯视她：“我就这么让你不满意吗？”

陈果的思绪从国漫如何才能繁荣发展的议题里飘了回来，望着男人杀气腾腾的脸，她有一瞬间恍惚了：难道……我忘了反应？“我……我很满意啊……”她心虚地回答，如果不是手还在他肩上，她甚至愿意马上跳起来竖起大拇指，叫一声“棒”！

然而，她的闪烁其词刺痛了对方，前男友怒不可遏：“你要真满意，怎么会一点反应都没有？陈果，你也太敷衍了！”

呃，哪儿错了？

最后，前男友走得头也不回。他始终无法理解，一个女人怎么连做爱都做得那么不专心？唯一的解释就是，她并不爱他，这是多么痛的领悟！

也不能全怪我吧？你也应该反省反省，怎么做才能让我不分心。

陈果一面愧疚，一面又委屈。姜浩就是这样一个不给她分心机会的人。看着他熟练的动作，在兴奋的同时，陈果又会有一丝疑惑：这得是多身经百战，才能练就的一身神功。想法一过脑，顺口就溜出了嘴："你到底有多少个女朋友？"

"在国外读书的时候有过，但工作后太忙，也没兴趣了。"他并没趁机转移话题，而是揽着她的肩认真解释，"而且我年纪大了，虚。"姜浩煞有介事得让陈果笑出了声。连这样的问题都会很认真、很认真解释的真诚男人，怎么可能骗人？

凌晨3点，意识终于模糊，倒头闭眼前，她给姜浩发了最后一条信息："你到底在哪里？"

如此高效

RUCIGAOXIAO

次日一睁眼，已是下午1点半，陈果看着手机屏幕上的时间，惊叫了一声：迟、迟到了！查了查消息，姜浩依然在人间蒸发中，只有秘书发来的一条："今天还来上班吗，要不要我帮你请个假？"

"好的……"刚打好字，又删掉。昨天徐甜甜来，不只自己遭受了羞辱，连带着在公司里也掀起了轩然大波。总经理虽不露声色，还主动给她放了假，可那老狐狸的真实意图谁也不清楚。自己最起码也该去解释解释。然而一想到要去公司，如芒在背的烧灼感就将陈果完完整整包裹起来。

在床上滚了几滚，滚来了秘书的新信息："姐，你们主管办事回来，好像在找你呢，快来吧。"好吧，现在不用纠结了。

怀着堪比奔赴考场、无比忐忑的心情，陈果终于来到了办公室。这里的忙碌并没变化，唯一不同的是大家的态度：他们要么避开她，要么朝她点头，粉饰太平。可即使面儿上没有一点嘲笑、讽刺和怜悯的痕迹，呆钝如陈果也知道，只要越过她，到了她看不见的地方，伴随着窃窃私语，那些表情会不同程度地一个不落地跳出来。

陈果难受极了，像个木头人一样立在前台，直到秘书发现了她："姐，你怎么才过来？你们领导都催好几次啦！"

"我、我这就去跟她解释……"

"她说，你来了就去小会议室等她。"

"她、她提过要跟我说什么吗？"座位都不让她回，到底什么意思？陈果的心提到了嗓子眼儿。

"我也不知道呀，估计想安慰安慰你？"说完，秘书出去找综合部的主管了，剩陈果一人如坐针毡。

安慰，谈话，跟领导谈话！陈果捏着九分裤，不知不觉指尖都出汗了。上学时，她跟老师说话就特别费劲，在课堂上被提问简直像被索了命，哪怕那些她会的内容，回答起来也磕磕巴巴，语无伦次。

上班后，她对领导也是能避则避，为了少跟上司打几次招呼，她甚至会选离办公室最远的那条路，以防路上偶遇。开会时，更是谨小慎微地在抬头和低头两个动作里来回切换，避让一切领导扫过来的目光，就怕被点名让自己说想法。

不过，最让她恐惧的，就是这种在密闭空间里进行的单独约谈。无论对方说什么，自己都避无可避。

陈果在会议室里渐渐感觉"失智"时，主管推门而入。那声"嘎吱”让她立刻从座位上弹起来，带着三分笑七分哭地小声说：“领、领导。”

主管是个比陈果大几岁的女人，五官匀称、穿衣老派，像从20世纪穿越而来。她为人处世极有分寸，就算骂人也不会把人骂到狗血淋头，就像综合部在公司的地位那样不温不火。

印象里，综合部就是打杂的。统计考勤、买文具、办生日聚会、安排外包公司给办公室里的绿植浇水……陈果负责的工作在综合部里又是最无关紧要的，总结起来就是“四大组织”：组织会议、组织差旅、组织培训、组织团建——乍一听还挺有分量，可剖析下来就等于定地点、订机票订酒店、定流程、定花费总金额。

“昨天……”大姐刚开口，陈果就打断她：“主管，您听我说，我没有插足别人家庭，我真没有！您要相信我呀！”

主管有点惊讶，这个陈果热衷于进行“微笑式交流”，怎么今天抢白了呢？所谓微笑式交流，指的是如果对方没表现出特别热情的谈话需求，己方一般以微笑为固定代表动作。迎面走来一个人说“早上好”，她点头微笑；电梯里遇到了同事，她点头微笑；开完会散场，她点头微笑——虽然偶尔会显得智障，但大多数时候是不失呆萌的礼貌。

“昨天休息得还好吧？”

“好、好……”

主管边说“还担心你想不开呢”，边在心里纳闷：昨天被人扇了两巴掌，又泼了一脸咖啡，居然还能“好”？除了心大，你还能说她什么？不过，既然心这么大，也就不担心她听到接下来的消息会直接晕过去了，“小陈啊，不是我要打听你的私事……”

陈果心里“咯噔”一下。网上不是说了吗，不是我说你，就是要说你了；别嫌我说话难听，就是接下来的话很难听。以此类推，不是我要打听你的私事，当然就是要打听你的私事！果然，下面一句紧接着就是："昨天到底怎么回事？"

陈果的脸皱成一团，白眼不住往上翻，整个人处于崩溃的边缘，最后十分痛苦地回答："我也不知道呀，我不认识她……"

"可她说你在破坏她的家庭。"

"肯定有什么地方弄误会了，我男朋友没有老婆……"冷汗就像约好了一样一层层冒出来，陈果感到自己在哆嗦。

陈果这副可怜巴巴的模样让大姐叹了口气又问："那你男朋友怎么说？"

说到姜浩，陈果红了眼，一下哽咽了："我找不到他……"

她沉默，大姐也沉默。陈果是真的无话可说，大姐则是在仔细斟酌，为了接下来的谈话遣词造句。她想了想，终于找到切入点："小陈，你还记得咱们公司以前的口号是什么吗？"

"美好城市，品质生活。"刚才不是还在谈昨天的闹剧吗，怎么现在又说到口号上了？东拉西扯的到底要干吗？

"上个月公司刚开了年中总结会，改了口号，你知道吗？"

陈果点点头。

"改成什么了，说说？"

陈果转了转眼珠，想起那个弱智的口号，"扑哧"一笑，可眼下她又有点笑不出来，于是半哭不笑道："活下去。"

大姐一脸严肃："没错，可你明白为什么要改吗？"陈果不解地盯着对方，心里骂道：神经病！口号这种东西属于顶层设计，既然是顶层设计，当然是顶层的领导想怎么设计就怎么设计。别说"活下去"，就算改成"天上飞"，那还不是老总一句话的事儿嘛！

绕了几分钟，陈果终于听懂了：公司是在劝退自己！最过分的是，全套劝退的说辞于公于私都很合理。于公，经济增长速度放缓，房子越来越难卖，以前那种高负债野蛮扩张的时代一去不复返。公司为了“活下去”决定精简队伍，留下核心人员——介于自己的工作内容和不怎么出彩的业绩，陈果也实在不好意思说出“我很核心”这句话。于私，不管陈果的感情是不是见不得光，昨天徐甜甜一闹，给她造成了很坏的影响。

陈果像被雷劈了，呆若木鸡，哆哆嗦嗦向主管解释，内容无外乎：我不是第三者，我品行端正，我一定努力工作，力争上游。

主管心情也挺复杂的。一方面，现在工作不好找，被劝退这事儿搁谁身上都不好受，她也是打工族，老板一句话送人走，不免有点唇亡齿寒、兔死狐悲之感，陈果毕竟是她的下属，不是完全没有感情，这么手起刀落不免显得残忍；可另一方面，这家地产公司由于股东十分重视声誉，她是综合部主管，要是连劝退员工的能力都没有，老板还要她来做什么？

大姐叹气：“怎么选择当然还是由你来决定了。不过你也知道，这季度的绩效考评很快就要到了……”

眼泪还挂在眼角，陈果闻言惊愕抬头：也就是说，如果她不主动辞职，那就会因为KPI不达标被裁掉？届时公司不仅不用赔款，还会墙倒众人推地给她安排一些“罪名”。

“别瞎想，我们这里没有‘末位淘汰’的规定。即便能力不达标，公司也会安排员工参加培训，培训之后再不行，可以调岗，调岗之后还不行，咱们再培训……多次培训调岗后，评估不合格，公司才能考虑员工是不是真的不适合这份工作。”

如此有社会责任感的一个解释！陈果红着眼：“主管，真的没有挽回余地了吗？我、我……”

“要不你去跟总经理谈谈？不过，他出差了。”

这只老狐狸，真是算无遗策。

主管拍拍她的肩说："你的路还长着呢，以后可得注意了！待会儿我就把流程发给你。"所谓流程，当然是主动辞职的流程。陈果已经被震惊得失语了：要她注意什么？注意不要当第三者，还是注意当了第三者不要让原配打上门？

陈果颓丧地走出会议室，呼吸沉重，感觉天都要塌下来了，她几乎是拖着步子挪回工位的。四周不时投来意味不明的目光，不过，只要她一抬头，这些目光就会像水蒸气一样消失在空气里。开机后自启动的程序一打开，她就收到了主管的全套流程，压缩包文件的第一项是辞职申请的模板，是非常工整的三段式：

辞职申请

敬爱的总经理：

我带着复杂的心情写下这封辞职信。

由于公司和您对我能力的信任，我才能够荣幸地加入这个大家庭。短短3个月时间里，机遇与挑战并存，我学到了很多专业知识，也积累了很多实操经验，对此，我深怀感激！

由于个人原因，我自愿向公司提出辞职申请，并希望能在这月底前离职。

对于由此给公司造成的不便，我深表歉意；但同时也希望公司能体恤我个人的实际情况。

此致

敬礼

申请人：×××

日期：×年×月×日

还大家庭，有家庭会开除家人的吗？陈果读罢，感到有点恶心。20分钟后，她坐在马桶上，保持“以手抚膺坐长叹”的姿势，听到门外有人说话。

“她倒还有脸来，真是勇气可嘉。”

“就是，如果我被人那么打，肯定躲在家哭。”

“她那个身材，还敢给人家做情人？现在情人的门槛也太低了吧？”陈果赶紧摸了摸自己的胸，呃……

“你不懂，有的男人就这样，大鱼大肉吃惯了，偶尔遇上拍黄瓜，跟见着稀世珍宝似的。”

“如果我老公敢背着我勾搭外面的，上门扇她都是轻的，我一定让她丢掉工作没脸做人，立马社会性死亡！”太阳穴“突突突”地跳，陈果的脸红得跟关二爷一样。这些人！好歹同事一场，事实也不搞清楚，就给她判了死罪！

“万一她真不知道对方已婚呢？如果她是被骗的，那岂不是很可怜？”秘书说道。

“你也说是万一了。她又不是20岁的小姑娘，能看不出对方已婚未婚？那种年龄的有钱男人本来就没几个单身的，已婚男人谁敢不戴戒指，看看戒痕不就行了？如果她这也看不出来，那只能怪她蠢——这种蠢女人，留在公司又有何用？”杀人诛心，众人附议。

戒痕？陈果像抓住救命稻草一样在脑中四处搜索残存的记忆碎片。姜浩的模样被一块块拼凑起来：头、胸肌、腹肌、大腿、肱二头肌、背阔肌、斜方肌……每个部分就像她以前勾勒人像般显现出来，然后是手、五指、左边无名指……然而，她并不记得他的手上有那样的痕迹。外面的水声渐渐变小，只听有人又说：“你跟她走得近，可别近墨者黑，也去当……”

“你疯了吧，我怎么可能去破坏别人家庭！”

我没有！陈果刚想站起来，马上就发现自己还坐在马桶上，裤子半吊着，脚也彻底麻了。等她收拾好推开隔间门，外面的人已经走了。

被劝退的那天，开始是乌云压顶，之后滂沱的大雨冲刷着整个城市，好像在为每一件发生在她身上的不公而悲鸣……是的，老天都看不过去了。如果非得这么说的话，如果有老天的话，它可能很看得过去。因为那天不仅没大雨、没乌云，连一丝湿气都没有，是个艳阳高照的大晴天。

陈果在卫生间待到虚弱无力，回到办公室继续沐浴在周围“我没有酒，但你肯定有故事”的目光中，耳边回荡着刚刚同事们的窃笑和侮辱。愤怒是滔天的，这样滔天的愤怒落实到行动上，陈果迅速打开辞职申请模板，把上面的“×××”删掉，换成自己的名字，将鼠标移到打印键上，重重按了下去！

把辞职信交给主管的一小时后，她的申请流程就走完了。自她入职以来，公司办事从未如此高效！主管给她发信息：“放心吧，这月的工资会全额发给你，你哪天晚上再来收拾东西吧。”多么体贴的上司呀……

chapter 2

第 2 章
全面垮掉

之后的3天，陈果都是在姜浩那间豪华的公寓度过的。徐甜甜狰狞又凶恶的脸时时浮现，思绪无时无刻不在此事上纠缠，让她难以入眠。可无论如何，这里是他的房子，他总会回来。第四天，陈果接到公寓前台的电话，对面的人带着一点广东腔说："您好，如果姜先生确定不续租的话，下午2点，门锁就会自动切换回预设密码。"

这让陈果大吃一惊："他什么时候告诉你们不租了？"

"上周、3天前、昨天，我们都联系过他！"

手中话机松掉……到底是怎么回事？谁来告诉她到底是怎么回事！她捡起话机，非常虚弱地问："那、那如果我想多住两天呢？"

"没问题的，那您方便来续下房费吗？"

然后总台便听到对方说："不方便。"

突如其来被打、突如其来被裁、突如其来被赶走，所有突发状况，陈果都没做好准备。这间公寓里还有很多她的东西，除了化妆品、衣柜里的十几套衣服，还有可以让平胸也有性感气质的真丝睡裙。那会儿她纠结于选哪个颜色，姜浩却出手阔绰地把3条都买下，说黑色冷峻、粉色软萌、裸色高贵，正好换着穿。陈果惊喜之余，产生了一种强烈的被爱的感觉，身临其境地体会了一番什么是"小孩子才做选择"——这里的每件东西都过往可追忆，可她却连把它们带回家的行李箱都没有。

48小时后，陈果躺在出租房的小沙发里，气息奄奄。就像一只被丢到海中央的小猫，只觉得自己快冻死了，却连哪里是求生的方向都不知道。而姜浩没有回音，没有续租公寓，就像一张没有答案的数学试卷，让她只知道是不及格了，却不知错在哪里。

电视台蒙太奇般地被切换来、切换去——

某档电视节目里，选手在唱《征服》：“就这样被你征服，喝下你藏好的毒，我的剧情已落幕，我的爱恨已入土。”

明明白白的洪世贤一脸认真地对艾莉解释：“我今天如果为了爱情选择你，那么一定有一天，我会为了爱情抛弃你。最可笑的就是为了爱情离婚，结婚，再离婚，爱情是最不靠谱的东西。”

白衬衫、蓝西服、红领结，播了一千集还没到大结局的《名侦探柯南》，这是陈果无论是作为观众还是画手都很喜欢的一部作品。画面里，工藤新一露出邪魅狂狷的微笑，“犯罪手法是人想出来的，只要人绞尽脑汁，还是会想出答案的……”动画的细节还是比漫画差了很多。陈果闷闷地想，之后一激灵，他说什么？

“只要人绞尽脑汁，还是会想出答案的。”对，只要人绞尽脑汁，一定会想出答案的！如果姜浩不回复消息，想人间蒸发，难道她就见不到他、弄不清事情的真相了吗？连徐甜甜都能够找上门来，若自己打算认真查清真相的话，又怎么会不行？

死水般的心，动了一下。

陈果先是找姜浩的公寓管家问他预留的电话和地址，然而遭到拒绝：“我们是高端公寓，必须要为客户的隐私保密！”然后陈果开始在网上搜索“姜浩”和他的手机号，但也没得到有用的信息。疯狂头脑风暴，几经辗转，最后回忆起两人初见的场景。对了，那天姜浩是来买房的！

陈果托秘书一查，姜浩那天果然一进售楼部时就留下了姓名和电话，电话是她知道的那个，名字却是英文：Jeff · Jiang，用这个名字外加“互联网”“高管”等关键词一搜索，很快拼凑出姜浩的侧写：Jeff · Jiang 江浩，小破书电商平台区域副总裁，运营部总经理，美国纳新大学本科，哥伦比亚大学商学院MBA——垂直电商独角兽的高管，本科和硕士读的都是名校，当之无愧的杰出青年！

他的脸是真的，名字却是假的，怎么两人交往那么久，自己都没想过要查一查他呢？如果当初就对这个男人做了前期调查，就不会陷入今时今日这一悲惨的境地里了。陈果盯着屏幕，产生了深深的自我怀疑：活了几十年，她作为一位内外兼修的轻熟城市女白领，怎么一点防人之心都没有，被所谓的爱情如此轻易地蒙蔽了双眼，怎么会被几块腹肌、几顿西餐，还有几套睡裙就迷倒了呢？

查到江浩公司的地址，陈果就赶紧找过去了。既然他人间蒸发，自己想要一个答案，也只有上门去堵人了。她不知道会不会遇到他，但只要每天堵、坚持堵，发扬“钉子户”精神，总有一天能堵到。

江浩的公司小破书，主打视频直播带货，是最近风头正劲的垂直电商独角兽。因为上市希望大，在资本寒冬时代，却一点儿不缺金主，所以在京北市黄金地段的办公园区里占有一座独栋办公楼也不奇怪。

开放的出入口只有一个。江浩不开车，所以他如果去办公室，就一定会经过大堂。时间一分一秒流逝，看着电梯口小蝌蚪般的人进进出出，陈果被柯南激发的勇气又渐渐式微：自己上这里来是干吗的，难道要像那个泼妇一样上前就甩他俩耳光，那要不要去买杯咖啡？

她又开始帮他找理由。万一他只是忘记告诉她，只是太爱她而舍不得告诉她，只是恰好没有时间去续租，只是这段时间被困在哪里没法给她回信息……就算面前摆着那么多事实，该死的，她却依旧忍不住为他想借口。快乐、温暖和感动的时刻那么多，就像一朵朵有温度的云彩。她有很多缺点，胆怯、爱走神又思维跳脱，江浩不仅接受，还欣赏，这让陈果动容。爱一个人，就要爱他的全部。所以她一直觉得，他很爱她。

第一次约会，他们在一家特别高级的餐厅吃法国菜。前菜是鹅肝，摆盘很好看。大盘子里的鹅肝以万白丛中一点红的姿态躺在中央，体量只略比鹌鹑蛋大一点点，盘边用法文写着祝福语和日期。陈果注视着鹅肝，心想：这分量，黑店。看看面前的男人，又想：真是人傻钱多。

“怎么不吃，不喜欢吗？”他还担心地问。

“没有，很喜欢……”

他很高兴：“我在京北去过很多家法式餐厅，就这里最地道了。来，快吃！”

被逼上梁山，陈果只好一叉插下去，以迅雷不及掩耳之势地把鹅肝一口吞掉，感觉有点呛，慌乱中又将红酒一饮而尽。等她抬头，才发现对面的人还在斯斯文文切鹅肝，目光静静落在她脸上。陈果的脸瞬间红了，感觉还没开始的恋情即将随着这只鹅肝被冲进马桶。然而，对这件事，对面的人居然赞不绝口。

“把鹅肝当馒头，把红酒当二锅头，我第一次见到这样的女孩。”听得她差点捶他，可他很快又说，“可你知道吗？我见过很多装模作样的女孩，她们连鹅肝都还会剩一点儿。”

“为什么？”

他揉揉她的头说：“因为优雅和精致，所以我觉得你特别可爱，就想一定要跟你谈一段恋爱。”是啊，在他眼里哪怕是她的笨拙和不入流都特别可爱——如果这都不算爱，那唱这首歌的歌神该不同意了。

胡思乱想着，两个朝这边移动的人影把陈果的思绪拉了回来。

不变的Polo衫、休闲裤、小白鞋，是姜浩，哦不，是江浩——Jeff · Jiang。此刻，他挽着个婀娜的女人，蓬松的波浪卷、标志性的大花长裙和不嫌事儿多的墨镜……不是徐甜甜又是谁？她亲昵地靠在他身上，两人有说有笑，恩爱得让人以为他们能就此情比金坚地撑到金婚。

陈果浑身颤抖，一动不动地望着他们，她胶水一样的目光也让两人注意到了她。他们站住，和她遥遥相望。江浩目光中流露的惊讶一闪而过，他没料到会在这里见到她；而徐甜甜，在反应过来她是谁后，立刻按捺不住就要冲过来了：这什么世道，插足者这么嚣张的吗？江浩抓住她的臂膀耳语，最后让她不情不愿地等在原地。而后，他向陈果走过来，一步一步，万籁俱寂。

你骗了我

NIPIANLEWO

开场陈果先气势汹汹地质问他为何把自己置于此种悲惨的境地，然后用道德之眼冷冷审判他，接着抄手等他膝盖发软、跪求原谅。当姜浩/江浩/杰夫 · 江走近她时，陈果紧紧攥着拳头，这个计划还倔强地跑出来在脑子里遛马似的遛过一圈。然而，那人真到了面前，她的心跳不断加速，脑中却一片空白，就像被人空投了核弹，白光之下只剩一片废土。

“走，出去说。”他镇定道，声音依然如魔音入耳、勾魂摄魄。

去你的，我才不走，有什么不能在这里说的？可这股冲动被短路的大脑死死压制，她一声不吭地跟他到了办公楼后的一处僻静景观处，好像做错事的小孩。这种生理反应也并不陌生，以前每逢大考，她都以为这次自己定是做好了万全的准备，可真到考试，坐在教室里，盯着考卷上密密麻麻的题目，她的头就仿佛不是原来那一个了。

白石子铺在地上，两块奇石散落，几丛翠竹能很好地将人掩映起来，他真的很会选地方。男人在她面前，表面上不见一丝慌张，而徐甜甜在几米之外，猫头鹰一样注视着他们。不知为什么，在他们这样的注视下，陈果竟生出几分羞愧：人家一对夫妻，自己这个外人出现得好没道理……

但她还是鼓起勇气问："这到底怎么回事？"她的声音在颤抖。

"什么？"

"你有老婆，还有孩子，你、你甚至不姓姜……你骗了我！"说到最后起了哭腔，这些是他欠她的解释！他应该感到愧疚，甚至难过，然后忏悔！

然而只听他说："我没骗你。我以为这些你都知道，我的确叫姜浩，姜是我母亲的姓，江是我父亲的姓，拼音是一样的。"陈果瞪大眼，这锅甩得真是技惊四座。

"我们第一次在售楼部见面时，我就戴着婚戒。所以我一直以为你知道，只是故意不问，我没主动提起，是我的错。"我的错？这轻飘飘的态度仿佛在说：伤到你咯，真不好意思！

那天他是不是戴着戒指已成了罗生门，但她仍倔强地说道："就算那天我不小心没看到，可之后，我也从没见过你的戒指！"

男人稍稍露出一丝疑惑，然后解释说："最近是没戴，因为长胖了，戒圈不大合适，所以拿去重做了，但你应该能看到我的戒痕吧？"

又是戒痕！难道现在谈个恋爱，人人都得做福尔摩斯，拥有卓越的观察力和记忆力吗？

“那公寓是怎么回事？那根本不是你家！难道你为了睡我还专门租了个房？”

此话一出，江浩都无语了：“我家在装修，暂时住那里的。”

陈果完全蒙了：也就是说，她没注意到戒指，忽略了戒痕，也没问清房子的来历，这层层递进的结果是被“三”了……所以应该怪她咯？不对啊！

“既然你结了婚，就不该出来招惹我。如果我误会了什么，你难道不该告诉我吗？”陈果吼道，“你老婆不来我公司闹，你是不是打算永远让我蒙在鼓里？”

“对不起，其实最近我也在想，就算你早知道我结婚了，并且不介意，我也应该再确认一下。是我考虑不周密，搞成今天这样……”江浩真是个厉害角色，这种时候看上去竟还能很诚恳。因为他是认真的，所以他连公寓都没续租。

“你浑蛋！”泪水终于决堤而下，陈果边哭边推了他一把。

在远处隔岸观火的徐甜甜看到自家男人被他的情人纠缠，脸上带着“你我有夺夫之仇”的恨意，冲过来将情敌推倒在地：“少给我动手动脚！你可真不要脸，还敢丢人现眼到这里来，嫌那天没被打够吗？”她边说边拉拽江浩，“说清了吗？说清就走！还跟她废话什么！”

江浩为难地皱起眉，仿佛在正宫面前，连“扶”这个动作都很难出手。两人拉拉扯扯走掉，留陈果坐在地上大哭：她上辈子到底造了什么孽，为什么会遇到这种事？

“心疼就回去找她呀。”专车上的徐甜甜终于把硕大的墨镜摘掉，对老公又冷又酸地说道。

江浩干咳两声，低眉下眼地把徐甜甜的手拉过来。那只手假把式地挣扎了一下，最后还是安静了。

“打也打了，也道歉了，不是都答应原谅我了吗？”

徐甜甜冷哼：“那她怎么还会找到你公司去？今天如果我不在，就方便你跟她破镜重圆咯？”

“我没有呀。”江浩哀叹，“这几天我们都在度假村，手机也在你那里，我怎么知道她会到我公司？我根本没告诉过她我在哪儿工作。”

“别把自己撇得那么清白，我怎么知道你跟她断了没有？”

“让你直接打电话给她把事情说清楚，是你不愿意。”

正宫让她发誓，岂不笑话？何况，如果对方真要死乞白赖、撒泼打滚，那事情根本就说不清！徐甜甜恨恨地问：“你凭什么保证与她再没瓜葛？”

江浩摸摸额头，做疲惫状：“我跟你解释得很清楚了，我没经得起诱惑，犯了全天下男人都可能犯的错。可你和儿子在我心中的地位，这么多年，你应该明白。你上门打了别人……”

“你的意思是她不该打？”

“不是。我是说，原本我也没准备跟她再联系，可我不知她从哪里查到我的公司，还找上门来，但今天该跟她说的我都说了。再说，最后她那个样子，怎么可能还对我抱有幻想？”

“怎么就不可能？现在的女人这么不要脸，恨嫁的呀，根本没底线。”徐甜甜不依不饶。

江浩松开老婆的手道：“如果你根本连相信的意愿也没有，那我就没办法了。”

徐甜甜不作声，这么多年，她了解他。她又不想离婚，把对方逼急了，谁也没好处。她和江浩是校友，读研究生时认识的，毕业就奉子成婚。因为江浩收入不错，她也就安心在家做全职太太，没过几年又怀上二胎。有俩幼子抚育，她顺势打消了找工作的念头。大约3年前，小破书邀请江浩回国担任区域高管，不仅薪资翻倍，还给了不少期权——公司势头很好，一朝上市，那就是财务自由，比在美国拿死工资强上百倍不止。当时，他们的大儿子已在重点小学读书了，徐甜甜不想让小孩脱离美国的教育环境，然而江浩也不想两人异地分居，是她坚持手把手制订出“他回国创业，她美国带娃”的策略。

美国学制短，有长假时，徐甜甜就把儿子带到京北，等开学了再回美国，江浩有空也回家。之前一直还好，就是今年年初，她感觉有点儿不对劲，但也没查到什么。这次趁着儿子放暑假想探个究竟，结果刚来没几日，就收到奇怪的匿名邮件，附件是江浩和一个女人在一起的照片。发件人自称是女方同事，看不惯她日常秀恩爱、炫男友的作风才替天行道。

没空纠结邮件的来源，徐甜甜辗转反侧两天，还是咽不下这口气：想她徐甜甜才貌双全，要不是为了家庭牺牲，在事业上肯定大有作为。于是她按着邮件上提供的地址直接打上门，是不优雅，姿态也难看，可是解气，爽！

那晚江浩回来，她把卧室门一摔，也没藏着掖着，给了他一个响亮的耳光后，霸气道：“我今天去陈果公司了。”

一句话让怒火交加的江浩像被浇了一盆冰雪碧——透心凉。他和陈果的临场反应差不多，也石化了，但两人的根本差别在于：前者只石化了3秒，接着几句话就弄清了来龙去脉和徐甜甜的态度。然后他先下楼，确认儿子们睡着后，上来“咚”的一声就跪下了。

“对不起，我错了！你在美国辛辛苦苦养儿子，我却干出这种事，我不是人！”江浩驾轻就熟地把自己往死里骂，边骂还边扇自己耳光，“我不是人！不是人！我该去死！”

徐甜甜不吭声，他就不停抽自己，抽得一个比一个狠，抽得脸都泛了红。出轨在道德立场上毕竟站不住脚，要对方熄火消气，需在语言上自我攻击，不行就从行为上自我攻击。面对这种画面，徐甜甜纵然生气也难以招架，在江浩扇自己第20个耳光时，她终于不由得说：“别打了。”这3个字正中下怀。

接下来，江浩简单回顾了自己的出轨经历，真诚而愧疚，版本如下——

他在售楼部第一次见陈果时，她就对自己暗送秋波。他那段时间工作压力很大，人也很苦闷，自然而然就掉进了蜜糖色陷阱。虽然他没主动提起自己已经结婚，但对方明知他戴着婚戒还一再飞蛾扑火……文明者的约束并不总是有用，他只是凡人而已。

“我很后悔，也没打算跟她这样厮混下去……要怎么办你说吧。”表面上，他一副任你宰割的可怜样；实际上，他非常明白，只要自己放低姿态，徐甜甜根本不会拿他怎样。

多年征战职场的经历不是白费的，徐甜甜这只纸老虎，固然伤心恼怒，但被江浩好言好语一哄，再加上背后没经济实力的弱势，很快被攻陷了。男人乘胜追击安排全家人去度假村亲子游。几天后，局势更明朗了。其实对于江浩来说，真正让他在意的只有两样：第一，徐甜甜以他出轨为由，要求他放弃名下的期权和房产，他无法拒绝；第二，到底是谁给她发了那封邮件？

后视镜照出司机那张八卦的脸。下班高峰期快要到了，本来又饿又烦，可忽然上来这一对作秀夫妻给他喂了顿瓜，实乃幸哉。

全被毁掉

QUANBEIHUIDIAO

下班高峰，路人就像开始涨潮的海，逐渐多了起来。在他们不明所以、整齐划一的目光中，陈果的眼泪也败下阵来。这时手机铃声响起，是她妈妈打来的电话。深呼吸2秒，思虑3秒，陈果强撑着站起来，按下接听键——不接听不行啊。陈淑芬主动打电话时，会发挥一条道走到黑的精神。

电话刚接通，对面还是熟悉的配方，熟悉的味道："国庆不是要带男朋友回来吗？正好也让你二姨、三姨、四姨还有小姨见见。"

"关她们什么事？"陈果小声说。

"你说的这是什么话？家里人好久没聚了，这次吃饭顺便看看，你说的商业精英长什么样子。"

陈果胸闷得连气都喘不过来了："我们国庆可能要去旅游……"

"旅什么游？人都约好了，你可别给我掉链子！"妈妈很生气，似乎又沉吟了一会儿，之后用一种恍然大悟的语气说，"是不是又分手了，还是根本没这个人？上次不还说得真真的吗？可别学着别人在网上给我找个什么假男朋友回来。"

"我没有……"

"你这年纪，工作那么一般，不嫁人，靠租房怎么过得下去？不行你就给我回来，考个公务员。"淑芬又叹气，"唉，就你那脑子多半也考不上，还是先相亲吧……”

耳边是轻微的电流声响，滋滋滋。

“你表姐都生二胎了，你表妹也生了，就你单着，丢不丢人啊？”

滋滋滋。

“怎么哑巴了？你那个什么姜的，靠不靠谱？”

靠谱，有颜有钱、有娃有老婆。陈果想这么说，但淑芬的气势掐住了她的喉咙。

饭也没心情吃了，陈果地铁倒地铁回到自己那间10平方米的出租小屋。屋子是蛋黄APP上的拼租屋，在四居里是最小的那间，正北、不见阳光，这种条件夏天还好，到冬天难免阴沉。不过它也有其他房间没有的优势：便宜。房间靠外一边是床，里头是小书桌。书桌后有个小小的衣柜，中间将将挤着张二手沙发，沙发对面是年代久远的电视柜和电视。

这屋子乱得和陈果的包一脉相承：永远收不完的衣服堆起来，拆不完的快递包装散落，用不完的化妆品从这头摆到那头……但这样也并不妨碍租客陈果做一个追求精致的“猪猪女孩”，这种追求具体体现在——

No.1：挂在沙发背后的LED星星灯。那灯还能用Wi-Fi控制，会柔和变化色温。

No.2：衣柜上摆的绿萝，据说室内有植物可以令人幸福。

No.3：书桌前的墙壁上钉着黄铜金属网，陈果的漫画就挂在这里。虽然没考上美院，也没从事相关工作，甚至投稿的勇气也在几次失败的尝试后烟消云散，但她还是不时画上一张。几年下来，展品更换好多次，剩下的都是她的代表作。

把鞋子一蹬，顺势倒在床上。汗臭终于冲破香水的压制，以无处不在的态势钻出来。她拿好衣服去浴室，把香波搓起泡，水却凉下去。陈果只好顶着满头泡泡敲开室友的门，才知今晚停燃气。小区前几天通知过，但那时她还赖在江浩的公寓，因此错过了。好不容易在洗手盆下把头发冲干净，可身上却仍是黏腻腻的汗水。天啊！还能比现在更惨一点吗？她边换衣服边想。此时，手机好像通了灵，连续给她推送信用卡还款提醒。

老天，你也不用这么快回答我吧。

最近状况频发，陈果无暇多顾，方忆起今天是还款的最后期限。对着几大行的账单，她长吁短叹。与江浩在一起的每一刻，都在为了让自己好看买贵价衣服，为了年轻买贵妇护肤品，为了苗条买私教课。就在徐甜甜打上门的前一周，她还用分期支付做了热玛吉，一个疗程2万元！虽然钱花在她自己身上，但女为悦己者容，平常她是不会这么大手大脚“悦”自己的——这钱花得，真是肉包子打狗……

这分期那分期，终于拆东墙补西墙还完了信用卡，存款仅剩250.41元，简直触目惊心。不幸中的万幸，蛋黄的房租是按年缴的，上个月她趁手头宽裕续了约，不然现在连个容身之所都没了。

陈果闭上眼：就算再不情愿，回老家相亲还是留在京北找工作，必须二选一。

陈果在各个求职平台上投了共计200多份简历，投完后每隔5秒就刷新一下各大平台的回复。因为投简历时，抬头瞄到自己画的线稿和上色稿，所以除了地产公司的综合行政岗，她也异想天开地投了些兼职画手的职位。然而好几天过去，招聘进度才从“简历已送达”转为“简历已被打开”——在工作中也时常记不起该去此类招聘平台后台看看的陈果免不了痛骂放出职位的HR：你们这些上班的，偷懒也不要太嚣张！

形同于无的存款外加没有下文的求职令陈果没心没肺的能力消失

了，她连续2周没睡好，内分泌全面失调，皮肤暗沉了3个度。崩溃了3周，她终于陆续收到面试通知。

综合行政岗工作内容相对简单，地位又在公司中相对基层，所以面试一般没什么技术问题好问。可也正因如此，会出现更多奇怪的问题，类似于：能不能表演个才艺，比如孔雀舞什么的。许多面试官也很极品：有的聊着聊着会猝不及防地问你能不能学python（一种计算机程序设计语言），因为他们最近需要爬虫师；有的说你是双鱼座呀，双鱼座太多愁善感了，不适合这个岗位；有的还会根据生辰八字给你算一卦，告诉你最近运势不好，恐有血光之灾；这次嘛……

“作为行政，除了基本职责外，还要处理很多员工的意见，维护公司的企业文化，你觉得你在这块的素养怎么样呢？”第一回面试的是家地产咨询公司，企业小是小，但HR摆足了派头。

飞快在脑海里回顾了一下这几年的工作经历，陈果自认为没遇到特别大的困难，于是谦虚而不失礼貌地回答：“还行吧。”

“如果员工问你，午休的时间是几点，你怎么回答？”

“确认好时间，给他们回复？”“请问你怎么确认呢？”

“按照员工手册上的回答。”“我们的员工手册上没有这一条。”

“那……我入职时，肯定有人和我交接吧？我问TA就可以了。”

“和你交接的就是我。”

“那……就问您？”“什么事儿都要我问，我招你来干吗呢？”

……

第二家公司的面试官是位面目普通的中年男子，他把陈果打量来打量去，就像在打量一只没用的花瓶。到最后他就这么静静地看着她，什么问题都没问，看得陈果全身发麻。破天荒的，她主动说："要不我先介绍一下我自己？"

男子却答非所问："结婚了吗？"陈果以为对方是在担心生育会增加人力成本，虽然是赤裸裸的歧视，但人在屋檐下，她还是老实回答："没有。"

"有男朋友吗？"她摇摇头，心想这下妥了：我都没男朋友，也就不可能那么快结婚，更别提要小孩了。不承想，男人目光一转，非常另辟蹊径地问："你觉得我怎么样？"

唉，不怎么样。

第三家是家大地产公司，HR终于正常了些，那是个路人脸大姐。中规中矩的问题问完后，大姐抬头："情况我基本了解了，现在可以谈一下你未来三到五年的规划吗？"

陈果盯着对方嘴角的一颗痣正出神：不知她有没有想过要把痣消掉，不消掉的话，太像媒婆了。

"陈女士？"

"我、我的规划是……嗯……"陈果被吓了一跳，冷汗爬上额头。她的规划，以真实情况来说，那就是没有；至于说大方向，那就是人人都希望明天会更好。对方的眼神越发严厉，她不得不找补："我在行政做了不少年，对这个行业还是很有感情的，所以想那个……那个……深入发展……对！就是深入发展！"汗水流下来，面试真是种酷刑，有没有不用说话的面试？比如靠作品之类的？

大姐目光如炬："怎么深入，往哪方面深入？"

"我对信息化比较感兴趣，因为信息化可以提高行政处理的能效，大部分企业在这部分还有很大的发展空间。我有看这方面的资料，也准备报名信息化行政的课程，获得相关的认证……"

提前背下来的答案似乎让面试官稍微满意了一点："那个人生活方面呢？"

陈果想：这个简单。明明想问的是结婚生子，却美其名曰个人生活，现在的HR真是狡猾至极。

"我目前单身，还没有什么计划。"

"以下的话纯属我个人好奇，跟公司无关。我可以问吗？"

"问、问吧……"

"你年纪也不小了，就没计划什么时候结婚吗？"

唉！都说了是单身，连结婚对象都没有，我怎么知道什么时候结婚！陈果在心里骂完，面上还维持着不失礼貌的笑容："这种事还是要靠缘分吧？毕竟遇到一个合适的人也不是那么容易的，尤其像我这个年纪。"

"你有什么想问我的吗？"

想问的可多了：领导是谁，待遇如何，KPI怎么算，人员流动率大吗……结果话到嘴边变成了："没了。"唉，少说一句是一句。

接到第三家公司的录取意向电话时，陈果十分兴奋，果然只要付出努力就会有回报。然而这种状态只持续到次日清早，迷迷糊糊中，她接到新公司的电话。

"陈果女士吗？"那头应该是面试她的大姐，听到那声音，她一下就清醒了，是来谈入职的吧？

"是是，是的！"尽管对方根本看不到，她还是衣衫不整地在空调被里点点头。

"今日来电是想通知你，很抱歉，我们恐怕不能再推进录用的流程了。"

陈果呆住了："昨天您告诉我，我通过了面试啊。"难道她穿越了？

“对，所以我们赶忙做了背调。综合判断下来，不宜推进了。”

背调？陈果蒙了：“不好意思……我有点不懂……我、我的信息，就是学历、工作经历，包括收入，都是真实的……”

“不是这方面的问题。”

“那是什么问题呢？”

“陈女士，我们是家大公司，名誉在业内有口皆碑，所以用人时不仅会考察员工的专业能力，也会综合考察其他方面的素养，特别是品行。非常遗憾不能成为同事，祝你找到理想的工作，再见！”

电话里传来“嘟嘟嘟”，大姐挂掉了。

品行？愣了很久，她才反应过来对方的意有所指，手抖地发消息给秘书想求证一下。秘书人缘很好，想打听个消息易如反掌，果然没一会儿就回复陈果：“姐，我问到啦！昨天你面试公司的HR在共享群里问了你的情况，你的事，他们肯定都知道了。”

唾液堵在喉头，怎么也流不下去。好巧不巧，此时此刻，一个求职平台弹出消息：“对不起，我们需要有作品的漫画创作者。”

为什么人人都在说抱歉和对不起？如果真的抱歉、真的对不起，那为什么不给她一个机会呢？陈果剧烈地抖动起来。

直接崩裂

ZHIJIEBENGLIE

为什么呢？为什么承受苦难的是自己呢？为什么只有自己？所有人的生活好像都恢复了原状：江浩和他的老婆孩子依然幸福；原公司没了她也照常运转；就算是租房APP，她不续租还有其他人赶着上——为什么受影响的只有她，只有她的人生被搅得天翻地覆？难道就因为那天在售楼部，她没有把他的手抓起来看有没有戒指，就因为她不是个女版的福尔摩斯？

不……这世界、生活、人间，不能这样连基本的准则都没有了啊！

陈果记不起那时的具体想法，只感到一股极致的怨恨和如鲠在喉的委屈，这股难以下咽的不平充斥在心间，像壁球般来回反弹，每一次发出的回声都令人不能忍受。是的，江浩应该出来道歉，应该向所有人解释：她是无辜的。

被那股混合的、难以描述的冲动裹挟，陈果一咬牙又冲到江浩的公司。她尾随人流进入电梯厅，像个只想讨回血汗钱的打工仔，直接冲到了运营部的接待区。

“女士，请问您找谁？”江浩所在的部门竟也有个年轻貌美的前台。

“江浩。”

“噢，是江总吗？您哪位，跟他约了吗？”

“约了。我是《婚姻与爱情》的专栏记者，今天来采访他的。”飙升的肾上腺素让陈果的反应回光返照般格外灵光。

前台一边茫然地回想着这听起来格外山寨的《婚姻与爱情》到底是杂志、公众号还是网站，一边还是热情接待：“好的好的，江总正在里面开会，要不您坐那边的沙发上等一等，我去给您倒杯茶。”领导关照过，但凡媒体的朋友过来，就要好好招呼，即便是那种十八线媒体也尽量不要怠慢，毕竟舆论为王，还指着他们在通稿上美言几句呢。

趁着她起身绕到背后的茶水间，陈果径自闯进办公区，依样画葫芦问坐前几排的另一个小妹：“请问，江总在哪个会议室？”

小妹以为是过来开会的呢，指指后面：“444会议室，就最里面的那间。”

444，看你今天死不死！

那时控制陈果身体的仿佛是另一个灵魂，否则社恐如她，避开人群都来不及，怎么会冲进那样一个到处是陌生人的地方呢？

她推开会议室的门之时，前台端茶回来，发现记者朋友不见了，不远处的会议室里却传来一声怒吼：“江浩，就你这样乱搞男女关系的人，还配当老总？你给我道歉，给我向全世界解释清楚！”

当时江浩在发言，他正说道：“我们控股的大意传媒发展得很好，月带货量已经超过对手公司熊猫MCN，美妆方面除挖角了他家的主力外，我们已培养的30位主播也小有成绩，以小木木夕为代表的博主已跻身腰部博主行列，开始向头部博主行列冲刺……”话音未落，蹦出个程咬金，局面一下大乱。

“你谁啊？”众人大惊时，只有老板抬着下巴问。

“我是谁？你问问他！他来招惹我的时候，没告诉我他结婚了。

前一阵，他老婆跑到我公司来闹，害得我被裁。现在人人都认为我品行不端，我根本找不到工作，你问我是谁！”

此言一出，会议室人人都开启了安静看戏模式，不少外面的同事听到动静还纷纷跑来“凑热闹”。老板斜眼看向江浩，不悦地皱眉。

江浩委实未料到陈果还能有胆子跑来第二次，而且行为一回比一回失控。但他应变能力一流，迅速给助理使了个眼色。助理会意，登时起来对众人说道：“现在有点突发状况，大家先出去吧。”如果可能，“吃瓜群众”们当然不想移步，可这时候，谁走得慢都会被江总记一笔，所以行动上纷纷莫敢不从。等其他参会者鱼贯而出，助理便像门神一样守在门口，保证里面就只剩下上司、上司的上司，还有不知名的闹事者。

这种尴尬的场合，对着江浩身旁她根本不认识的老男人，陈果居然现学现卖地拿出了徐甜甜的腔调：“您是他的老板吗，您怎么能允许这种道德败坏的员工在公司当高管呢？”老板高深莫测地不说话。

“陈果，我以为上次跟你说得很清楚了，我没经得住你的诱惑，是我不对。但我和我老婆的感情很好，不可能分开，我对不起你。我老婆影响了你的工作，让你失业，我非常抱歉。如果说你要什么经济补偿，哪怕是需要我再给你介绍一份工作，我都可以满足你。”

江浩这番话好像诚意十足，却句句避开要害，那句补偿更是侮辱人。陈果怒发冲冠：“我要的唯一补偿，就是你向公众承认你骗了我！”

“我没骗你，你不可以因为没有成功拆散我的家庭就诽谤我。”

“我拆散你的家庭？我诽谤你？你疯了吧！”江浩的信誓旦旦把陈果气笑了，“我要去告诉媒体，我要曝光你们！你丧尽天良！”

谁承想，江浩沉吟片刻，嘴里蹦出4个字：“那你去吧。”

说完，他转向从头到尾作壁上观的老板："领导，我为我个人出了这样的事深表歉意，如果因为私事曝光给公司带来任何麻烦或负面影响，责任我全部承担。您知道，我和老婆长期异地分居，前一阵鬼迷心窍，我跟她约会了一段时间。Candy也很生气，但最后还是原谅我了。我前两周跟这位陈果女士把一切都说得很清楚，所以我也不知道为什么会发生这样的事。但无论如何，实在对不起您和公司！"

他在搞什么？陈果呆若木鸡地立在原地。精明如老板瞬间明白了局势，深拧眉头不怒自威："Jeff，婚外情是不道德的，你知道吗？"

"我错了！"江浩态度恳切得就差送上膝盖了。

"道歉！还有，我不希望以后公司再发生这样的事，你要引以为戒！事情处理好来找我！"老板一边严厉大喝，一边迅速起身走了出来，快得陈果来不及反应。

这样就完了，你俩在这儿唱双簧呢？

"对不起。"江浩谨遵老板指示，乖乖向陈果道歉。

陈果咬牙，但凡有点身份地位的人不是最怕丑闻吗？"我不需要你在这儿跟我说对不起，你必须去告诉大家，我是被你骗的。不然我就闹到网上去，你们公司不是要上市吗，就不怕负面新闻？"

这时，男人露出假面般的职场微笑："我怕啊……不过，我跟你道过歉了，也愿意赔偿你。即便全世界的人都知道了，你觉得谁会信？就算他们信，又是谁更吃亏？"

江浩去找老板聊善后措施时，很庆幸今天开的只是内部会议。虽然场面上有点难堪，但问题不大。他是老板的左膀右臂，如果不是危及公司的实际利益，对方是不会拿自己开刀的。况且眼下的局面，陈果妥妥任他拿捏——

一方面，她找不到任何他骗她的证据。真论起来，他确实没故意骗过她，也犯不着。关于他的婚姻，他确实没主动向她坦白，但她也从没问过他。他是责任更大些，但他本来就打算最近分手，所以连公寓也没续租——大鱼大肉惯了的人是偶尔喜欢尝尝拍黄瓜，但那只是偶尔。

另一方面，他有徐甜甜为自己站台。哪怕闹到媒体去，公众普遍谴责的也不会是他。陈果会闹到媒体上去吗？大概率不会。她再傻也应当明白：消息一旦公之于众，她就会成为热搜女主角，下场就不只是找不到工作这么简单了。

所以，他大可承认和她有过关系，但绝不会说是他骗了她，万一她录音了呢？毕竟诚信对电商很重要。

不知是互联网公司文化比较开放，还是江浩念旧情，陈果并没像徐甜甜那样被赶走，但也没人过来搭理她。她半张着嘴，垂头垂手在无人的会议室里站了好一会儿，脑袋空空：刚才那个人是江浩吗？

虽然知道两人就像错开的相交线，但曾交会的那一点光亮是如此璀璨。即便之前他当着徐甜甜的面，说他们再无可能时，眼里还依稀存留着一点温柔。那时，尽管他的话在她听来无比荒谬，但也能觉察出几分心痛：他动心越界，丢了底线，犯了大错，可因为是该死的心动啊，所以好像也罪不至死……

但今天只是换了地点，他就完全变了个人。他威胁她的那一笑让她凉到心底，她突然无比确定他根本毫无歉意。从来没有一刻，陈果能如此确认江浩是个败类，至少在她的感情世界里。

“如果缺钱，我可以补偿你。”江浩笑完，神色恢复正常，又是温文尔雅的江总了。陈果目光如炬，怒火中烧。

“最近不大好过吧？特别是找不到工作的话。”说着，他拿出手机，“我微信转你吧，10万够不够？”

离他只有一米的女人勃然大怒，也掏出手机。江浩以为她是在验证他会不会真转账，还加快了操作手法。然而说时迟那时快，陈果一只手机扔过去，直接命中江浩的手。对方痛得闷哼一声，手机落地。

“我就是做鬼也不会要你的钱，以为有几个臭钱就很了不起吗？你去死！”台词听起来有点老套，但管他呢，就那意思吧！

这一击似乎激怒了他，他揉揉手，斜着眼，语气四分鄙视三分轻慢两分满不在乎一分嘲弄：“别装了，适可而止。假如那天我不是去买房，你后来会因为我一条微信就跟我出来？不要说得自己很高尚。我这样的男人，大多数人都会认为已经结婚了，你为什么连问都不问一句？要不是Candy上门大闹，你也会一直装聋作哑吧？说实话，你也不是第一个这样的。所以大家玩玩就好，何必要搞成这样呢？”

“你、你……你！”这下陈果真的惊愕得说不出话了，她的心态就像自己扔出的手机的屏幕，直接崩裂。

chapter 3

第3章 魔幻清晨

呼吸都错

HUXIDOUCUO

夕阳西下，外面的天色变得不那么明朗。陈果擦擦眼泪，走出会议室。前台妹子见到她，居然没立刻将她这个“撒谎狐狸精”扫地出门，而是殷切地迎上来：“陈女士，江总出去了。不过他说如果您有什么需要，可以联系他。”妹子的表情既礼貌又奇特，她也不懂为什么老总要对闹上门的情人这么好。

我能有什么需要？我需要他道歉，我需要他承认说了谎！可他会吗？陈果怔怔地想。目光飘忽地注意到前台旁边墙壁的电子宣传屏，上面正好是江浩的脸，他的脚下踩着一行醒目的大字：恭喜运营总Jeff·Jiang入围本年度互联网十大新锐青年评选。

漂亮的女记者把话筒举到他嘴边：“江总，小破书作为社交电商的龙头，接下来在直播上会有什么新动作？”

江浩自信地挺直身体，宣传着公司即将举行的盛事：“我们将举办第一届KOL直播节，届时除了我们公司的主播，也会邀请很多其他兄弟单位的头部网红，当然还会有明星人咖，欢迎大家关注我们的公众号，了解活动的详细安排，积极参与……”声音仍旧那么浑厚动听。

办公楼外，影子被拉得很长。斜阳草树，寻常巷陌里皆是冷漠气息。这个世界怎么了？陈果本以为，走投无路来这里至少会有些作用，一句道歉，沉冤得雪。没有，都没有，哪怕江浩是始作俑者，世界依然选择和他站在一起。绝望像小破书扫荡电商圈一样，把她的生活彻底颠覆……

陈果走了好久，实在累了，随意进了一家刚开门营业的酒吧，挑了个最不起眼的角落喝酒。心底的苦就像被蒙住了鼻子，无法呼吸。拿出电话想找个人倾诉，越翻越抑郁，她竟找不到一个聊天对象！恍惚间，心情更凝重。人们爱在难过、绝望时喝酒，以为一醉解千愁，可郁愤不解时又最忌一人独饮，伤神更伤身。

陈果很快就迷迷糊糊了。此时，沉默的手机却振动起来，是室友的消息："出大事了！蛋黄APP爆雷，房东3个月没收到房租了，刚才上门让我们赶紧搬出去，不然3天后他就来赶人了！赶紧回来，商量一下怎么办吧！"陈果的脑袋轰然一响，好长时间才反应过来，自己连仅有的住处也没了。

原来，从没离开她的只有"不行"：考试不行，工作不行，人际交往不行，恋爱也是从一而终地不行，这个看似很行的男朋友，是别人的老公。她妈妈说得没错，她什么都不行。难以想象，如果知道自己搅进别人的婚姻，陈淑芬会是怎样寒心和鄙视？

陈果是被妈妈独自养大的孩子，连姓氏都随陈淑芬。她爸在她很小的时候出轨，并义无反顾为了对方离婚，据说那时候他在外面连孩子都有了。后来再见老爸，就是在他的葬礼上。妈妈恨透了第三者，她也会恨自己的对吧？毕竟现在，她连最基本的品行也不行了。

这样一个不行的人，还有什么资格活在世上呢？给她空气，让她呼吸，都是一种错。生而为人，如此不行。

走出酒吧，大醉的陈果晕晕乎乎，走得踉踉跄跄。街对面出现了一大片的黑水，原来不知不觉，她到了京北河。墨色河水波光闪闪，静谧安详，真是个逃避现实的好地方。

优秀的江浩、凶恶的徐甜甜、鄙夷自己的同事们、留不住的半个初恋、被气走的一个前男友、死去的出轨老爸、二胎的表姐、一胎的表妹、“爆雷”的小出租房、逝去的漫画梦、“都是你的错”的闲言碎语、永远愤怒的陈淑芬，还有已然一无所有的自己……

绿灯、红灯、绿灯，就像《桃花源记》里那般，复行数十步，眼前豁然开朗。前方黑黢黢的河水，那么黯淡无光，就像她前三十年没有太多温馨回忆的人生。

陈果握紧拳头，深吸一口气，全力奔跑吧！耳边风声越来越大，她的速度越来越快，仿佛下一秒就要飞起来。真正想让一切都抛在脑后的飞翔，可能短跑运动员都没体会过。

正当她要在河滩上放肆跑一回时，前方传来“你、你、你”的惊惧叫声，她感觉自己被什么东西绊着了，下意识抓着障碍物，冲进了水中……

“扑通。”

“扑通。”

被陈果近乎蛮力地撞进水里的微醺男子叫赵沂，是个无业游民——当然他自己不这么认为，尽管名下没有一部作品，然而很长时间里，他都自我感觉良好地在各大社交媒体及银行要求的职业一栏填上“作家”称号。今天是他的生日，不出意外的话，从这天起，他将与这个自封的称呼诀别，他再也不会写作了。

接近凌晨，他站在京北桥的最高点，桥下的墨色京北河水奔流，白天深绿的水一到晚上就变得黑漆漆的十分瘆人。赵沂倒以为挺诗意，可能这就是作家独有的异于常人的思维方式。

一年前，他揣着仅有的几万元存款，一身孤勇来到京北，一腔热血投身写作，坚信虽千万人吾往矣，坚信自己笔下的故事价值连城。重遇女神小梦的那夜，那种坚信更是升华成了笃定。然而，春夏秋冬往复，梦想爱情事事休。不仅花光了存款，一篇故事也没签出去，小梦还跟别人跑了，最要命的是，他的抑郁症好像又发作了……

他痛恨消费抑郁症的人。他们最可耻的就是自己没有经历过，还曲解得那么理所当然。抑郁症不能药到病除，这些年他一直都在好和不好之间反复，有时自信只要自己愿意，什么难题都不是问题；有时又自暴自弃，认定自己是个彻头彻尾的废物。虽然每次都好转得十分艰难，但情况却从未像这回这样。尽管没有放弃生命，但放弃的也是跟生命同等重要的东西。零点零分，黑色U盘从手中滑落，隐没在黑水中，入水时看不见一点水花，就像他与这个世界的关系一样。U盘里保存着他所有心血凝成的文字，就这样无影无踪地消失在京北河。

他到附近买了打啤酒，接连不断地喝，喝到世界仿佛都变成了真空的，迷茫得不知何去何从。窝窝囊囊活到27岁，赵沂几乎从未体验过我命由我不由天的自主快乐，好不容易下决心到京北专职写作，结果就这样？或许当初父母极力反对他出来再正确不过：他就是根点不着的火柴，是条翻不了身的咸鱼，在老家抑郁着啃老就是命定轨迹。

然而，命运吊诡无比，不仅喜欢翻云覆雨，还热爱冷幽默。否则谁能料到这种时候，他竟能被一个陌生女人撞进河里？

凌晨的京北河边，连巡警早都没了踪影，只有路灯在敬业地发光发热。赵沂气喘吁吁，他妈妈怕他不慎落水溺死，从小给他报班学游泳，所以他不单会游，且4种泳姿都很标准。因而尽管有个大活人拼命按压他，他还是凭借人类的求生本能与过硬的游泳技术将对方拖上了岸。把落水女拖上岸时，不知怎地被她一肘击在前胸，赵沂痛苦地“嗷”了一声，接着狠狠呛了几口水。过了好一会儿缓过来，他才注意到旁边一动不动的女人。

不会死了吧？伸手到对方脸上，却摸不到半点鼻息。赵沂心中警铃大作，一时又惊又惧。他该干吗？心肺复苏？对，心肺复苏！但心肺复苏具体怎么操作来着？上学时学过，但此刻却完全不记得了，只能手忙脚乱去胸前按压。按了半天，人还是没动静，就在赵沂迷茫着需不需要按压腹部时，陈果却睁开眼，看见自己胸前有两只男人的手……

“啊！”

“啊！”

前一声，是陈果羞愤的叫声；后一声，是赵沂惊恐的叫声。

“你干吗？”陈果边吼边手脚并用地攻击赵沂。

“我救你啊！”

“谁要你救！”

赵沂委屈得有理说不清，这年头救人还有错了？他不求感谢，但也不至于求来个白眼狼呀！你个疯女人，真是过河拆桥、倒打一耙！赵沂本想这么说，然而他刚结结巴巴开了个头，方才斗战胜佛般的女人没了声响，软软地向后倒了下去……赵沂急忙扶住她，另一只手探了探她的鼻息：还好还好，她只是晕了过去。

你值得吗

NIZHIDEMA

好冷……难道自己灵魂出窍了？陈果一哆嗦，眼皮掀起一条细缝，看到云彩一样的一片暖白。

不是冥府，是天堂，自己落魄至此，竟还能上天堂？接着，暖白色的天堂世界里出现了一张男人的脸，那张脸白皙、瘦削，好像还有点熟悉。原来天使是这个样子……等等，这不是刚才那个变态吗？

“啊！”陈果瞬间清醒，肾上腺素飙升，一时间火力全开，反手把赵沂掴出杀猪般的叫声，力气大得完全不像刚落过水。

赵沂可以向天发誓，自己毫无邪念，探过身去完全是为了再次确认她是否还存在生命体征。可落水女过于激动，令他不得不抓住她的手，用力将她按在床上，防止她乱打人。

不是要被欺负了吧？这么一想，陈果“哇哇”乱叫，挣扎得更厉害。

再任由她这么“救命”“救命”地叫，邻居都要被吵醒了！赵沂随手捞来旁边的衣服塞进陈果的嘴里，眼见对方的眼睛睁得巨大，他终于绝望了：“别动，我不是坏人！你这样的，我才不要对你做什么哪！”

……

确认陈果只是晕过去后，赵沂盯着这个湿漉漉的大活人犯了愁。该不该把她送去医院或派出所呢？然而转念一想，万一医生或警察问他事件的来龙去脉，他该怎么解释？自己在河边思考人生，然后被喝醉的女人撞进水里，顺便救了她？听起来可不怎么靠谱。再加上这女人也并不感谢他，万一她污蔑自己意欲猥亵她怎么办？

赵沂用写故事大纲的方法一寻思，越想越怕，还是把她扔这里别管了！他把陈果的身体摆正，一起身狠心往前走。

第一步，没错，总会有人发现她，把她送到医院、警局或是家。

第二步，不过……女孩子毫无意识地躺在这里，是不是不大安全？万一遇到歹徒……

第三步还没迈出去，他赶紧转身。

算了，还是把她带回家吧。赵沂连拖带拽地把陈果弄回了家，连打车软件都不敢用，生怕被当成不法分子。幸好他家就在京北河对岸，离他俩的落水点直线距离不到500米。

理论上，救人救到底，送佛送到西。可赵沂盯着全身湿透的陈果，对于给她换衣服这事儿根本无从下手，只好任由她躺床上。等他洗完澡出来，发现对方依旧纹丝不动，这才有点慌了。他凑过去确认她的呼吸，还没来得及确认心跳，女人猝不及防地醒了，真是好巧！

见她消停，赵沂下手也轻了，又重复了一次“我不是坏人”。他朝旁边努努嘴：“这是衣服，你去换了，我数‘3、2、1’之后就放开你，但你别叫！这么晚，该把周围邻居都吵醒了。”

“3……别叫啊……2……别叫啊……1……”

心惊胆战地解放了陈果的嘴，见对方静默，赵沂才放心地把那沾满口水的衣服扔到一旁，谁知对方又“啊——啊——”地张开了嘴。唉！当代年轻人真是不能轻信！赵沂心中悔不当初，就应该把她扔在河边，不，根本不该把她给救上来！

“阿——嚏！”陈果终于把喷嚏给打完了，真是太冷了。

拿着男子给的衣服进洗手间，她才发现那是条做工精良的乳白色连衣裙。裙子虽是修身短款，但穿到她身上，裙摆下沿却拖到了膝盖，它原本的主人想必手长脚长。身前的浴镜仿佛照出了小孩穿大人衣服的不合时宜。白色的人影那么眼熟，那个岁月静好的周一，她也穿着类似这样的白裙子，带着对未来无限的憧憬……

痛苦如暴风骤雨般袭来，将她卷入深渊般不能呼吸。镜中枯槁的面庞抽筋般颤抖起来，她双手环抱住身体，仿佛不抱紧，自己就会原地蒸发。但这身体好沉重，骨骼无法支撑一点重量。身体往下沉，陈果坐到地上，缩成一团。如果可以无限收缩，消失在这世界上就好了。

陈果没听见敲门声，赵沂在门外终于急了。她换衣服时，他就很谨慎地在门外候着。这女人先把他撞进河里，醒来后又闹又叫，不是精神病也是精神不稳定。但男女有别，他即使担心，也不便冲进洗手间“监测”，只能把耳朵贴在门上——那模样不用别人讲，赵沂自个儿也明白很变态。哎……为什么要招揽这么个大麻烦呢？

“你没事吧？”他重重地敲门，还是无人应答。

她该不会……念头一闪，骇然不已。男人紧急间后撤两步，一脚向门踢去，老破小房间本就不结实的合金门骤然打开。因为太使劲儿，脚下一滑，赵沂竟往后摔了下去。等他好不容易站起来，入眼的是这样的画面：落水女子缩在洗手台旁，洗手池的自来水“哗哗”往下流，积水漫过边缘，白裙女子湿漉漉的头发刚好遮挡住脸颊，简直就像在演恐怖片……吸顶灯仿佛都闪了一下，赵沂倒吸一口凉气。

“为什么要撞我？”刚刚摔倒时，赵沂的手掌被茶几的尖角划出血。家中的创可贴用完了，他勉强找了条毛巾缠住伤口。

到现在，陈果总算后知后觉地判断出这人真对自己没什么坏心思。见他如此狼狈，心中猛然涌起愧疚，她抿唇犹豫，又在沉默中慌乱抬头，恰好对上他的目光。

这是个竹棍般的男人，看上去也就20岁出头。他很瘦，透过T恤能隐隐窥见锋利的骨骼轮廓，白皮肤透着病色，眼下乌青浓重，好似很久没有好好睡过觉。他那么年轻，可眉梢眼角却有一股说不出的悲伤和绝望——可这么个人间不值得的男子，此刻却如此关切地注视着自己，陈果不由得动容道：“我喝多了，因为我的人生全完了……”

被心爱之人背叛，梦幻恋爱破灭，丢了工作、名声和前途——总而言之，并不算一段新颖的故事，甚至称不上精彩。因为发生在普通人身上，也不具备任何新闻价值；可正因为发生在普通人身上，这么老套的故事却足以毁掉一个人。赵沂默默听完，发觉自己竟莫名其妙能体会到对方的决绝，明明选择那么多，却只能走这一条路的可悲。世上人与人之间大多不能共情，然而他与她的境遇竟如此相似。

“可你……还有父母吧？如果一味这样酗酒，不怕他们难过吗？”赵沂轻轻说。规劝他人总是容易，可他自己又好到哪里去了呢？

“我爸去世了。”陈果鼻子泛酸，“我妈……如果她知道我……”哽咽着说不下去。如果妈妈知道，一定不会原谅她！她的手指嵌进掌心，越攥越紧，疼痛袭来，比徐甜甜打来的那一记耳光还要痛得多。被黑暗包裹的人，看不到一丝光。最后她却嘴角上扬道：“她总说我干什么都不行，我可能真的不行，什么都不行……”

又好像意识到对着陌生人倾诉的无用，陈果起身，声音好似蚊蚋：“今天……谢谢。”她微微鞠躬，打算离开。

赵沂维持着单手上举的姿势，心中清楚：今天她出了这个门，是死是活便不干他的事。窗外漆黑一片，半地下室窗外有一米半的通气槽，就算大太阳照进来，光也会打折扣。刚到京北时兜兜转转选了这里写作，自然是图房租便宜，但他也确信自己很快能走出去。然而世事无常，又能有几回如愿？

他忍不住问：“你……之后打算怎么办？”

回应他的是仿佛被埋在煤灰里的眼神，毫无生气。陈果不知道，她真的不知道还能去哪儿，还能干什么。虽是醉酒后的神志不清才把人撞进京北河，可……她木然看向前方，没有说话。

眼见她往门口缓缓而行，缓缓的，行尸走肉般。赵沂忽然觉得，她现在的状态太不好了，虽然没说出那些放弃人生的话，但他太熟悉这种沉默了。门被打开，松动的钢板在地上擦出“吱吱”声，陈果没有回头。

这一刻，赵沂也不知自己怎么了，跳起来喊：“值得吗？”即使自己活得了无生趣，没任何立场来规劝别人生活依然美好，他还是无法接受这个大活人放弃自己的人生。

陈果转身："什么？"

"我问你值得吗？你就这样放弃自己了吗？那男人可还活得逍遥自在呢！"

赵沂忘记了自己受伤的手掌，冲到她面前挡住门："既然你什么都不怕，连自己的人生都可以不要，那为什么不让那男人付出代价？你难道不想为所有被骗的可怜姑娘们鸣冤，警醒那些骗子们，告诉这些人渣，这么做迟早会受到惩罚的！"

陈果怔在原地。长夜难明，男人的话像一道刀锋，划破她心底的死寂。

惩罚方法

CHENGFAFANGFA

赵沂的一生中或许有很多悔不当初：如果当年高考结束，叛逆一点去了省外读书；如果当年选专业，反抗一点不听父母的；如果大学毕业后，勇敢一点冲出樊笼，到京北、到异国；如果自己早一点开始写作；如果在小梦离开前就能变优秀；如果……可惜人生没有如果……

在她准备离开的当口，他绞尽脑汁地用了激将法。其实是缓兵之计，想留住她的脚步。等她回过神，时过境迁，也就无所谓报复了。万万没想到她竟当了真，还当真得如此认真！

女人停步、垂首，再抬头时，赵沂才发现自己犯了大错。她呆滞的眼眸亮得诡异，那点光彩好像冰火交织，格外璀璨。她一点点咬紧牙关："你说得对，我得让他付出代价！我不能让他这样好好活着……我、我……"

赵沂紧张地观察她："你想怎么办？"

残留的酒精影响着大脑运转，陈果用力想要琢磨出招数，但没浮现出任何想法。像每每打算创作漫画时，她的脑中总是空空如也。她几乎开始恨自己，怎么能什么想法都没有？现在立刻就必须有！她微微颤抖，憋了半天才说："我、我要弄死他……"

"犯法啊大姐，而且就凭你？你怎么'弄死'他？"她体格很小，像只瘦弱的小兔子，对世界的残酷没抵抗能力。她会是施暴者吗？不会，她根本不是这块料。

赵沂把心放回肚子里："为那样的人不值得，你要好好过自己的生活……"

"我没有生活了！"陈果再也绷不住了，泪水"哗哗"往下流。原来她的眼眶里藏了那么多委屈，刚刚才明亮一点的眼像要被这泪水全部淹没。"我知道我不行，我能报复他什么？他有钱有地位，就算他把我全毁了，我又能做什么？"

她"呜呜"地哭，一声一声击打在赵沂的心上。虽然他是个没用的男人，甚至自己被欺负时都毫无反抗意识，可他终究是少年心性，每逢听闻那些受害者放弃人生、施恶者却逍遥快活的惨剧，他都有着一腔悲愤，却又怒其不争。她在他面前这样无助地释放着痛苦，他实在无法坐视不理。

"全世界都站在他那边，根本没有人会帮我！"

破碎的人说着破碎的话，破碎得令人绝望——她只是想要公道，却四顾无人。委屈、悲痛藏于心，却无人理会。这些负面情绪一点点增长，大到足以阻碍她未来人生的幸福快乐……赵沂想，她得彻底发泄一次，才能彻底迈过这道坎。可与其让她如此疯癫乱来，造成不可挽回的后果，还不如……于是，赵沂开口说：“我帮你。”

接下来的荒诞剧情，赵沂此生都未曾想过，连写小说都不敢这么写——他居然和这个被自己从河里捞回来的女人有板有眼地讨论起如何报复她的前男友来！

报复方法何其多。陈果最想要的无非是真相大白，若不可得，也希望对方从此得到教训。好巧不巧，第二天便是江浩的采访里提到的，小破书要举办的KOL直播节。在这样的场合上，陈果如果引起骚动，必将成为当天最大的热点，是一定会波及江浩的。

赵沂扫了一眼直播节的简介：“请来的嘉宾真不少，全都是一线明星和大网红。你冲上去闹一闹，我就不信媒体不关注。”

“怎、怎么闹？”上台抢话筒，大喊自己的不幸遭遇？

除了考美院和来京北，陈果从小没干过出格的事，想象力可算是非常有限，根本弄不清闹事流程。赵沂就不一样了，他写都市悬疑奇幻小说，读新闻搜集素材，脑里全是奇奇怪怪的知识点，这样的策划对他来说一点都不难。几分钟之后，他就想出了一个缜密的策划——

“这样的活动有一定的安保措施，咱们不见得都能进去。就算能进去，如果被抓住，就不会有第二次机会。说不定江浩还会反咬一口，跟媒体说你精神有问题，之后无论你怎么解释都没用。所以我们只有一次机会，第一次就必须成功。

“你看，直播节是在这个产业园的中心庭院里举行，四周全是楼，这就很好办了。”

陈果根本听不明白：“好办什么？”

“你不需要去扰乱直播节现场，只用登上他们主舞台背后的那栋楼顶，装作要跳楼。到时我见机行事地在现场大喊，一定能引起众人注意。警察来后，你就当着媒体和嘉宾控诉那渣男的恶行。”

确实很有想象力，可……“这样会不会太浪费公共资源了啊？”

身处此境，这女人的第一个想法居然是浪费公共资源？说到底还是个没有坏心眼的女孩。赵沂松了口气：“不然你还是放弃报复吧，或者……我们再从长计议？”

“不，就……就这一次。”无论在工作上还是生活里，她都是个得过且过、能拖就拖的人，可一旦机缘巧合下认定一件事，偶尔也能迸发出百折不挠的勇气。理智上，她知道赵沂是对的，做什么不得步步筹划，何况是砸场子呢？但她没耐心，让她慢慢放平心态，像勾践一样卧薪尝胆，她做不到。而且她还有一个疑惑：“小破书很有钱的，就算闹一场，他们是不是也能花钱息事宁人？”去江浩公司的那一幕太扎心，让她觉得他们可以只手遮天。

“放心，我查了。这家公司虽然发展得很好，但也有很多竞争对手盯着，想必谁都不会放过这个踩踏的好机会。”

合计完细节，保证行动丝丝入扣，就等天亮实施。陈果满脸倦容，忽又想起一件事：“你……为什么帮我？”

天空略有泛白，夏末晨光到得特别早，但青涩的光依旧挡不住夜的暗。

赵沂笑：“因为我是个作家，所以你得让我跟你一起行动。”

作家，创作者也。既然写作素材取之于生活，那当然要沉浸式地体验一番了。所以写都市悬疑、砸场闹事等题材，能亲临现场感受一番再下笔，自然比空想要让人更加信服——这些当然是瞎说的，否则按这逻辑，写灵异小说还得满世界去找个根本不存在的鬼吗？但赵沂为了说服陈果，不管这套说辞有多离谱，只能拼命给她灌输自己的写作方法就是这么特立独行，否则她不会让他跟着——虽然他们才认识几小时，但他已经知道她的为人了。

京北这座城，冬日酷寒，夏日酷热，短暂的春秋仿佛是假的。城市被京北河一分为二，那条神奇的分界线分出了这座城市的财富水平。桥这头高楼林立、霓虹闪烁，桥那头残败破旧、不堪入目。一路坐车，竟像观赏了一部城市进化史。周六清晨的街道本应空空荡荡，可快到目的地时，竟堵起车来。

“听说附近要搞什么直播电商节，不少网红跟明星要来参加，您二位也是来看热闹的吗？”司机边解释边绕路，最后自作聪明地把车停在了江浩办公楼的对面，“目的地就在那边，不好意思，辛苦走两步，给个好评哟！”可真看不出他的不好意思呢。

二人昏头昏脑下来，等车开走，与办公楼遥遥相望时方才发现：虽然直线距离只有两步，但目之所及，没人行横道呀！陈果站在原地发愣，风好大，热气直冲脑门儿。

“真要去吗？”赵沂仿佛在说“现在还没到最后，你还可以停下”，“如果去了，至少会被拘留。”

陈果再次攥了攥拳头：“开弓没有回头箭。”

明明风是热的，赵沂却被吹起了一身鸡皮疙瘩：怎么这人倔得跟头驴似的呢？算了，先由着她，就她那脑回路，等待会儿酒彻底醒完，临阵脱逃也不一定。权且顺着她这股劲儿大闹一场，疏散心中的郁结，便不再会留下疙瘩。重新来过，总需要些“仪式感”。

陈果朝远处的红绿灯走去，发现赵沂没跟上来，才扭头问：“干吗不动？”

“从这里过去不就行了？”赵沂望着街道对面。

“横穿马路不好吧？”

赵沂逗她：“你都要去闹事了，不应该像她一样吗？”

他指向的前方，不知何时出现了一位横穿马路的女人。那女人很年轻，也很时尚，可目光比陈果还涣散，步伐比陈果还踉跄。不仅公然违反交通规则，还时走时停，好像在思考人生，恰似大闹江浩办公室后的她——就算还隔着10米，陈果也能感到那熟悉而绝望的气息。

赵沂感叹：神经病年年有，今年特别多。还没感慨完，一辆跑车疾驰而来，直直冲向女人驶去，速度太快了。

“小心！”情急之下陈果大喊出声。

然而，那女人像着了魔，不仅没小心，还停下看手机！眼看那辆车车速未减，瞬间就要撞上她！

“小——心——啊！”说时迟那时快，陈果大脑一片空白地冲上去，用力把人推开，自己立刻被跑车的力量卷起后弹出一米之外……

“啊——”女子终于反应过来，惊恐尖叫。

“啊——”赵沂脸色青白，吓得直抽搐。

“啊——”陈果撕心裂肺大喊，剧痛从腿部传来，宛如剥皮抽筋！

由梦转醒

YOUMENGZHUANXING

很难描述车祸后的混乱。陈果被跑车撞飞，被救女子尖叫，跑车刹车，后面乱作一团。行人过来围观，大声议论不休，更有甚者拿出了手机录像。赵沂急火攻心，不假思索地跑过去。陈果箭一般射出去时，他就心叫不好。可没能拦住她，事情就变成了这样……

陈果蜷缩在地上，不知是死是活。他该怎么办？本来由于睡眠障碍常年精力值就只有二三成、又和陈果折腾一宿没闭过眼的赵沂简直蒙了！他自小长在温室里，是个不好看也不中用的脆弱树苗，从不是个堪当大任的男人。

“打120啊！”不知是谁吼了一嗓子，被人提醒，赵沂才赶忙找路人借了手机。哆哆嗦嗦按屏幕，三个数字竟好久都没按对。几次后才接通电话，那头问什么他答什么，总算把情况和位置说了个大概。接着他蹲下来看脸色惨白的陈果：“你、你、你还活着吧？”

陈果疼得连白眼都翻不出来，不停颤抖。赵沂四下观察，没血迹，一眼扫去身上也没伤痕，但说不好内脏已破损……手在空中停住，常识让他不敢动她，可他又不能什么都不做，最后只能说：“坚持一下，救护车马上来了。”

附近巡逻的交警很快赶过来，保护现场，疏通街道。车主没有肇事逃逸，只是拖拖拉拉半天才下车，过来发现陈果没死，就很激动地给保险公司打电话去了。救护车来时，他还在跟交警、保险公司的人描述当时的情境。赵沂环视四周，刚才被陈果救下的女子已不知所终……

陈果醒来后，艰难低头，不出意外地见到两只石膏脚。麻醉效力还没过去，她却像刚跑完一个全程马拉松，身心俱疲。赵沂交完费回来，她已一头栽倒睡过去了。赵沂叹气：今日的鸡飞狗跳总算结束了。

医院从上到下将陈果检查了一番：右小腿胫骨轻微骨折，身上多处擦伤，似乎还有轻微脑震荡，立刻被留院观察。京北医院的床位可不是说有就有的，她只能先躺在住院部人来人往的走廊里。出这么大的事，理应通知家人，可陈果打死不肯，所以既不是亲人也不是好友的赵沂只好留下。他坐在陈果床对面的铁椅上睡着了，等他再次睁眼，发现她正生无可恋地望着天花板。

陈果仿佛是在暗无天日的现实里做了场更加暗无天日的噩梦，梦中那个不管不顾非要去闹事的人，根本不是她。这场车祸有如当头棒喝，令她由梦转醒。之前的气势就像被捅破的气球里的空气，一下子泄了个干干净净。显而易见，眼下她的处境更加艰难了：没工作，有负债，双腿“残废”，租房APP爆雷，还有不知道数额的医药费，各种信息纷至沓来，千头万绪，毫无章法，精神一紧张，牵扯到了腿部，立刻疼得她“嘶”一下叫出声。

听她一叫唤，赵沂猛地凑上前：“要不要叫医生？”他眼底有浓重的乌青色，显然累得够呛。

陈果心中一颤，忙道不碍事。眼前这张同甘共苦十几个小时的脸既熟悉又陌生，他这么关切地注视自己，让她有些无所适从。她眼神闪烁，弱弱地问：“对了，那个……我还不知道你的名字呢。”

“我叫赵沂，赵钱孙李的赵，山东沂河的沂。”见她困惑，他又补充道，“三点水加一个半斤八两的斤。”

大致想象了一下字的形状，陈果忍不住问：“中文里还有这个字的吗？”

赵沂一时语塞。

他的经历，一年内的种种，一语带过。隐去离家出走、跟父母断绝关系、女友劈腿和抑郁症复发后，他的人生听上去能用“‘奔三’青年逐梦写手圈”来总结，十分励志。

“作家？好厉害啊，我能看看你的作品吗？”陈果由衷赞叹。自己的梦早一个个碎成渣了，但这不妨碍见到追梦人时真心实意地艳羡。

如果写出来的东西都算作品的话，的确不少……作家英雄气短地摇头：“我没有作品，我写的都是些没人读的东西。”无论自我感觉如何良好，安慰自己是别人有眼不识珠，可事实就摆在眼前：换了那么多家网站，都毫无点击量。他也向很多圈内有名的杂志投过稿，可都石沉大海。如果小梦还在身边，他的自负与梦幻不至于破裂得这样彻底，但现在他什么都没有，连东山再起的勇气都鼓不起来，其实……他也从不曾有过东山。

“怎么可能？”

赵沂不知如何回答，样子十分狼狈，幸好这时护士来了：“谁是陈果？有床位了！”

病房是6人间，每张床位之间用帘子遮挡，十分简陋。陈果的床位在最外侧，正对着门，一举一动都能被人看见，不可谓不尴尬。但这倒不是最尴尬的，最尴尬的是上厕所。

“如果实在忍不了，你就……”

“不！”虽然才认识这么短时间，可对上他的眼神，陈果却莫名懂得他是想要自己用尿壶解决，立刻涨红脸拒绝。于是他只好扶着她歪歪扭扭地挪到走廊尽头：“要我扶你进去吗？”

“不！”陈果的脸又红了，自立自强地扶着墙进了厕所。这所建于20世纪90年代的医院，设计十分有年代感，为了在厕所里装上蹲坑，隔间整体抬高了20厘米，从根本上增加了如厕的难度。陈果把拐棍往台上一搭，屏住呼吸忍着疼跳上去，结果脚底一滑，直接让等候在外面的赵沂听到一阵连绵不绝的“啊——”。

“你回去吧。”吃过赵沂买来的盒饭，陈果打了个饱嗝。

结束了忙前忙后，累得半死的赵沂正缩在一角啃鸡腿，闻言一怔：“我走了，你怎么办？”她现在这半身不遂的情况，很需要人跑腿。真不明白，她这么着急赶自己走干吗？刚刚才在厕所摔得四脚朝天，这么快就又要自立自强，怎么这么不长记性呢？

“我没事，医院有护士，我还可以请护工，你不用管我。”尽管陈果看上去像个生活不能自理的废物，但她本质上并不喜欢麻烦别人。很多时候，麻烦别人就是把自己的伤口再次公之于众。赵沂在这里陪着，好像时时刻刻都在提醒着她的愚蠢和悲惨。

“你哪儿有钱请护工？”

陈果的自尊心让她有点恼羞成怒：“要你管，让你回去，你就回去！你谁啊，凭什么在这里对我指指点点？”

这两天为陈果应接不暇地处理问题，赵沂此刻体力快透支了，听了这话气不打一处来：我是谁？我是救你两次的人，是陪同你执行那可笑又荒谬的闹事计划的人，是你出车祸到现在为你忙得脚不沾地的人！从没想过索要酬谢，但也不愿这么被诋毁。赵沂也怒了：“好，我现在就回去，你就这么待着吧！祝你幸福！”把塑料饭盒往旁边一扔，他头也不回地走了。

他走了，真的走了。陈果盯着门，木然地想：走了也好，她不就想让他走吗？他们不过是萍水相逢的路人，他又有什么必要被自己拖累？

周围环境依然嘈杂，充满了外放的短视频声、病人与家属的对话声、窗外呼啸的车流声、病房外来来去去的脚步声，她却什么也听不清。那瘦弱白皙、一看便难堪大任却又逻辑清奇、时常语出惊人的作家一走，竟连屋内的光线都黯淡了几分。谁把空调的温度调得那么低？陈果捏着床单的手瑟缩了一下。

真的只剩下她一个人了。其实，在没认识江浩之前，在她没谈那些从不曾好好结束的恋爱的时候，她都是一个人。一个人逛街、吃火锅、看电影，在终极的寂寞活动里也并不觉得寂寞——这从未有过的孤独感，是怎么回事呢？

“男朋友这么早就走了呀？”隔壁床大妈多事地问，陈果胡乱点头应付。

“那他什么时候回来？你这个样子，自己上厕所也不行的呀。”

“不、不回来了吧……”

“不回来，今天不回来了？”大妈不可思议道，“你都这样了，他不照顾你，这种男人留着干吗，不如分手好了啦！”

或许她和赵沂连朋友都算不上，但这话不知怎么就戳中了泪点。陈果一忍再忍，可在大妈出门后，她再也忍不住啜泣起来。而赵沂去而又返，正撞上她这副惨兮兮的哭相，一双红肿的眼对上一双疲惫又疑惑的眼：“你……”

chapter 4

第 4 章
城市英雄

赵沂气得要死，一路冲出了住院部的大门，打算让里面那没良心的人自生自灭。那女人疯疯癫癫、不知好歹，要不是他，她住院的费用都还协调不下来呢！他气呼呼往外走，做好了跟她不再见面的准备。

他抱臂在路边等出租车，思绪不可抑制地泛滥：被撞成那样，没钱、没卡，连手机也没有。肇事车主坚持称自己不是主责，据说还在据理力争，而交警呢，正忙着寻找那个横穿马路却不知所终的女人。被撞的后遗症，医生现在也说不好，也许会随着时间慢慢显现，轻则下肢瘫痪、重则半身不遂。当时，赵沂还阴阳怪气地提醒，下肢瘫痪和半身不遂就是一个意思，立刻引来她的一个白眼。

她如果残废了，会不会想不开呢？赵沂微微仰头，陈果飞奔向京北河肆意的模样，在洗手间里脸色惨白的模样，冲向横穿马路者毅然决然的模样，书页一样在眼前翻过……不行，他得回去“监管”她，她精神根本就不正常！于是他扭头又冲了回去。

这是赵沂又一次见到陈果哭，惊得他几乎汗毛倒竖。毕竟在他心中，陈果从跳河到被撞，一滴眼泪都没流过，典型的女版钢铁侠。她为什么哭呢？如果是为自己悲惨的境况，那感知力也太弱了吧？总不能是为他而哭，他又没死，有什么好哭的？想来肯定是麻醉药效过了，疼的。

“我……”陈果怔怔望着满脸诧异的赵沂，千言万语汇成一句话，“好饿呀。”话一出口就被自己蠢哭：刚才不还打饱嗝儿了吗？

“对了，我打算回家洗个澡，刚才忘了问你缺什么。”

原来他还打算回来的，陈果心头一热，眼泪更加收不住，顿时涕泪横流：“能给我带本漫画吗？”

“知道了，还有呢？”

“还有可乐，要无糖的；巧克力，要黑巧的；酸奶，要有燕麦粒的……”陈果絮絮叨叨说了十几样东西，当真不把自己当外人。

赵沂记了个七七八八，走之前重复了一遍：“就这些，对吧？”

他前脚一走，大妈后脚就欣慰地说：“你这男朋友还行，留着吧。”陈果的脸“唰”的一下红了……

等赵沂回到医院，陈果又四仰八叉地睡着了。她有张小脸蛋，鼻、眼、唇单拎出来，每个都不出色，组合在一起也只是普通的可爱。赵沂的脑海中不可抑制地浮现出一张明艳沉静的脸，那张脸五官鲜明，眼睛又大又亮，仿佛汇聚了全世界的星光，令人一见难忘。他的嘴角勾起，又平复：她那样的人，就该过得幸福快乐，不应和他继续纠缠。

小梦，你现在应该过得很好吧？

翌日，交警队通知二人，那名不遵守交通规则的女人已被找到，经协商，她愿意与车主共同承担陈果的医疗费。陈果听罢松了口气，医疗费有了着落，不会让她本就入不敷出的财政状况雪上加霜，赵沂却越听脸越黑：“这样就结束了？”

“不然呢？”

“你为了救她变成这样，她就不该来探望你吗？”

“算啦，一报还一报……”陈果神色很平静，“我虽然救了她，但你别忘了，当时我是去干什么的。”

作家紧张起来。按小说的路数，主角突如其来的自我反省后，通常都会冲动地出一些幺蛾子。他压低声音：“你要干吗？还要给我添多少麻烦！”他的白脸由于呼吸急促而晕红了一半，尾音发颤。

“我——”

赵沂打断她：“我受够了，遇见你这两天，我简直倒了八辈子的霉，没有一秒钟对劲！我根本不敢让你离开我的视线，生怕你出事，我都要疯了！”

“你——”

赵沂再次打断她：“闭嘴！我是废人一个，自己都管不好，我为什么要管你？今后随便你要做什么，跳河也好，报复也罢，随便！但不要在我面前做，不要连累我！”

他越说越激动，最后浑身控制不住地发抖，把陈果吓傻了。她原本是想说，因果循环，报应不爽，是想表示自己并不介意对方不来道谢，却未料到让赵沂这样失控！望着他失控的模样，她的心情复杂到难以言喻。的确，她是受害者，但他却比她更无辜。自己车祸后，她竟不知道，他的情绪还这样紧绷！

赵沂自知失言，可累积的情绪却还支配着身体。他攥着拳头深呼吸，听到陈果以极低的声音说：“赵沂，我错了，对不起……”

赵沂不是个情感外露的人。他出身于西北兰城的大院家庭，父母和大部分亲朋好友都在当地同一家领头羊国企工作。家庭模式是十分传统的男主外女主内，严父慈母的类型。赵爸爸位及部长，在外人面前举手投足都很克制，生怕丢了面子。在那样的环境下成长，赵沂总是唯唯诺诺，刚才是他此生为数不多的失态。迟到但充满歉意的自省和道歉让他喉头一哽。不过，还没等他缓过劲儿来，几个陌生人闯进病房，围住陈果的床。

这是干吗？打劫？要债？赵沂和陈果双双睁大眼。赵沂侧身挡住陈果问：“你们是谁？”腿抵在床边微微发颤，赵沂很讨厌这样充满戒备和对抗性的场面，有一分钟他甚至想爬到床下躲起来。可是……不行。

一位中年女子站了出来，把手里的鲜花往赵沂手里一塞，眼光绕开他：“您就是陈女士？”陈果条件反射地往后缩：她不会和徐甜甜一样，也是来打她的吧？

“我们是‘京北好市民’工作组下的同名公众号的工作人员，昨天听说您不顾自身安危、飞身救人的事迹，非常感动，今天来是想对您做一组专访。”

专访？赵沂故作冷静：“什么专访？你们从哪儿来？怎么会知道她姓什么？”

那人遇多了这样的场景，解释说：“我们是京北市市委直管的媒体，是正规机构，常年追踪京北发生的好人好事。我们和市局及各区分局保持着良好的协作关系，这次陈女士舍己救人的消息就是交警大队告诉我们的。小王，给人家看看咱的工作证！”叫作“小王”的跟班一阵翻找后，递过纸牌，上面写着：京北市委宣传部“京北好市民”工作组，王庆，还盖了公章。

赵沂皱眉，将信将疑：从没听过京北有这么土气的公众号。

“喏，这就是我们的公众号。您看，原创好人好事的文章都有好几百篇了！”她把手机交到陈果手上——

《力排膝下儿女众议，老人将名下10套房全部捐给孤儿院》《好心小伙为救被家暴邻居，被其丈夫连捅3刀》……

光看这些标题，就知道是传奇人生故事了。如果写自己，标题会不会写成《女子闹事不成，救人反致半身瘫痪》？陈果赶紧说：“我、我没什么好说的……”

“怎么会？您身为女性，如此瘦弱，却勇气惊人，堪称我们京北女性表率，这一行为应该被宣传推广出去，让更多市民知道。采访不会很久，我们之前问过医生了，应该不会影响到您休息。”

表率？还推广？她不配，陈果汗颜。

“她不用推广，你们走吧。”她非常赞同赵沂的回答。

“对了，为嘉奖这样的英勇行为，工作组讨论后，将您的事迹列为这一季度的京北好人好事，我们一季度只有三个这样的名额。奖金两万元，虽然不多，但的的确确是一份代表城市的心意。采访结束后，我们组的领导会来向您颁发领奖凭证。抱歉，他之前有个会，目前正在赶来的路上……”

赵沂还在赶苍蝇似的挥手，陈果却机敏地竖起耳朵：“什么奖金？”

“是这样，我们募集了一笔叫作‘京北雷锋’的公益基金，专门奖励做好事不留名的京北人。因为一直联系不到您，请交警队跟医院确认后才过来的。今天确实是我们唐突，如果您实在不愿意……”

“我愿意！”陈果回答得斩钉截铁，那可是两万元！

嘉奖好人

JIAJIANGHAOREN

为了两万元“折腰”的“京北好市民”陈果自此开始了人生中的第一次采访。记者团开始提问，另一位打开电脑“哒哒”地记录，其他若干人等则称职地当起了背景板。这一行人雷厉风行，动静不小。不仅引得同病房的病号拉开帘子投来好奇的目光，连他们的家属和巡床的医生、护士也都来围观，里三层外三层地把陈果包围起来。

在一片“想不到她竟是城市英雄”的高度赞扬声中，被采访的主角简直无所遁形，上次受到这样多的关注还是在前公司被徐甜甜羞辱的那天……陈果头昏脑涨，本能地往后退，可后背是枕头与墙壁，她避无可避。记者第一个问题就让她完美体会到了“如坐针毡、如芒在背、如鲠在喉”的“如”字三联。

“请问当时您为什么会在那个地方呢？”

一段正常的开头就让陈果瞬间石化，真实理由当然不能说，可她也不知怎么编下去。去加班？对方肯定会问她具体公司；吃早点？当时那么早，周围没一家店是开门的；在家吃完早餐去散步？可小破书方圆两千米不见居民楼……

“我是去、去、去……呃……”陈果不由得望向赵沂。

“去参加直播节的，那天附近要举行直播节，我们想去凑凑热闹。”终于，赵沂开了口。

大救星！陈果赶紧接住这来之不易的话头：“对对对，就是这个！”之所以能说得这么真切，是因为她的确是去“参加”直播节的。

谁知，记者做足了功课：“您是说小破书牵头组织的直播电商节对吧？可那个活动10点才开始，当时还不到8点呢，你们赶这么早？”

“回家路上想起这件事，不是赶早是赶巧。”也不看他是干什么的，编故事，赵沂可没一点怕的。

“那个点，回家？”记者不知不觉将身子转向赵沂。她也发现了：主角支支吾吾憋不出一句话，还不如采访这个男的：“请问您是她的……”

“我是她朋友，普通朋友。她最近过得不怎么好，所以找我吐槽。我们在附近喝酒聊天，一聊就聊到了早晨，后来我送她回家，刚好经过那里。”

记者敏锐地捕捉到了新闻点：“这么说，陈女士还是带着糟心事去救人的，方不方便告诉我们是什么事呢？”

“她……”赵沂看向陈果，发现她的表情好像似在说：敢多说一句，等我康复了就砍你！

女人变得可真快……成功接收到暗示的赵沂避重就轻：“前阵子她才刚续了一年的房租，可房东却说自己并没收到钱，勒令她赶紧搬走，这才知道是租房平台爆雷了。”

“您是说最近失联的‘蛋黄’APP吗？”

陈果点头，周围人哗然：这姑娘也太可怜了！

连记者也同情得连连叹气，“那真是闹心！陈女士在这样的情况下还能舍身救人，实属不易，能跟我们描述一下当时的情况吗？”

陈果又是搓手，又是望向天花板，竭尽所能地回忆当时的情况：“她在马路中间，车来了，我推开了她……”

毫无戏剧性的描述让记者的不满都溢出来了，摆在面前的事实还要你说？赵沂在内心翻白眼：当初解释自己落水的原因时，你倒这么简明扼要呀！记者耐着性子循循善诱：“您在飞身去救她的那个时刻，是怎么想的呢？”

怎么想的……脑子极度混乱下的自发反应呗。从大闹江浩办公室被赶出来后，到在医院的走廊上醒来的那段时间，她的脑子都不像自己的——她哪儿能知道不属于自己的脑子到底怎么想的。于是陈果老老实实回答：“其实没怎么想……”

这下换记者求助地望向赵沂，这位陈女士真是她职业生涯的瓶颈。赵沂头痛欲裂，只想快点把这群不请自来的家伙赶走：“她的意思是，当时情势紧急，根本没时间做任何思考。救人是不自知的本能，是嵌入骨血的良知，换成谁都会这样做。”

病房爆发出雷鸣般的掌声，特别是隔壁床的大妈。记者激动得热泪盈眶：救人不留名，舍身不自知，京北好儿女！

闹剧般的采访持续了90分钟，最后时刻，“为颁奖而生”的工作组领导终于闪亮登场。常规流程应当是致辞、颁奖、合影留念。然而由于陈果既不愿透露姓名也不愿配合合影，他只能把印有“京北好市民”的绒布锦旗交给“朋友”赵沂，照着手机念属下刚发过来的寄语：“巾帼不让须眉，红颜更胜儿郎，京北城市温暖，全靠千百个你！”

念完诗，领导递给陈果一张卡纸，上面写着“京北雷锋奖金两万元”，后面工作人员的相机对着卡纸猛拍。领导一脸慈祥地与陈果握手：“您到时候拿着证件和这个凭证到我们工作组登记，就能领取奖金了，希望您不忘初衷，再接再厉啊！”陈果“嗯嗯啊啊”地答应完才感觉到不对：再接再厉什么，继续被撞残吗？

记者团走后，风波还没彻底结束。住院生活沉闷，不常见到的采访一石激起病房千层浪，病友们讨论不休，有的还试着偷拍陈果，要给她做全方位系列展示短视频……“城市英雄”不堪其扰，无助呻吟：“不然，我还是去睡走道吧？”

最终赵沂死皮赖脸地让院方协调给陈果换了个床位。也许是她的英勇救人事迹感动了医院，院方居然让她搬到同一栋楼的单人间，还贴心地在旁边弄了张陪护床。

安顿好后，已是凌晨，赵沂起身检查一番，关灯，躺在折叠床上。楼外星空朗然，车鸣呼啸。黑暗里，陈果终于有机会把卡在喉咙的问题说出来：“之前你说的‘自己都是废人一个，自己都管不好’是什么意思？”

赵沂一震：“没什么，随便说的。”

陈果目不转睛地看着他忽明忽暗的轮廓问：“我们现在算朋友吗？”

“当然。”

“如果是，为什么不能告诉我？”陈果很少这么刨根问底，倒不是说她天性拥有不八卦的美好品质，而是身为“社恐癌晚期”患者，让她强行采访别人还不如杀了她。在她心中，需要不停和陌生人说话的职业很恐怖，比如记者、营销人员和公司老板。所以，即使她对什么好奇，也不会主动去问，很多时候都活在一无所知中。

可赵沂和其他人不同。他在她绝望的时刻救了她，与她共同经历了那么荒诞好笑的闹剧，即使发生车祸，他也没弃她于不顾。反观自己呢？陈果简直汗颜。除了知道他是个“作家”，知道他住在京北河边的半地下室里，她一点也不了解他！他失控的时候，她就想好好问一问，却被采访打乱了节奏。

“我的事，你全都知道了；我最不能见人的模样，你也见过了。是朋友的话，公平起见，你也该告诉我。”

赵沂还是没说话。这反应让陈果莫名失望，她叹口气：“好吧，刚才的话，就当我从来没说过。”

“其实……那天去京北河，我是准备跟过去诀别的。”

陈果眼如铜铃，瞳孔骤缩。

用脸降落

YONGLIANJIANGLUO

“什么？你到京北是离家出走，为了写作，还跟家里决裂了？”虽然赵沂口中的“跟过去诀别”并不是轻生，但陈果还是讶然。

人生前26年的剧本都被家人写好，赵沂也从未想过出戏。小学到大学都在老家兰城念的，专业随爸妈的意思选了化工。毕业后在家人的安排下进了化研院做工程师，如无意外，他和家里的其他人一样，会慢慢评上中级、高级、副高、教授级高工。不喜欢技术的话，也可以从技术转商务。

他不喜欢自己的工作，但也没厌恶得很彻底。况且公平地说，化研院是兰城最好的单位之一。赵爸爸出生于农村，在化研院里打拼近30年，终于杀出一条血路，如今财富有了，社会地位也有了。在他看来，子承父业是赵沂最明智和唯一的出路。

少年人郁愤叛逆、心有不甘，赵沂不是没反抗过。然而，那些为“飞”走做出的努力最后都成了笑话，在赵爸爸的威压面前，连当车的螳臂都算不上。赵沂苦笑：“如果高考能考出兰城，他们就管不了我了，我当时这么想……”

高三那年，赵爸爸和班主任时时沟通，得知他有意把京北语言大学中文系当作第一志愿后大为光火。

“我爸一定要让我考兰城大学化工系。”

那年，为了小梦，赵沂难得硬气一回，跟他爸表示，如果不让他去京北，那他就不考了。拉锯好几天，最终在班主任的协调下双方各退一步：要填志愿的时候，保留一所京北的学校，但专业还是化工。

“那时，我拼命学，拼命做题，连上厕所都在背数学公式、英语单词、古诗词……”那样的孤注一掷，仿佛赌上了全部的身家性命。

然而可能越想要，就越要不到。高考前一天，赵沂发高烧，温度罕见地冲上40摄氏度。考试时大部分时间都恨不得睡过去，结果可想而知。他不仅没考上京北的大学，而且分数低得差点没学可上。后来辗转进入兰城理工的预科班——还没起飞，就用脸降落，赵沂的抑郁症彻底爆发。他本来敏感胆小，为高考攒起的锐气被挫骨扬灰，嘲笑之声环绕周身，之后更自认是飞不出去的笼中鸟。养了好几年，浑浑噩噩混到大四。

难道一生便如此了吗？赵沂扪心自问，难以接受。在奉旨去化研院报到前，他也尝试过其他逃离的方法，但每次均以失败告终，“投出去的简历杳无音信，后来考研，两次都没考上。渐渐地，我也放弃了。”

为什么不去实习，为什么不更努力，为什么要这么快放弃？也许有人歌颂“精诚所至，金石为开”“破釜沉舟，方能有所得”，但陈果太懂那种无能为力了：总差临门一脚，总是欲求不得，仿佛那天生就不是属于自己的路，到最后连自己都不信自己能坚持走下去。

可命运太爱开玩笑了，就在赵沂默认了既定命运轨迹的时候，他的短篇小说获奖了。生活残酷得让人想逃避，文字是很多人的救生衣。赵沂平时爱看书，无聊时也写写短故事，发在网站上。获奖的小说是他顺手投稿的，不料种豆得瓜。虽然奖金很少，于赵沂却意义非凡。

颁奖礼在京北河边的文化创意产业园举行。那时赵沂去领奖，初次见到这条宽阔的河流，眼中带着玫瑰色滤镜，只感觉它仿佛是从天幕那边腾来的黑龙，气派无边。而京北阳光明亮灿烂，到处是绚烂生机，相比兰城，这里有无穷的活力。

主办方预算有限，请来的嘉宾都是往届获奖者，不是什么明星大咖。可即便如此，在赵沂心中，他们也闪闪发光。给赵沂颁奖的作家已经靠版税获得财务自由，赵沂永远都不会忘记他对自己说的那句“构思灵巧，前途无量”——也许那是客套话，但他仍愿意相信。

“拿到奖状和奖金的那一刻，我感觉自己站起来了，好像未来全都明朗了。就在那个瞬间，我决定留在京北，要当一个作家！”那时的场景历历在目，说到这里，赵沂竟还是不能自控地有些激动，“像个傻子吧？”

赵沂回家就辞职了，铁了心要去京北。父母自然不同意，弄得家里鸡飞狗跳，然后互放狠话以致决裂。最后，他带着仅有的4万元存款和几个成形的故事大纲独闯京北。梦想之初总是绚烂又美好，像创业者种子轮的商业计划书，在幻想中都是要上市的大项目。赵沂以为，只要半年，他的作品就能有收入，现在想想，真是乐观得过分了。

“我以为自己是韬光养晦，厚积薄发，谁知站在颁奖礼上的时刻，已是我人生最高光的时刻。”

一切不如设想，不如预期，便要放弃人生彻底躺平，自欺欺人地大隐隐于市吗？那世上多少人干脆都不要被生下来好了！

然而这样的感慨或指责，陈果说不出口。因为，她自己不也如此吗？局外人对走上歧路的人冷嘲热讽，责怪其愚笨，嘲笑其心态，选择那么多，何苦想不开？可生死、梦想、光荣能压死人。人哪，嘴上说着理解，却鲜少能真正共情。陈果沉默得像一尊佛，只是在越发沉寂的黑暗中，几不可闻地说：“我活着，你也好好活着，好不好？”

壮汉房东

ZHUANGHANFANGDONG

“完了完了！”这是陈果跳完河的第三日，也是赵沂和她掏心掏肺后的第二天。

她魂飞魄散、五雷轰顶的模样差点把赵沂吓得掉下床：“怎么了？”

“今、今天房东要打上门了！”怪不得从昨天开始，她就总有一种自己忘记了什么重要事务的感觉。然而先后被车祸和记者采访打断，又沉浸在赵沂的悲惨故事中，就全然忘记了室友的通知：3天后再不搬出去，房东就要来强制赶人了。如果“城市英雄”能记得她任何一位室友的电话，一切就简单多了。但她们一屋子天南海北的女孩都是被蛋黄APP拼凑起来的，最紧密的交往就是抢厕所，能加个微信实属仁至义尽。

赵沂让陈果用他的手机登她的微信ID，不料流程被卡在“朋友验证”环节。陈果在列表的一众头像里划来划去，就是下不去手，赵沂十分疑惑：就算没脸联系亲妈，总还剩几个同学、朋友、前同事吧？

“我不确定他们会不会操作哦……”犹豫半天，陈果终于选中3个平素看似最与她为善的人——秘书、室友和小姨。接下来一小时，如她所料，无人回应。

“人缘怎么差成这样？”赵沂恨铁不成钢，只好亲自前往陈果的住处。

等他赶到陈果的出租房时，房子果然里外乱作一团：防盗门大开，几个姑娘正来来回回搬东西。赵沂抓住一个正往里走的女孩问道："您好，请问陈果是住这里吗？"

女孩恍然了一下后点点头，朝里面努嘴："对，她住最外面那间的，但她这几天好像都没回来，我也联系不上她。"

这室友从没见过这么缺心眼的邻居，都通知了房东要过来赶人，她居然安之若素地不回信息，而且连人都干脆消失了，是以为自己在恶作剧吗？但女孩依然很好心地提醒："你是她朋友吗，能联系到她吗？如果能联系到，就让她赶紧回来吧，她再不回来，房东说会撬开她的房门锁，把她的东西全扔出去。"

"怎么能这样？蛋黄爆雷，你们也是受害者！房东在哪里？"赵沂的正义感令他浑身燥热，恨不得马上跟房东理论个子丑寅卯。

"我就是房东，你找我？"一个中年大叔出现在他面前，带着睥睨天下的傲慢及一身令众人侧目的腱子肉。刚才他在里面"监工"，听到屋外有人喊他，立马出来会会到底是谁这么不识好歹。

"我、我……"被对方在气势上压制，赵沂的声音登时低八度，尽显文弱书生本色。

"找我干吗？"中年人横眉倒竖，赵沂被他呵斥得眼皮一跳竟有了尿意，想躲……但身旁毕竟有女孩看着，只能强撑着说："我是说，APP爆雷关她们什么事？她们刚交了房租，你要找也该去找平台！"

"你是她老公？"赵沂摇头。

"是她男朋友？"赵沂再次摇头。

"那关你屁事儿？滚一边儿去！"

房东说着就要赶他走，赵沂着急了："我是陈果的朋友，她也住这里。她人都没来，你怎么能撬她的房门锁？这是明目张胆的入室抢劫！”

“抢劫你个大头鬼！这是我的房子，有房产证的。没收到租金，我当然可以赶人。我算不错了，还提前了3天通知她们准备，不像有的业主，招呼都不打就直接上门。那姓陈的人呢，她为什么不来搬家？以为我在唬她吗？是打算用拖延战术不搬，还是被车撞了……”

“是被撞了。”

赵沂没头没脑的打断反而让房东愣住：“什么？”

“我说，陈果前天被车撞了。她不是要拖延，而是为了救人出了车祸，现在还躺在医院，回不来。”赵沂终于一股脑儿地把话说完了。

刹那间，一圈人全愣住。尤其是房东，有种一拳打在空气里的无力感，他说“被车撞了”只是随口一说。听罢素未谋面的房客的英雄事迹，壮汉房东都为之动容。他虽身强体壮，一脸凶相，说话也十分难听，但算不上坏人。给这群小姑娘发短信前，他每周都上蛋黄APP的公司讨租，从没打扰过她们。直到APP彻底爆雷，新闻爆出实控人失联，他才慌了手脚。

平台出事后，有人牵头成立了业主维权群，他看多了群里租客和房东闹纠纷的案例。有霸道的租客认定自己交了钱，赖着不走，弱势的房东只好两头空。他一家老小靠着房租补贴过生活，不能没了这份收入。他是实在没法子了才强扮恶人，上门前还特地带了俩朋友，以便在可能发生争执时占据上风。

郁闷的是，当他敲开门一看，里面住的清一色是小姑娘，气势立马烟消云散。正盘算着是不是让她们多住几日，然而女孩们找来的搬家公司很快就到了——她们不禁吓，已自认倒霉重新找好了房源。这倒也省事，只有那个陈果不见人。他说要把她的东西扔出去，只不过想赶紧把人诈出来。

“你屋子怎么那么乱？”即使回到医院，赵沂依然没走出被陈果房间内陈设惊吓的阴影。现场情况如果非要用语言总结就是：乱到不可思议，臭到人神共愤。那宛如穿越千年的臭气把房东都熏得捏起了鼻子，暗自感叹这年头有些女子的卫生不如男。

“也没有很乱吧？”陈果脸红道。

“还不乱？找你的身份证，我就用了半天！”

按陈果的说法，身份证就在“进门右边的位置，很显眼”。然而，赵沂一开门，一股不祥之气就直冲天灵盖：右手边是张床，上面堆着大堆脏衣服。

他捏着鼻子，翻找完所有物件，却什么都没有发现。

现实逼迫他不得不把陈果的房间重新清理了一遍，而后彻底崩溃在清理的过程中。赵沂没洁癖，只是在整体男性群体中比较爱干净，但也不是一点脏乱都不能容忍。可到处缠绕的电线、灯绳、日光中随意飞舞的灰尘、地板上一步一个的纸盒子和塑料膜，以及茶几上颜色不明散发阵阵恶臭的方便面桶……全部让他脊背发颤：陈果算不上漂亮，但也眉目干净，她是怎么培养出这样的生活习惯的？她是不是大脑不行带不动小脑、小脑缺氧带不动四肢？

最无语的是，把面桶里的垃圾倒掉后，房间里依然很臭，陈果后来火上浇油地解释：“可、可能是没吃完的榴梿，不小心被踢到床底下了……”

站在“垃圾场”中央，赵沂头昏脑涨地想：身份证到底在哪里？老子不想干了。衣柜上绿萝的枯叶应景地落到了沙发上，他终于接收到上天的暗示，在满是毛发灰尘的坐垫缝隙里找到了陈果的身份证，这就是她所谓的位置显眼吗？

“女孩子的东西就是比较多的呀……”陈果拿过新办的手机卡一面捣鼓，一面还不忘为自己辩解。

手机是赵沂以前用过的iPhone旧款，内存小得可怜。开机后连上网络，短信、微信、未接电话纷至沓来，无数红点伴随“滴滴”的提示声，盘踞在APP标志的右上角。未接来电主要来自她那操碎心的室友，统共30个，真是实实在在地打爆了。赵沂说已经替她解释过，想来也不用回了。短信则是老套路：电商、贷款、保险和社交软件的推销，以及一条电信的催费通知。微信消息都在群里，大多是没营养的口水话，唯有陈淑芬女士的几个未接语音让她眼皮一跳，直咽口水。

回还是不回，陈果还在天人交战，手指却已不由自主地回拨了。等她反应过来，对面令山河变色的咆哮已传了过来：“陈果你可以啊，现在都敢不回我电话了？”

陈果一哆嗦，手忙脚乱挂断。这不挂还好，一挂后手机马上如山洪暴发般铃声大作。

目睹全过程的赵沂十分惊愕：“你挂她电话干吗，不是你回拨的吗？”

“我、我、我不知道怎么跟她解释为什么我好几天没回她电话，我怎么说……”

她手足无措的样子真令人不忍直视：“你就跟她说，你手机丢了，又没骗人。”

“就算手机丢了，我总不可能3天都不买新的吧？我在家手机不离手，我妈怎么可能相信呀？”

“就说……为了省钱所以在网上订购了优惠款，结果卖家发货晚了，刚刚才拿到——现在快递不是经常因为缺货迟发吗？一拿到手机就赶紧给她回电话了。”

陈果的眼睛瞬间亮了，还举一反三地问：“可我就不能用公用电话回她吗？”

“你手机丢了啊，怎么知道她打过电话来？”

“对对对，你说得太对了！那我刚刚挂掉又是为什么？”

“有电话进来了呗。”

陈果的目光由迷糊转为崇拜：“赵沂啊赵沂，你撒谎可真厉害，不愧是写小说的！”赵沂十分无语：这叫什么夸奖？

赵沂编的内容合理且逻辑自洽，陈果妈妈不疑有他，只是在女儿国庆到底带不带男朋友回家的问题上反复纠缠。

“不回不回，不要再问啦，都分手了！”陈果烦得要死，终于摊牌。

“你这是什么态度？这次又是为什么分手，对方又劈腿啦？”陈妈妈问得声嘶力竭，赵沂肯定听到了。丢人现眼……陈果的脸都在烧，她想大吼反驳，可又自觉理亏，只好强行把声音压下去：“什么劈腿？说什么呢，我们是三观不合。”

“我就知道，你能找到什么靠谱的人。还互联网高管？别被人骗财骗色！”

脸上的灼烧感越发强烈，陈果撂下一句“主管叫我”就赶紧挂掉了电话。接着，她不可避免对上赵沂的脸。他把旁边的塑料袋递给她，悄无声息地转移了话题：“我刚问过医生了，他让你至少观察一段时间，确定各方面都没问题了再出院。”

陈果心不在焉地“嗯嗯”两声，往袋子里一拨弄，发现里面装着T恤、裙子和……内衣内裤，还是粉色的……虽说这几天穿纸内裤很不舒服，他能把这些带过来实在贴心，但也太让人害羞了吧。

“对了，房子的事你不用急，房东说你情况特殊，让你康复后再回去收拾东西。”赵沂要离开时，肌肉壮汉房东握紧拳头堵住门口。赵沂以为他要揍自己，条件反射地以手护头：“你要干吗？”

结果房东支支吾吾地回答：“那陈什么的，既然她情况特殊，我就好人做到底，等她把伤养好了，再来搬东西吧。我也是老京北人，就算我给城市出份力。”赵沂这才听明白，房东原来是要当雷锋啊。他忽然觉得很温暖，不禁感慨：真是京北好市民。

chapter 5

第 5 章

无为青年

靠在赵沂的床头，陈果呆滞而茫然地仰望天花板，想到自己这样半死不活躺在床上的生活至少还要持续两个月，无聊感就又增加了一点。

两周前，陈果在医院的特殊待遇就结束了。听到医生说“你可以回家休养了”的那一刻，她悲喜交加。喜的是，自己到底没变成残疾人；悲的是，不知道接下来该何去何从。虽然还有“京北好市民”白给的奖金，但是减去信用卡所剩的分期金额，租房押一付三外加日常开销，撑死能挨过3个月。而头两个月，目前看来只能在床和轮椅上度过。一个月就要找到工作，以她之前的经验看，可能不太行。

陈果偷偷看了眼赵沂——唉——可假如让她直接住到人家里，还让他照顾——她是打死也开不了口的。陈果正举棋不定，赵沂却起身开始帮她收拾东西了。

“这是干吗……”

赵沂奇怪道：“回家啊，不然你想住到什么时候？”医院寸床寸金，排队的病人从主门到侧门，如果不是陈果见义勇为得到院方的特别关照，早被赶出去给别人腾位子了。

陈果懊恼闭嘴，眼睁睁看他将日常用品和药物包装妥当，办完最后的手续，又把她推到医院门口，然后扶上车。她平躺在后座，不问也不说，像条砧板上的咸鱼，默默地想：不知她租的房的密码改了没有……陈果自暴自弃地等待到达目的地，却在下车时发现不是自己住的小区："这里是？"

"我家，你不是来过吗？"来是来过，是晕着被你背回来的啊。

就这样，陈果在赵沂家暂住下来，正式开始了寄人篱下的生活。第二次来她才发现，赵沂家除了地段欠佳、楼层恶劣、居住面积局促外，真可以用井井有条来形容。一居面积虽然小，可月租不到两千元，卫生间还没有《寄生虫》里那样喷粪的马桶，性价比很高。墙皮略有裂纹，但家具是清一色的白，整体显得很新。赵沂到京北很匆忙，全部家当只有一个24寸行李箱和一个小的电脑包，整个空间显出"断舍离"之后极简的美。

不过在京北，陈果觉得这房租还是低得太离谱了：赵沂作为一个外来户，怎么就手到擒来这么求之不得的房源？

只听他说："这里死过人。"

"凶、凶、凶宅？"

"据说，这里几年前发生过一场凶案。"

"吓我的吧，谁说的？"

"中介。这属于重大信息，这一带早就传开了，如果他们瞒我，我可以要求退租的。"

陈果噎住："你知道这是凶宅还租？"不是有病吗……

"因为便宜啊。"他来京北随身只有4万元，无固定收入来源，一张嘴吃喝要用钱，两条腿出门也要消费，就算这里是坟场，他也愿意住。

陈果惊恐环视房间，仿佛窥见了脏东西：不愧是凶宅，以前发生过凶案，现在的租客有抑郁症，这个搭配简直绝了！赵沂见她坐立不安，真诚地说："你要是很介意，明天我去给你找房子吧？不过整个京北的房租都不会太便宜的。”

京北的房租怎么样，要你告诉我！陈果想想自己的存款，看看周围和自己的腿，有什么比贫穷还令人恐惧的呢？于是她晃晃脑袋“哈哈”两声，“我一点也不介意。”

面积如此之小，也无须费力分配。陈果的活动范围是床，而赵沂理所当然睡沙发。住人家的房还让主人睡沙发，这多少让陈果有些不好意思，但眼下的情况，她确实也没有资本挺起腰板不受嗟来之食。每天睡到日上三竿，除了吃喝拉撒，就是漫画、小说、短视频，光阴如水般流逝。

当生活暂归平静，陈果发现赵沂这人很安静，想来之前那样失态的情境也是形势所迫。唯有说起跟写作相关的话题，他才会滔滔不绝。他还做得一手好吃的早午餐，水波蛋更是其中一绝——这从没出过国的家伙，也不知怎么就喜欢起西餐来了。

岁月静好了没几天，很快就死气沉沉得有点无聊起来。一个傍晚，由于实在无法忍受这百无聊赖，陈果心念一动，要来赵沂的小说读。他本不愿意，敷衍说所有文本都被扔进了京北河，可陈果此次却意外地聪明了一回：“但你发表过的那些还在吧？”就算删得掉自己账户里的，也删不掉网站分销的第三方内容——这一点赵沂也挺奇怪的，毫无流量，也没被签约，居然还有人转载？

在她“读者才是最好的导师”的游说下，赵沂勉为其难地同意了。很快，陈果就发现自作孽真是不可活。自打她开始看小说，赵沂全程处于忐忑的等待中，她看一段，他就问一遍“你觉得怎么样”——这种氛围持续了3小时，陈果终于合上电脑，甫一抬眼，发现赵沂的头又凑上来。他满目期待，令人不忍有否定意见，但他随即的“说实话”却着实让人为难。正犹豫着如何用词，赵沂就急不可耐地催促：

“说啊。”

“非、非常不错！”陈果飞快的语速外加尚未演绎成功的扭曲表情，显出好笑的不诚恳。

赵沂有点生气：“叫你说实话，我不会生气的！”

你已经生气了……陈果暗想。努力斟酌，她最后说道：“我、我觉得很特别……”以前有相亲对象说完“你很特别”后就与她相忘于微信，令陈果百思不得其解。后来才知道是自己语文没学好：“特别”不仅是形容词，更是副词——你怎么知道他是在说你与众不同还是单纯的话没说完？你很特别，那是特别好、特别坏？还是特别一般？同事曾给她指点迷津。呃，根据再也不联系的情况判断，应该不是第一种。

套路藏得这么深，应该能顺利过关，可赵沂竟穷追不舍：“哪里特别？是特别好、特别坏？还是特别一般？”陈果听完，心里直呼“救命啊”！

“说啊。”

被他一催，陈果神经一痛：“特别让我看不懂！”

“什么叫看不懂？”赵沂愣住，他写的东西让人很费解吗？

“看不懂就是……哎，是我蠢还不行吗！”

“男主死了，活了，然后又死了，是怎么回事？”

“时间循环，你不知道时间循环吗？就是那种不断回到过去的设定。”

针对赵沂老觉得自己无知这件事，陈果十分不满意：“当然知道，又不是什么新套路，美国电影《明日边缘》和很多日本漫画也这样设定的嘛。”

陈果看的是赵沂最近写的一本小说，故事发生在一个平行时空，讲的是一个失去记忆的中年男人回到过去并陷入循环的故事。回去的第一晚他就被人杀害，但每当他死去的那一刻，一切又会重来，就像美国电影讲的那样。数次循环后，男人决定调查自己的死因。

“通过调查他居然发现，买凶杀人的不是别人，正是他自己。而他死后，留下的一切线索都指向了他妻子。”

“他不是自杀吗？”果然随便一绕，陈果就晕了。

“从某种程度上来说，他是自杀，因为是他买凶杀自己。然而他留下的证据却是为了嫁祸给他妻子。因为主角缺失了一段记忆，所以他并不明白其中的缘故，只好在重复的死亡循环里，调查自己为什么要嫁祸给妻子。”

“为什么呢？”

“因为他不能忍受妻子出轨。搞清楚这一切的同时，他也了解到妻子出轨并非没原因——他们曾经有过孩子，不过没生下来。流产后，妻子患上抑郁症。主角不以为意，长期丧偶式婚姻，令妻子无法忍受，最后才跟了别人。”

“这么曲折……”

“一个故事总需要体现一些社会意义，”赵沂期待道，“现在听懂了吗，觉得怎么样？”

“觉得……很社会。”

“能不能认真点！知道了整个的来龙去脉，你觉得这个故事怎么样？”若说其他的，他从来不争不抢，但这是他奉为使命的东西，容不得玩笑和轻慢。

“说实话吗？”陈果巴巴地望着作品的主人，赵沂点头。

“实话就是……我读了5章，只知道男主死了、活了、死了、活了，一会儿自言自语，一会儿转来转去，完全不知道他在干吗。”那叫独白，赵沂呻吟一声，无语地摇摇头。“如果你不介绍，我还以为这是本自传，可虚构人物的自传有什么好看的？”

果然实话难听，但赵沂还是贼心不死：“不好看你还看那么久，看得那么认真？”

“还不是你逼的……”

成长故事

CHENGZHANGGUSHI

赵沂浑身透凉。陈果不专业，但话糙理不糙。这篇文发给编辑时，对方的回复就是大纲不错，小说却让人感觉云里雾里。人物没有交互，或者甚至也没有核心人物。一个构思要演变成为引人入胜的故事，内核冲突、人物设计、行文用词等各项都是学问，要天然交织、有机融合并形成自己的风格绝非易事。但后来他还是抱有侥幸心理地把故事发表在免费文学网站上，依然无人问津，唯一的一条评论是“写的什么啊”。

“我写的东西真的很差对吧？所以没人读得下去，包括你。”赵沂垂头丧气道。

网站点击量不会骗人，陈果心里无力，无望的沉默排山倒海，在小房间里凝固结冰。她很不擅长安慰人这种事，左思右想，忽然说：“你知不知道，其实我很羡慕你。”

赵沂头也不抬，开口是自轻的语气：“羡慕什么，羡慕我是个没作品的作者？”

“不……我羡慕你，是因为你至少有梦想，知道自己想成为什么样的人，并为之努力和奋斗。”好像答案早就确定，于是说出来的时候格外坚定。尝试了就不会后悔，即便是南墙也要撞一撞，这碗鸡汤也许熬太久已馊掉，可也的确是简单朴素的道理。

“即使不是努力了就有收获，但你就算哪天死了，也只会是遗憾，不是后悔。为了写作梦，放下一切来京北，这件事你会后悔吗？”

赵沂想了想，望着她，认真地回答：“不会。”就算为自己的无能恼怒，绝望到决定放弃写作，一生碌碌无为，但这件事他是没有后悔的。

“看，这就是我羡慕你的地方。人生只有3万天，找到梦想就很不容易了。”

顷刻间，那软糯得有些白痴的笑脸散发着难以描述的淡彩光华，赵沂不假思索地说：“你不是也有一直想做的事吗？”

去陈果家找身份证时，赵沂看见了那个挂满漫画的黄铜网架，上面有线稿、上色稿，有的是临摹，有的像是原创。他美学修养有限，只能看出画的人笔笔都很认真。后来整理房间，又发现了柜子里的手绘板、画笔、颜料和厚厚一摞的纸稿。纸稿每一张都单独放在塑封袋里，最早的那张落款还是20年前，她从20年前就开始画了。

“你想画漫画，你从很早以前就开始想了，对不对？”连她的手机屏保都是柯南。

陈果怔住，好像这句话是从自己嘴里说出来的，心思被看穿了一般。是的，我想画漫画，十来岁的时候就很想了。但考美院不成功、投稿连连失利、找插画师职位无果，斗志再而衰三而竭，只敢闲来画两笔聊以自慰。找一份饿不死的工作，上班偷懒，下班躺平，这就是后来的生活。

“所以比起你来，我是不是更可悲？工作后，没有一天像你这样为梦想活过。”与赵沂相处，陈果深埋内心似乎早已遗忘的莫名的后悔与不甘，一下又奔涌而出。这个男人没作品，不知天高地厚地妄想成功，不现实到极点。但她很羡慕！他27岁了，还少年意气，像个傻子似的横冲直撞不管不顾。而她呢，27岁的时候在干吗？还在上家公司“四大组织”呢。昨天重复前天，今天重复昨天，明天又重复今天，毫无成长地度过每一天，30岁的她和3年前的她，甚至和23岁的她一样，几乎没有任何改变。或许也想过要改变，但是始终没有痛下决心。

“如果你想，现在也可以开始画啊。有一句很俗的话，最好的时机是10年前，其次是现在。”

陈果立刻自我否定：“我能画什么？我什么都画不出来，不行的。”连尝试都不想尝试，是她的惯性思维，因为不尝试就不会失败。

“难道你长这么大，就没一点想要表达的东西？”

目光一闪，她随即泄气：“我不行，我真的不行。从小我就特别普通，不，不是普通，是中等偏下。我全身上下没有任何出彩的地方，连故事也不会编。你知道我中学的作文多少分吗？”她苦笑，“从没超过满分的一半。”这也是另一个她觉得自己无法成为漫画家的原因，就像物理是宇宙学科的核心原理一样，漫画就是故事的画面载体。一部漫画不只需要跃然纸上的人物、场景、对话，最内核的还是故事本身，也就是所谓的大纲和脚本。漫画家的伟大之处就在于，他们不仅能在脑中构思新颖的故事，还能将故事实在地描绘出来。

赵沂顿了一会儿，有了灵感：“实在不行，就画你自己？”

“我有什么好画的？神经。”往被子里一钻，陈果没心没肺地睡着了。

蜷在小沙发上的赵沂却无法入眠。她说很羡慕他，因为他有梦想就去奔赴，哪怕最后不能实现，也只有遗憾，没有后悔。那她呢？脑筋飞快转动，赵沂构思着属于陈果的故事。半夜，他偷偷爬起来，在电脑上噼里啪啦地打起字来。

是的，他没信心再为自己写故事，可为了她，写她总可以吧？

“幼儿园，学不会举手发言总被罚站；小学，因为个子矮选不上合唱团；初中，考试怎么都差一截，每次出成绩都不敢看榜单；高中，奋力冲击美院失败，一个人躲在角落里哭到崩溃；大学，门门课都在及格边缘；找工作，面试永远垫底；工作后，KPI年年倒数的常败将军；男友，总差一点修成正果，以为自己遇到真命天子，却发现自己被小三……你见过我这样不优秀的女孩吗？但这样死灰般的人生，我也不想放弃呢……”翌日，陈果一字字读着赵沂特地为实现她的漫画梦想所写的提纲，读完哭笑难辨：“这就是你想让我画下来的东西？”

“名字就叫《重燃——100件被我搞砸的成长故事》。具体怎么画，就得你决定了，画画的事情我又不懂。”

“我不画！”陈果气愤地把赵沂的笔记本电脑往床旁边一摔，“哦，不优秀的我，死灰一样的人生？我活成这样就算了，还让我把它画出来给别人看？你有病吧！”

赵沂把笔记本轻轻拿过来，沉默了。他的嘴微微张开又闭上，最后开口时竟意外地忧伤严肃：“我是有病。可这样的人生就不值得被画出来给别人看吗……是不是不成功、不优秀的人，就必须被忽略？”

他这模样彻底让陈果没办法了：“也、也不是。”

赵沂在医院里的失控深入她心，他一露出悲伤表情，她就只能把他当成活祖宗一样双手供奉：“啊，日漫里也有很多画小人物的嘛……没、没有不值得。我就是不知道，画这样的故事有什么意义，谁会读这样的故事？”

“会有人读的。”他也不知哪儿来的自信，“不成功的我们才是大多数。何况，没人看，你就不画了吗？”

“画，我画。”一方面，赵沂绷着张悲情脸，陈果得罪不起；另一方面，她心中又隐隐因他的话而变得骚动又期待，“那结局呢？”

这次赵沂摊手：“我不知道，还没想出结局呢。”

“要我吧，结局都没有怎么画？”

“怎么不能画？很多有名的漫画不也没结局，还是连载了很多年吗？比如你最喜欢的《名侦探柯南》，现在都多少集了，工藤新一不才变回来吗。”

提到这部心头最爱，陈果心中的热情被点燃，好像找到了寄托。可突然而至的期待又令她紧张，紧张后是一连串的自我质疑，接着就是自然成习惯地打退堂鼓：“不行不行，我好久都没画画了。”

“怕什么？最差也不过就像我的小说一样没人读罢了。何况现在你那么无聊，试试也没损失。”见激将法效果有限，赵沂又换了种命令式的语气，“你吃我的住我的，就不能干点活吗？你把我写的故事画出来，就当是给我的伙食费和房租了。”

虽然听上去是蛮横要求，但其实却是鼓励。他的眼下一片青——这10页文字，是他熬夜赶出来的吧？就为了自己昨晚随口一说的“梦想”吗？陈果心头一热，继而眼眶一热。

“画不画？给句痛快话！”

“画就画！”陈果不假思索地点了头，就算为了眼前的人，不也该去尝试吗？其实，赵沂骗了她。在这个故事里，他不是没写结局，甚至还准备了好几个版本。可说到底，他还是希望由陈果来创造自己的故事结局。

处女巨制

CHUNÜJUZHI

由于设备十分寒酸，制作正儿八经的大漫画太不现实，两人商量后，决定用目前流行的条漫来呈现。限于篇幅，条漫表达的内容不如页面漫画完整，因此难出经典，但更适合手机阅读，也降低了初次创作的难度。为了完成自己的“处女巨制”，陈果花了好几天研究近来流行的画法，又花了一周重拾手绘板技能。接着便设计人物形象、按提纲细细琢磨每个分镜的场景和对白，等诸事准备完毕，完成第一小节漫画的草稿时，京北已是秋天了。

“觉得怎么样？”原来急切地想知道对方的评论是这样的心情。

看原稿前赵沂就打算好了，不管她画得如何，自己都要说好，以免打击她的信心。可真看了，倒吓了一跳，或许是他外行，又或许是有真实故事情节加持，在赵沂眼里，陈果创作的画面虽失于精致，却生动而有趣，寥寥数笔就令人捧腹。

条漫用想象对比现实的构架创作：“考试年级前三，神采飞扬做学生代表”对比“试卷不及格，偷偷躲在厕所哭”，“拿到美院录取通知书，大学就开漫展天下知”对比“差一点的分数线，母亲劈头盖脸的责备”；“都市白领青云志，扶摇直上九万里”对比“行政杂活漫天飞，日日被批没价值”；“CBD大平层”对比“蛋黄合租小隔间”；“小礼堂的美好婚礼”对比“办公室被情人的原配扇巴掌”……一切过往，在抽象和概括的画法中栩栩如生，又在对比中荒诞可笑。

赵沂心里泛起一阵不忍，反刍过去的痛苦，还要将这痛苦贡献出来当他人的笑料，太残忍了。也许自己又错了，就不该给她创作大纲，也不该逼她画漫画，实在要画，画点别的也好。但劝说的话到嘴边又收回去了，因为她看上去那么投入，每天不眠不休，能为了一个好点子高兴得叫起来，神采飞扬得都不像她了，完成漫画好像成了她眼前最重要的事。

见他久久没反应，陈果心里直打鼓："不行吗？"

"我觉得很特别……"

"特别什么？"

赵沂憋住笑："特别让我看不懂。"

"别玩了，说实话！"陈果恼怒地掐他一下。

赵沂这才正色说："我觉得很好，即使我不是很懂漫画，这个也能让我有看下去的兴趣。"

"真的？"

赵沂非常郑重地点头，陈果嘴角上翘：即使只有一个人的认可，也就足够了。

"作品"的前几节完成后，在赵沂的循循善诱下，陈果把漫画放上了好几个平台，还专门在微博上开了账号进行连载。最初，她很不愿意，既怕没人看，又怕有人看后恶评如潮。她对着自己画出的条漫很没信心："要没人看怎么办？那是不是很丢脸……"

"没人看就当网络备份了。难道你想就这么把它放在硬盘里啊，万一硬盘坏了怎么办？"赵沂知道她是没勇气，可这玩意儿留在电脑里干吗？每年到了日子拿出来凭吊吗？

陈果振奋了一秒就又露怯了："那要、要是他们骂我怎么办？"

“骂你什么？”

“现在不是动不动就有网络暴力吗？那些键盘侠可什么都说得出来。比如说我画得很烂还敢发出来什么的……哦，对了——”她尖叫起来，“他们还会人肉搜索！我之前的事要是被搜出来，就没法做人了！哎？你怎么了？”

赵沂直直地往后一倒，在沙发上有气无力地捶了两下心脏：天啊，这人真是太看得起自己了，以为自己画个漫画就能掀起一场人肉搜索和网络暴力？他仿佛下一秒就要“升天”了：“放心吧，哪有那么多人看！”

“你凭什么咒我？”这下陈果不服气了。

晓之以理动之以情，她终于稍微摆正了自己的位置，磨磨蹭蹭地开了账号。可一波未平一波又起，她又纠结起ID和笔名来。陈果从没正儿八经给自己起过笔名，虽然以前也画画，但因为只是自我欣赏，所以画完后一般就在右下角随便画一个名字的拼音。但这次不同，既然是给他人观看，自然要慎重、正式一点。发布处女作的心情犹如出嫁，带着一点娇羞的无限期待和由此产生的令人抓狂的反复无常——

“我用中文还是英文，还是就用缩写？但CG是不是会让别人觉得是电脑动画？

“要不用‘果果’，但会不会太普通了？读者会不会误以为我是畅销书的作者Fresh果果，说我在蹭热度？

“果壳？不行，跟网站撞名了。

“要不风格化？用成语开头就是果不其然，走古风的话可以是果美人？”

还果美人？陈果把赵沂直接念躺平了，他捂住耳朵只想说：不听不听，王八念经。尽管笔名是创作者的身份，值得认真对待。毕竟如果幸运的话，它会伴随一生，比如金庸、古龙，所以看不顺眼可不大行。

可也不用太纠结，因为作品更为重要。譬如赵沂的笔名叫“一兆”，一则是倒置谐音，二来他希望自己是个多产的作者，作品和衍生品加起来能存够一兆硬盘——可事实上，他是叫一兆还是叫万兆都没关系，反正也没人读他的小说。

折腾了三天，陈果勉为其难地在众多候选名里挑选了一个她认为最贴合自己气质的：小果仁Nuts，说这个可爱、甜蜜又好记，还很有国际范儿。作家眩晕：她对自己的误解可太深了……

陈果画起漫画来沉浸其中，十分忘我，因此时间过得飞快，好像连腿都不那么疼了。撞大运一般，漫画上线没两天就遇到微博做推广给流量，收获了几百个粉丝。她大受鼓舞，原来很多事最难的部分不在事情本身，而是贵在敢于开始。她有点后悔，为什么没早做呢？条漫下还有几条留言，陈果简直乐疯了，于是赵沂不得不整天被动地看她变幻莫测地发神经——

一会儿得意窃笑：“嘻嘻嘻，求更，有人求更耶！这内容有这么好看吗？”

一会儿感同身受：“你看，这条说‘她妈也总说她不行哎’！”

一会儿想东想西：“这串省略号代表啥？喂，你知道吗？”

“我怎么会知道？”被叫作“喂”的赵沂受不了地摇头，想说省略号当然是表示一言难尽，但又不好打击对方刚建立起来的积极性，“我又没处理过那么多留言。”

陈果捂住嘴，得意地笑了：“你这是嫉妒我。”

“嫉妒你？”这时间一长，赵沂算发现了。陈果是自卑，时常把“我不行的”挂在嘴边，但她的自卑中又很隐秘地藏着自大和自负。她不会对陌生人大言不惭，但面对熟人可就不客气了。

“其实你也不用太嫉妒我。军功章有我的一半，也有你的一半，这故事的框架是你想出来的，脚本也是我们共同创作的。当然了，光有框架和脚本是不够的，主要还是我画得好！”

赵沂刚想用键盘拍她的脑门，外面冷不丁地响起敲门声。两人登时面面相觑：他们目前是京北市正宗老字号的城市待业青年，几乎跟社会绝缘，只要没拖欠房租、不交水电燃气物业费，谁会找上门来呢？

“你点外卖了吗？”陈果摇头。

“快递呢？”又是摇头。

“会不会是你爸妈？”

“不可能，他们根本不知道我住哪儿。”

陈果猛地环抱住自己，似乎要被吓死了：“难道是这里以前的被害者回来追魂索命了？”赵沂看着这个傻子也没脾气了。敲门声还在继续，一声一声，不紧不慢：那会是谁呢？

网红莉莉

WANGHONGLILI

来人是位成熟艳丽的女孩，大眼、挺鼻、丰唇，处处是“优化”过的痕迹。上衣两件套，衬衫花纹奇怪，一条牛仔裤衬得身材修长，脚踩12厘米的菲拉格慕高跟鞋。她比赵沂还要高上半个头，潮范儿扑面而来。她开门见山地问：“你好，我找陈果，请问她是住这里吗？”作家心中一凛：危险！难道这就是陈果情人的原配，到了现在还不放过她？

这属实是他多虑了，女孩不是别人，正是那天陈果救下的路人女。她当时仓皇跑路是精神恍惚下的不知所措，被交警队找到后乖乖认错，交了罚金，又承担了部分救命恩人的医药费。后来她到医院探望陈果，发现她已出院了，往赵沂留下的手机号打电话又没人接，只好磨着医院要了地址来探望。至于为何时隔这么久才来，她解释说："前一阵我自己的生活也乱七八糟的，一耽误就晚了，真对不起！"

陈果忙道"不会不会"，十分心虚。虽说她的确阴差阳错替对方挨了一撞，可那天她自己也没打算干什么好事。所以陈果很本分地将之归因于"老天的警告"，还感觉是对方救赎了自己。何况对方顶着张艳丽脸却有颗质朴心，不仅带来了大堆的补品，还非得塞给她红包。

"这么多钱，我不能收，市里和平台已经奖励我啦。"说完她又把"京北好市民"的奖金添油加醋地描述了一番。

"平台是平台，我个人代表我个人。你因为我误工这么久，损失挺大的吧？你不收下，我心里过意不去。"她嘴上说什么，脸上便显出什么，是个性情中人。陈果住得如此偏僻，房屋如此老旧，又是巴掌大的地方，可见她手头本来就很拮据。

"我……我没误工，你不用过意不去……"陈果瞧见了女子打量她和这房子的目光，有几分同情和几分瞧不上，她的自尊心立刻有些受不了，"其实我是个自由职业者，本来就是在家工作的。"这话立刻引来赵沂惊诧的眼神：如果"家里躺"也算自由职业，那这工种的门槛也太低了吧？

女子好奇："那你是做什么的？"

顶住来自不远处巨大的鄙视，陈果假装淡定："漫、漫画，对，我画漫画的。"

"漫画家？"

"对对对，漫画家。"赵沂被她的大言不惭惊到，刚开账号，往里贴了两章漫画也能叫作漫画家？实在是脸皮太厚。

“那真是巧了，”女子一拍手，露出惺惺相惜的目光，“我也算半个自由职业者，我是做短视频的。”

女子原名历莉莉，这名字念起来让人舌头打卷像个结巴，于是她给自己起了个同音的英文名Lily。莉莉是博主，领域是很主流的美妆穿搭，平台上的粉丝数量破百万。她的视频下有很多当下流行的“一键三连”，粉丝在评论区群魔乱舞，评论数少则上百条、多则上千条。不过，任评论是多是少，莉莉博主都岿然不动地只回前5条，毕竟留言太多而自己的时间太少。想起她每条评论必回的认真模样，陈果感觉自己十分没见过世面。

博主也分三六九等，顶级的年入过亿元，百万粉丝的年收入三五百万元也正常。不过收入分配变数很大，野生博主自负盈亏，隶属机构的博主收入需要跟机构分成。莉莉以前是柜姐，被机构看中后签了5年长约，被从零到一培养，粉丝从无到现在的数量，MCN的策划运作功不可没。

然而万事有利有弊。签约时她没经验，账号归属权被拿捏得死死的，如果违约还要赔付天价违约金。不过，这些年主管也算尽力栽培她，资源上对她全力倾斜，外加公司后来被独角兽电商收购，订单十分稳定。她到手的分成不错，也就在公司美妆穿搭博主一姐的位置上安之若素。

可大半年前公司来了个新人，跟她走同一路线。新人刚来报到，莉莉就感觉她来头不小。公司不仅非常仔细地给她做了策划，让公司内最红的主播教她、带她，还掏钱找了外援，待遇不一般。明眼人都看得出东家把流量全往她身上堆，不管什么活动都会安排她参加。

新人的粉丝数量一路看涨，甚至马上就超过莉莉了。一代新人换旧人，莉莉一姐的位置眼看不保了，危机感可想而知。世上很多人拜高踩低，何况网红圈这类走流量的半娱乐界。这段时间，莉莉敏感地觉察到同事们对自己愈发怠慢。作为元老级主播，她当然咽不下这口气。她找主管谈过话，结果却几次三番地不了了之。

最近，大股东出资办直播节，除了邀请熊猫传媒的各MCN一线主播现场直播带货，现场还请了几位顶级流量明星。以莉莉的地位，她会全权代表公司的美妆服饰线。可事到跟前，主管竟让新人去了主场，命令她到后台待着当B角，以备不时之需！这天大的折辱还不如直接裁掉她！莉莉当场发作，一怒之下用离职相逼，可主管老黄却不为所动："你想走，谁都拦不住，但你可别忘了跟公司签的合同，违约需要赔多少钱。"

赤裸裸的威胁让莉莉恨得牙痒痒，她脾气暴躁，气急败坏冲出来，可越走心越凉，到街边时，魂魄仿佛都出窍了：主播红利有周期，谁能红到天荒地老？何况她作为身负巨额赔偿款又无权带走账号的主播，哪找得到下家？

"我又急又气又没主意，整个人着了魔一样横穿大街……"莉莉自来熟地拉住陈果的手，"都是我的错，连累到你，真不好意思，幸好你没出大问题……"陈果手一缩，但没成功把手抽出来，只好尴尬地笑笑。莉莉又换上副战斗脸孔："否则我要真死了，不便宜了她？靠陪睡就想把我从公司里赶出去？哼，没这么容易！"

虽然跟自己没关系，但谁不爱听八卦呢？陈果一下来了劲："陪谁睡，你们领导吗，你是哪家公司的来着？"

莉莉指着自己微博主页的认证说："喏，大意传媒。我们现在的大股东就是那个很有名的小破书，你听过吗？"陈果身躯一震，小破书不就是江浩所在的公司吗？

陈果脸色几变，莉莉却正说到兴头上："你用小破书吗？"陈果摇摇头。小破书作为当今最炙手可热的短视频和直播类电商，对女性覆盖率达到90%以上，陈果以前当然用，只是因为那个人渣，她连账号都注销了。莉莉手指如飞地打开小破书手机客户端，精准搜索出一个博主："她就是我刚才跟你们说的那个新人！"

在莉莉的鼓动下，陈果不得不认真地瞧了瞧。博主叫小木木夕，描述很简单："奔三普通女孩，毕业于京北财经学院，气质通勤风，分享美妆、穿搭和生活日常。"头像是张双手合十的侧脸照，唇红齿白，五官立体，金属耳饰从如瀑的长发里露出来，实在点睛。玉手蔻丹、巧笑倩兮，虽比不上明星，但任谁看来，也是普世意义上标准的美女。看完小木木夕的几个视频，陈果觉得这位主播的确是位气质型美人，说话温温柔柔，节奏又舒服自然，浑然不觉中就把知性女子的冷淡和邻家姐姐的亲切糅合成独特的魅力。

"你觉得她怎么样？实话实说。"

遥想上回的敷衍令赵沂生气，这次陈果决定诚恳地回答："漂亮，会打扮，眼光也很好。"

"什么漂亮、眼光好！就她这长相、这品位，如果不是靠睡主管把全公司的好处都吃干抹尽，能有这么多粉丝？开什么国际玩笑！"陈果委屈得不敢言语，心想自己也太难了吧，人人都想听实话，听了却又都嫌实话难听。见她不站自己这边，莉莉换了个对象提问，对门口的赵沂招手："你过来看看。你能不能从一个男人的角度分析分析，她有什么好看的，怎么就能把我们主管迷得晕头转向的呢？"

赵沂慢悠悠挪过来，猫腰一瞄，脑子一嗡，瞬时炸裂开来。

前尘不忆

QIANCHENBUYI

“你到底怎么回事？”莉莉走后，陈果终于问出口。赵沂实在太反常了——被叫过来“评理”，结果他一怔，说了句模棱两可的“还可以”后就开始完全不在状态：让他倒水，他接连摔破两只杯子，顺带还把手烫伤了；主动说要出门买晚饭，回来时却两手空空，只能用魂不守舍来形容。

“你饿了吗？外卖马上就到。”陈果一问话，他就顾左右而言他，埋首将目光聚焦于手中的杂志上：“等我看完这篇小说……”

床上的声音陡然高了三度：“赵沂，到底出什么事了？你告诉我呀！是不是你的病又严重了？”她有时是故意将头埋进沙子的鸵鸟，对周遭无知无觉，可她不傻。

“没、没、没事，这不正在看书呢。”

“看什么啦，你书都拿倒了！”

魔鬼藏在细节中，陈果这家伙在不该有眼力见儿的时候总是很有眼力见儿。他终于甩开杂志，烦闷地扯扯头发，下定好大决心似的才抬头：“那个小木木夕，是我前女友……”

赵沂永生不会忘记那张脸，只一眼，埋在心底的片段就已全部重现。他很努力在放手了，却巧合地用这种方式知道了对方的近况。小木木夕就是宋小梦，赵沂的前女友，她心思奇巧，把自己的名字拆解成了

ID名。

能下定决心来京北，固然因为“野鸡”小说奖，可那不是全部的原因。连他自己都不敢承认，是因为她。他明白她与自己是云泥之别，她是女神，就算心仪多年，求的也不过是能和她生活在同一个城市的天空下。来之前，他装作给老同学群发消息，说自己要到京北发展了，其实消息就只递送了她一人。不料，隔周就在高中同学婚礼上见到了。

他与她恰巧坐在同一桌，位置在对角线上。薄醉后的宋小梦双颊绯红，泛出一股不同寻常的媚态。久未见面，如此相逢，赵沂心旌荡漾，更令他心动的是他知道了她竟还是单身。婚礼结束，宋小梦已有些站不稳，来人成双成对，只有他送她回家。可他不知道她的住址，她迷迷糊糊又说不清，赵沂只好先带她回自己的住处，他做梦也想不到，那夜过半，她竟主动爬到了他身边……他当然没抵挡住。

宋小梦醒来，赵沂已做好了早饭，菜色丰盛，有解酒的蜂蜜水，还有她最喜欢的水波蛋。他招呼她过来吃饭，却一眼也不敢看她，像只纯情的鹌鹑。那天阳光角度意外好，把橙黄鸡蛋照得明亮极了。宋小梦沉寂多日的心突然化开，温柔地笑：“昨晚是你的第一次吗？”

“当、当然不是！”赵沂的脸直接烧成火烈鸟。

想到他生涩的表现，宋小梦继续笑，笑得春风化雨：“哦，这样啊。我本来打算负责，收编你做我男朋友的，不过既然这样，那就算了……”

“昨晚是我的第一次！”赵沂此生都没那么没骨气过。

好似就是这样随意地在一起了。那段时光如吉光片羽，直到现在也是赵沂心中最好的日子，也让他肯定离开兰城是他做过最好的选择。两人偶尔约会，吃完饭在京北河边散步，每当她在身旁，这条黑水河都变得又迷人、又特别。

这段——不——是唯一的一段感情经历，赵沂只言片语就解释完了。

“既然这么喜欢她，为什么要分手呢？”

月色皎洁又狡黠，仿佛能洞悉一切。良久，赵沂回答：“她可能觉得，当时和我在一起本来就是个错误。”

赵沂喜欢宋小梦很多年，婚礼后的那个早晨就像做梦一样，可惜是梦就会醒。在一起没多久，小梦就换了个理财产品推销的工作，业务不熟，客户要求又多，经常忙得顾不上吃饭，赵沂就给她做好送去，二十四孝男朋友，24小时待命。一个周末，小梦介绍产品说了太多话，扁桃体发炎接着发烧，烧还没退下来，就又被公司呼叫。赵沂堵在门口让她别去，她推开他：“那你去找个正常工作养我啊。”

他真的很想说“好”，可现实却让他说不出口，只好默默下定决心：等卖出小说版权，一定不让她再吃这种苦！然而这样的决心随着时间的推移，越发像个笑话。有天半夜小梦推醒他：“不然我们还是回兰城吧？在京北生活太难了。”

赵沂还笑着安慰她：“没事的，还有我呢。你再等等，等我这部小说签出去，一切就都好啦。”如果他能知道，这是宋小梦唯一一次想离开京北的话，或许会重新审视一切。然而没有如果，那会儿他刚到这座城市，满心满意都是大展拳脚，只当她是呓语。也是后来很久他才明白：她不打算等他。或许如她讲的，等过，但等不及了。

“你就这么让她走了，你不是很喜欢她吗？”陈果无法理解。或许她在很多事上怯懦、在梦想里退缩，但在感情中却担当得起“勇夫”二字——假如那算感情的话。她喜欢那句“所爱隔山海，山海亦可平”，就算是为了单方面的爱，她都可以翻山越岭——典型的双鱼座才有的性格。

赵沂咽了下口水，很痛苦。其实，分手并不是突然而至的，作家是很敏感的人，对于他最在意的小梦，注意不到她越来越少的看望和越来越慢的回复是不可能的，但他可以装作不在意。直到那天在面馆，她眼神闪烁地说“分手吧”，他都不敢深究为什么，哪怕隐隐知道实际原因。

“随便跟你在一起，又随便分手，当你是保险套吗，她到底爱过你没有？”陈果气得肺炸。赵沂沉默，小梦爱过他吗？他不知道。也许是爱得太久、太卑微，他到最后也不敢问。

压抑地从面馆出来，宋小梦说以后再去赵沂家拿东西。街边人声嘈杂、车流如龙，霓虹闪得晃人眼。就像没有开始的经验一样，赵沂也没有结束的经验，全程都在被动接受。就在宋小梦转身的前一刻，他终于意识到自己该做点什么，于是上前抱住她。罗勒和小苍兰的香水气息扑鼻而来，他尽了最大努力放下那点芥蒂说：“我不在意，你不喜欢什么，我都可以改……”

然而宋小梦却好像已尽完人事一样决绝，甚至有些许厌烦地推开他：“就算你不在意，我也不想装下去了，会那样做是因为我们真的不合适。”

“她可能找到了更想要的生活，比跟我待在一起更好。”赵沂的声音真的好小。在他印象里，小梦一直很有主见，很独立。她高中毕业就出了兰城，研究生考到京北，然后留在这里打拼。一旦她下了决心就会义无反顾。不像自己，总是反复犹豫、怯懦不前。赵沂没信心让她回头，一点也没有。

甜宠剧逭成玻璃碴儿，陈果太不能接受了：“难道你就不能给她更好的生活？”

“不能，你看看我现在是什么样。”这次，他倒是很肯定了。半年多过去，自己的情况越潦倒，他就越发确定小梦的选择是正确的——跟着他能有什么好结果呢？现在她成了网红，在公司炙手可热，孰好孰坏一目了然。

“是，你现在是不怎么好，可你们俩是恋人，她就不能陪你渡过难关吗？她怎么那么冷血？难道真和莉莉说的一样，她为了红，什么都可以放弃？”

“别胡说！”赵沂愤怒地差点爆粗口，身体不受控制地颤抖起来。

陈果被他的激愤惊吓到，赵沂平时很温和，教养也不错。除了在医院里吼了她一次，就算她说话做事再颠三倒四，他也很少跟她一般见识。用他自吹自擂的话来说就是：绅士风度。他因抑郁症痛苦不已，看这世界时又总带着悲悯，为什么忽然如此失态呢？

chapter 6

第 6 章

受害者贰

你喜欢我

NIXIHUANWO

窗户纸是不能随便捅破的，一旦捅破就很难再归于平静，赵沂和陈果间相敬如宾的现状就很能说明问题。那个推心置腹的夜晚过去后，两人冷战了好几天。陈果觉得赵沂多少有点不识好人心：自己明明站他这边，希望他别把恋爱失败全都归因于自己，也不要因此抑郁。他呢？却由于她“诋毁”他前女友而责怪她，真是个狼心狗肺的东西。

陈果打算上传新番，结果打开微博更怄气，因为她发现最新的几条留言是这样的——

“画的都是什么玩意儿，丑死了。”

“一点新意都没有……”

“不会画就别出来画。”

……

难听、刺耳，虽然看不见ID背后的人脸，但能想象到他们脸上漫不经心的恶意，陈果感觉内脏都在微微发颤，脸上呈现出了猪肝红。她关掉微博，想着再也不更新了——每次不成功后的退缩都令人舒适呢。

手上无事，思绪飘移，那宋小梦有什么好的，值得赵沂这样卑微到尘埃里？八卦之心始于好奇，陈果重装了卸载已久的小破书APP，关注小木木夕，从她的第一条视频开始研究起来，比写论文还认真。

宋小梦的粉丝数破万只用了一周，破10万是半月后，然后是指数级增长。每当粉丝数量达到一个新的级别后，宋小梦就会发布一条福利视频。虽然是美妆服饰博主，但她也经常分享自己的生活：节日、生日、纪念日，美食、美景、美厨娘，内容包罗万象。陈果越看越郁闷，也说不上来是为什么。

她发呆时，沉默了好几天的赵沂提醒说：“明天复查。”见她“哼”了一声就钻进空调被，十分“狗咬吕洞宾，不识好人心”。他也在心里哼：又不是他检查，她还好意思耍大牌！

第二天复查完毕，陈果心中大石落地。医生说她恢复得很好，除了胖了几公斤，各项指标都很正常，没留下后遗症。医生又让她试着不搭力地走了走，看没问题了才让她回家。这天大雨，两人又在医院门口等网约车。

路口的绿地上，一棵小树被吹得摇摇晃晃，行人被淋得透湿捂着脑袋跑着，十分狼狈。陈果拄着拐，看赵沂高举雨伞的那只手，心中的气顿时消了。她突然说：“那天是我不好，我不该那么讲话的。我当时很激动，可能是因为知道你前女友跟那个人渣的公司有关系。”赵沂发现陈果在道歉这事上真是个人才，她总能在最恰当的时机和氛围下说一句对不起。大雨从天而降，仿佛在为这世界做洗礼。

赵沂把炖好的棒骨汤端给陈果时，她面前摊着手绘板和一堆画稿，正专心致志地研究手机，像极了考试前大摞学习参考书在前，却沉迷读闲书的高中生。

“快喝汤啦，我小时候摔断胳膊，我妈就老给我煲汤，多喝点，恢复得快。”他小心翼翼地把汤放在茶几上，“对了，最近怎么不见你更新，不是还有好些存稿吗？”

陈果仿佛入定了，眼睛还盯在手机屏幕上，敷衍地回答：“早更、晚更都一样。”

这是什么态度？不是说好了要好好地再为想做的事搏一把吗？赵沂很不满意：就顾着玩手机，手机就那么好玩吗！他俯身，发现屏幕上竟是宋小梦的视频，而陈果还在截图……

“你在干吗？”

陈果闪退界面，干巴巴地笑：“看短视频呀……”

“这么多短视频，非得看她的？”

“她穿衣品位好，妆也画得不错，我想学习学习。”她讪笑，“这叫……对，见贤思齐！”

“那为什么要截图？”

“截图搜同款啊。”陈果灵机一动。

见赵沂没说什么，陈果以为搪塞过去了，正暗自松了口气，谁知对方穷追不舍：“那你打开相册，让我看看你截了什么图。”

“没什么好看的！都是女孩子的东西，你看来做什么？再说，这是我的隐私！”陈果捂着手机，此地无银三百两地做垂死挣扎。见赵沂脸色越发铁青，她立马又英雄气短起来：“真的没什么东西，你实在要看，也不是不可以……”

“那我要看。”赵沂毫不客气地拿过陈果的手机。他承认，在宋小梦的问题上他从来就不客观、不理智，不仅做不到基本的闻而后动，而且很容易行为过激。他左右划拉，发现陈果截的图种类很杂：风景图、居家照、餐馆美食图，还有别人的睡衣照、锁骨照、手指照——好像完全把人家分享的生活给复制了一番！

“这是什么？”他指着一张民宿图。

“这房子不错吧？外面风景也好，等我腿好了，咱们一起去玩？”陈果讨好地解释。

赵沂也不理，追问：“这个呢，你也想试试？”是张摆盘精致的鹅肝。

“看上去就很好吃，是不是？哈哈……”

“还有这沙发，你也打算买？”

“不可以吗……”赵沂的脸冷得就像把冰锥，可以将人刺穿。陈果气虚地干笑：“如果我说，你前女友在生活各方面的品位都是我学习的榜样，你会信吗？”看他的表情，大约是不会信了。

赵沂面沉似水：“你要真当我是朋友，就告诉我为什么？”见陈果一副“你打死我也不说”的样子，作家的心思动了动，叹气道，“算了，你不用说我也知道了。”

这回轮到陈果诧异地问：“你知道什么了？”

“你这么费尽心思地观察宋小梦，肯定是嫉妒呗。”赵沂偏头时嘴角一翘，一脸得意，流露出陈果前所未见的浪荡气，白皙的脸颊没有一丝羞赧，而是充满确定，“说吧！你是不是喜欢我，所以才想把我前女友研究个透？”

“我喜欢你？胡说！”陈果从未想过如此温暾的一个人也能如此自恋，“我是看她分享的民宿和餐厅我都去过，睡衣、戒指、项链这些东西我也都有同款，觉得奇怪才研究她的好不好！”

哪里不对劲，到底是哪里不对劲呢？赵沂眯眼抱头、眉头紧蹙，身体蜷缩着，接着诈尸般跳起来，绕着小小的茶几，像拉磨的驴那样转圈，边转边小声自言自语——不知道的还以为他癫痫发作。但陈果根本不慌，上次他帮她构思漫画梗概时就是这副胃疼模样，害得她差点打120。赵沂的确在构思，只是让他费神的并不是小说情节、漫画大纲，而是陈果刚刚说的话。

“夏天的时候，江浩带我去过一次这家民宿，连地点和名字都一样。因为建筑的外墙是用集装箱做的，所以我记得特别清楚。”稍微被激将一下，陈果就恨不得和盘托出，自证清白。

"这个鹅肝，虽然用的是普通的白瓷盘，但厨师会用巧克力在盘边写上法文的祝福语和当天的日期，绝对就是我和他去过的那家。"

"还有她的项链，我也有一条一模一样的七夕限量款。"

"她的睡衣我也有，还有3种不同的颜色。"陈果举起3根手指，"我没别的意思，就是发现你前女友在吃穿用度上跟我有那么多重叠，感觉怪怪的，所以就多看了两眼嘛！我对你可真没想法，别自作多情了。"

赵沂的脸色当即有点难看："你说她的东西跟你的一样，有什么证据吗？"

陈果以为他不信，非得栽赃自己喜欢他，当即在手机上翻来翻去，最后发现所有的"证据"都被她销毁了，只好沮丧地说："之前我决定要和他一刀两断，就把和他有关的照片全删了。"

"项链呢？"

"扔了啊！这种晦气的东西难道还留着吗？"陈果露出深恶痛绝的嫌弃表情。什么七夕梦幻限量版？简直是噩梦无限版！第一次去江浩公司被徐甜甜推搡在地，她因为太气愤，回到住处就把与那人有关的首饰冲进了马桶。

"那睡衣呢？"

"烧了。"

"不是有3件吗？"

"都烧了啦！"提起就气不打一处来！陈果烧睡衣时不小心触发了烟感，引得全楼消防警报长鸣。最后她被社区大姐拎走，教训了两个小时，又被强行安排参加了防火知识周末培训班，简直倒霉死了。"你要不信我也没办法。实在不行，我就带你去那家民宿和那间餐厅看看。再说，这么点破事儿，我有必要骗你吗？"下一秒，陈果惊奇地发现，赵沂竟偃旗息鼓闪到一边去了。现在知道自己理亏啦？气愤中她又抽空打量了赵沂一番：单说相貌，赵沂不丑，非但不丑，还有两分帅气与八分清秀。尽管阳刚气少点，倒也不失为一个可以相处的对象……呸呸呸，想什么呢？

她的那点小心思全然没被赵沂注意到，因为他的每个脑细胞都沉浸在不祥的预感中：小梦、直播、陈果、落水、半年、民宿、法餐、睡衣、项链……那么多重叠当真是巧合？太阳穴“突突突”地跳，薄皮下青筋暴起，他捞过笔记本电脑飞快搜索，越搜脸色越难看。他突然问：“你还有江浩的微信吗？”

陈果摸不着头脑，又处于“我要跟你避嫌”的别扭心态中：“早删了，问这个做什么？”

“那你还记得他的手机号吗？”

“你要干什么？”

“算我求你，告诉我！”赵沂克制不住了，那是陈果从未见过的哀求表情，她禁不起吓地报出一串数字，而赵沂则同步在添加好友里输入她报出的电话号码。当那串数字代表的ID和头像出现时，赵沂感觉自己的细胞间质都被冻住了，一切都联系上并完美闭合起来。手里的手机垂直滑落，先砸在木茶几上，又摔出去好远，但他却浑然无知，脑中雷鸣阵阵，胸中闷着一口老血。

“赵沂？你不要吓我！”他整个身子猛然下坠，屁股却没落到沙发上，撞到地上一声闷响，他疼得脸都扭曲了。陈果焦急得快哭出来了，好半天过去，她终于听见他说：“我有一种不好的猜测……”

她变心了

TABIANXINLE

跟赵沂在一起后，宋小梦没搬过去和他一起住，因为他的住处过于偏僻，而她的客户大多在京北的核心区。虽然她偶尔也到男友的半地下室小憩，但他们主要的相聚方式还是靠赵沂为爱穿越“石头森林”。大多数时候，宋小梦在谈客户，赵沂就抱着电脑在楼下或旁边等。

所谓财富顾问，说白了就是理财产品的销售。一个个看似穿着得体，接触的是高净值人群，嘴里说的也尽是专业术语，但这也没什么高贵的。劝人买东西尚且不易，何况还要从私人那里讨来一大笔钱？尽管这些人买产品也是为了让财富不贬值，可不少人但凡稍稍有钱一点，就感觉自己要上天了——这类人净值是高，素质可不怎么高：有的眼睛不老实，有的手脚不老实。

有一回宋小梦下楼，眼眶微红、脸色铁青，头发、衣襟都乱了，赵沂再怎么迟钝也一下明白过来发生了什么。他血气上涌，想把那不认识的男人撕个稀巴烂。然而宋小梦见到他却只是微怔：“你怎么还在这儿？”之前她就发信息让他先回去，她需要时间整理心情。赵沂牙齿都要咬碎了，拉着宋小梦就往外走。被男友拖着，她有点无措，但又不好让其他人看笑话，只好跟着，到了外面她才甩开：“要去哪儿？”

赵沂从齿缝里挤出几个字：“回你公司，辞职！”

“我要回家了。”就这么点儿时间，宋小梦已经料理好头发和西服，恢复了平静。

赵沂不敢相信：“都这样了，你还不辞职？”

宋小梦看向别处：“我打车了，想回家早点休息。”

“小梦！”赵沂情不自禁地吼道，“跟人拉拉扯扯，这就是你的工作吗？咱们不干了好吗？就当是为了我！”

低微清冷的笑声打破了无言的对峙：“你说不干就不干，然后呢？你养我吗？”

“我当然愿意养你！”

对着他真挚的眼神，女人讥诮的嘴角终于柔和了些：“赵沂，我今天见的客户太多，真的很累……车到了。你找个地方吃饭，吃完饭也早点回去。”上车前，她轻轻抱了抱他。她真的很疲惫，一点精力也腾不出来应付谁。或许应该像其他女孩一样，躲在男友的怀里放声哭泣，可赵沂应该比她更脆弱吧？风雨飘摇的时候，谁在谁怀里哭还不一定。

遇到那种人，难道她没想过辞职？当时，她真想把沸腾的茶水都泼上去。满身横肉的男人被她掌掴过去后还理所应当地叫嚣：“你们出来卖理财，也是出来卖！装什么装？”确实有的理财顾问就是如此拿到大单的，但宋小梦不是，她委屈难受得恨不能痛哭一场。

辞职是轻松，可然后呢，跟着男友一块蹲半地下室吗？赵沂单纯、可爱又执着，对自己有数不完的好，但他口中的未来听上去是那么无望。她希望他回兰城，他不肯；她劝他找一份正常的工作，他却还想试一试“一文成名天下知”。她想：我改变不了任何人，所以只能改变我自己。

赵沂待在原地，心和自尊快碎光了：女友受了这么大的委屈，他竟没底气和实力真正帮她脱困，所以她连躲在他怀里哭都不愿意吧？

赵沂对陈果自嘲地一笑：“我现在才知道，梦想的爱情在现实面前根本就不堪一击。”

不欢而散后，宋小梦好几周没去赵沂那儿，最后赵沂很卑微地去道歉，承认自己态度不好，打算带她去旅游，以此修复彼此的关系。年底，宋小梦越发忙碌，旅行的时间一次次变更，把圣诞也错过了。最后赵沂安排了跨年活动，她公司却通知去三亚开年会加团建，两人只好提前在附近滑雪、泡温泉。为了那次冬季旅行，赵沂下了血本。两人乘兴而去，也留下了一段美好回忆。

冬天的京北郊外玲珑剔透，目之所及白雪皑皑。坐着索道上山，脚下白茫茫一片。玻璃上呵气成雾，宋小梦在上面画了个笑脸，赵沂顺势把手覆在她手上。她转过头来嫣然一笑，耀目无比，两人就如偶像剧般接吻了。那晚温泉，宋小梦红色的比基尼在环绕雪山的映衬下如红梅一般。美人、美景、美酒迷人心智，赵沂泡得晕晕乎乎，卸下心防：“小梦，你为什么会和我在一起？”

“你觉得呢？”

他沮丧低语：“不是真为了负责吧？我们男人不需要这种负责……”

“为了你给我做的水波蛋。”女友的回答四两拨千斤。赵沂没再追问下去，他不敢追根究底，怕听到一个他不能承受的答案。

“跨完年，她从三亚回来，带着新买的苹果手机和我一起消夜……”宋小梦喜悦的脸犹然在侧，赵沂回忆起来却脊背发凉。

宋小梦边设置手机边等烤串，顺便跟赵沂讲团建的见闻。中间她去洗手间，新手机刚登录了微信，“滴滴”响不停，引来邻座的侧目。赵沂一面抱歉地看看周围，一面瞅瞅手机，只一眼就不能动了。

“到家了吗，说好跟我报平安的呢？”

“我可能也没自己说的那么坚定。”

如果第一句还能解释为同事朋友间的正常问候，那第二句呢？接着是段语音。赵沂从来没有偷看女友手机的恶习，但那一刻却无法遏制地伸手拿过手机。新手机还没设置密码，所以他直接就点进去了。

“那天的事也可以算喝多了，我们都可以别在意。”发信人叫杰出农夫，头像是个J字母，他中低声音、很有磁性。赵沂怔忪，又一条信息跳出：“下周，还是见一面吧？”新登录的账号，聊天页面没多余的内容。赵沂尚来不及思考该做何反应，余光却已扫到宋小梦回来的身影。

“不知道为什么，看到她过来，我不是拿着手机质问她怎么回事，而是……退出程序，把手机放回原处，装作什么都没有发生。”赵沂的嘴角开始发苦。

然而宋小梦并没有配合他的睁只眼闭只眼，虽然赵沂手速很快地把手机归位，可她一拿起来就发现是怎么回事了。她有一瞬的慌张，但马上平静下来，看了眼装作无事发生的男友，他还在插科打诨，絮絮叨叨得有点反常，她则默默设置完手机。那晚，两人一路无话地走到她住处的小区门口，临别前她说：“你有什么想问我的吗？”宋小梦长手长脚，身高跟赵沂差不多，此刻目光微微低落，擦过男友的肩头，落到远处的马路牙子上。

赵沂心乱如麻，不假思索地摇头。宋小梦接过他手上的包，从里面拿出一个盒子，是苹果最新款的手环：“你写东西老坐着，对身体不好，这个可以提醒你起来运动、休息。”说完她靠近赵沂，把他的领口扯出来，和往常一样转身进了小区。

拿着手环，赵沂的脚仿佛被粘在地上，看着她走，自己却动弹不得。他当然有想问的：那人是谁？那天是哪天？到底发生了什么事？你还会去见他吗？可一连串问题哽在喉头，他却怎么都开不了口。如果他俩之间根本没什么，她会不会觉得自己太不信任她？如果有……她怎么还会在自己身边，给他送礼物，关心他的健康？是因为真有什么，所以愧疚吗？

但假如真像他猜测的，自己要怎么做？分手？光是这念头划过，赵沂的心就被揪住，疼得撕心裂肺。她是他多年来的求而不得，是在放弃希望后的意外之喜，也可能是他活着的时光里上天给他最好的礼物……如此，能怎么办？当然是原谅她。更何况，也许根本就没发生需要他原谅的事。

巧合的是，宋小梦接下来也没动静，再后来的周末，还约赵沂吃饭。作家极尽乐观地想：幸好自己以不变应万变了，然而，“原来她约我去面馆，是为了分手。”

宋小梦分手的态度坚决，赵沂感觉自己已经被伤得血肉模糊，他忍住强烈的痛楚问：“你是因为谁才要和我分手的吗？是给你发微信的那个人吗？”

宋小梦仿佛在等着他这么问似的，表情很镇定：“不全是，我也没决定要和别人在一起。赵沂，我们不合适，我们之间的问题跟别人无关。”

“我们怎么就不合适，我们不是一直很好吗，哪里有问题？”他失态了。

“我们能留在京北生活吗？我们在一起，甚至连基本的生活问题都解决不了。”

“为什么解决不了？我前两本小说已经在找网站签约，最新故事的大纲也快完成了。我虽然是小透明，但版权这种东西，少则十几万，多则上百万，如果你是因为这个……”

宋小梦毫不留情地打断他：“看，这就是我们之间真正的问题。”

赵沂扒住女友的肩，还想辩解什么，却被对方抢先了一步：“我们认识这么多年，我是什么样的人，你应该很清楚。我做出的决定，没人可以改变。放在你那里的东西，我之后会请人过去一次拿走。你最好别再来找我，之后我会搬家，你到那里也找不到人的。”得到意外之喜时有多喜，失去时就有多悲凉。宋小梦的背影决绝，还有几分孤傲，和他印象中的她一模一样。

听了半天，陈果被绕晕了：“那你不好的预感是什么？”

赵沂忍住残余的心痛，换成了冷静的推理模式：“我感觉小梦和我分手，和给她发消息的人有关。而用你前任手机号码搜索到的，恰好是同那个人一样的微信名和头像。再加上你说小梦分享的酒店、餐馆你也去过，项链甚至睡衣都有同款，难道不是很奇怪吗？”

陈果反应了好大一会儿，倒吸一口凉气：“你不会是说……你前女友和江浩在一起吧？”说出这个猜测时，她自己也吓了一跳，“你的意思是，宋小梦当了江浩的情妇……不对不对，怎么会是江浩呢？”相互冲突的信息排山倒海而来，陈果的脑子顿时乱成了一锅粥：她不是刚和江浩分开吗，宋小梦和江浩怎么可能，这到底是怎么一回事？

抱憾终身

BAOHANZHONGSHEN

京北河对岸两千米的一幢办公楼的大厅里，有俩人躲在装饰景观的竹林后，鬼鬼祟祟地盯着出入口人群往来处，不时窃窃私语。男人穿一件破旧的墨绿夹克，身形单薄，油腻的头发因多日未打理而更显凌乱。女人头上戴一顶黑色棒球帽，鼻梁上还架着副墨镜，墨镜下还戴着只医用口罩。

“脚还行吗？不行的话还是回去吧。”男人扫了周围一眼，这景观设计得真不人性，背后连座位都没有，腿都站酸了——他也不想想，哪个景观设计师能在做设计时还考虑偷窥者的使用舒适度？

“不用不用，医生都说我没问题了！”女人一面摆手，一面目不转睛地盯着前方。

这态度多少给人不识好歹之感，男人上下打量她，对方的装扮让人又好气又好笑：“她根本不认识你，你又是墨镜又是口罩的有必要吗？”

“宋小梦不认识我，但江浩认识啊。”她拉下一点口罩说，“我们这是在干吗？是在跟踪——你以为很光明正大吗？居然一点伪装都不做就出来了，到时候被发现怎么办？直接冲上去认亲？”近墨者黑，她自己都没发现，她反驳别人的口气和他越发相似。接着男人发现手上被塞了一只口罩，“别废话，赶紧戴上！”

“你们……”背后响起一声女中音，让两人同时身躯一震：难道行动还没开始就被识破了？慢慢转过身，对上张横眉冷对的大妈的脸，“能让让吗？”原来只是扫地的保洁阿姨。

一场虚惊后，两人又开始互相埋怨：“就你这心理素质，能完成跟踪这种高难度的任务吗？”

男人乜她一眼：“又不是我想来，不是你逼我的吗？”

“怎么叫我逼你？我是为了谁，我还不是看你整天魂不守舍的吗！”女人将墨镜摘下，义愤填膺，“我真是一颗真心喂了狗！”

这对鬼鬼祟祟的男女正是赵沂与陈果。自从有了那个“不好”的猜测，赵沂就睡不着觉了，晚上辗转反侧得像根擀面杖。凌晨两点，又一次被他吵醒后，陈果终于受不了了，她反手按开台灯：“咱们明天就去把事情弄清楚？”

在沙发上翻来翻去的“擀面杖”愣住：“弄清楚什么？”

“明天就去搞明白，她到底跟那人渣有没有关系。”陈果从被窝里钻出来。

“发神经。”赵沂说完“嘁”了一声。

陈果干脆翻身起床，站到赵沂面前，有点不吐不快的架势：“虽然你们分手了，但你还是很关心她吧？不然也不会整天这副鬼样子，你也很想知道她和那个人渣到底怎么回事，对不对？”

“不对。”赵沂虚弱地反驳。

“假如真和你说的一样，你前女友不可能做别人的情妇，那如果她像我一样被骗了呢？要是她发现江浩结婚了，或者也被徐甜甜闹到崩溃，想不开做了傻事，你会不会抱憾终身？”赵沂浑身一颤，完全没想到这个傻子能这么精辟地直切要害。

“你这么喜欢她，也不想看到这样的结果吧？”陈果居高临下地盯着赵沂，竟有了些许意外的威压感，“不管你愿不愿意，我也不允许这样的事情在其他女孩身上重演。明天我们就去找宋小梦确认这件事！”

这些天陈果一直在想：赵沂不可能放下，因为就连她自己也放不下。如果猜测都成立，那宋小梦很可能是第二个她。她知道自己被骗了吗？她和他还在一起吗？徐甜甜发现他们的关系了吗？最近一次相关的分享是在上周，那宋小梦是不是根本不知道江浩还跟她在一起过？享齐人之福这种事，那人渣肯定做得出来。尽管陈果还有很多细节想不透，但也不能眼见这样的悲剧发生，哪怕她不认识宋小梦。

“她不会告诉你的。”赵沂低声说。宋小梦清高自傲，自己问她尚且一句实话得不到，何况还是个不知从哪儿来的陈果。

“那就跟踪她，现身说法，掌握第一手证据！”陈果手指旋转，握成个拳，这荒谬怪诞的场景，带着语病的话，他为什么感到莫名熟悉？

翌日，两人便去宋小梦以前的住处蹲守。临行前，陈果非得多事地准备所谓的“跟踪行头”。

“你家有墨镜和帽子吗？”她在头上比画了一下，“对了，还有口罩，黑色的最好，要没有的话，医用的也凑合。”

赵沂乜了她一眼：“你要干吗？”

“我要干吗你没看出来？当然是为跟踪做准备啊，工欲善其事，必先利其器嘛！我装衣服的袋子呢？你放哪儿了？”在床边捞起自己的包袱，陈果逐件翻找，“还是黑色好，黑色不容易引人注意。”她挑选着行头，还不忘数落赵沂，“呆站着干吗！换衣服啊。黑的有吗？”

赵沂几乎窒息，把她手里的衣服夺过来：“你还是别去了，一个伤残病患去，只能添乱。”

“不，我要去！”陈果又把东西抢回来，“我走路时腿基本不疼了，过几天就给你表演什么是健步如飞。”

“宋小梦是我的前女友，又不关你的事。”

“可江浩关我的事啊，全世界被他骗的女孩都关我的事！”

黑T恤在两人手中拉扯，领口被拉大了两倍，陈果陡然严肃：“赵沂，不能这么不公平吧？当初你给我出谋划策，让我砸江浩的场子，你跟着，我不也同意了吗？”

“不一样，我那次是去搜集素材的。”

“那我这次也是去搜集素材的。”

“胡说，你需要搜集什么？”

她得意一笑：“你别忘了，我现在可是一名业余漫画家。看在我帮你构思了一整夜的情分上，让我去吧。我保证不打扰你，也不阻止你，还帮你盯梢！”赵沂的嘴张了张，以彼之道还施彼身，他无法反驳！

之前宋小梦与人合租，说室友都是女孩，男生过去不方便，所以赵沂不仅没去过她的出租屋，甚至连是几栋几单元几号都不知道。两人在她原来住的小区对面从早守到晚，愣是没瞥到宋小梦的半个身影。之后又去她公司守了两天，也没见到人。陈果拐弯抹角地找莉莉打听了才知道，原来宋小梦平时在家录视频，只有签约主播例会和重大策划会才会到公司。

然而即使间接掌握了宋小梦的行程，接下来两周，他们跟踪了3次，竟次次都跟丢了！第一次在京北著名的奢侈品购物中心，宋小梦从洗手间通道的直梯直接离开，害得两人白等一小时；第二次在京北市中心的商业街，她左转右转10分钟就不见了人影；这次更绝，连大意传媒所在的园区都没出，陈果和赵沂就找不到人了。所谓事不过三，跟踪二人组跟得都怀疑人生了，陈果腰酸背疼地道：“你前女友是不是知道我们在跟踪她？”

正当两人焦头烂额的时候，一个响亮的女声从不远处传来：“你俩怎么在这儿？”莉莉踩着高跟鞋摇摆着过来，她老远就看到了广场中央行踪可疑的老相识。

陈果率先反应过来，一阵干笑：“莉莉，哈哈，好久不见，真巧啊！”

莉莉摘下墨镜，心直口快：“巧什么，今天我们公司开例会，不是告诉过你吗？你们在这儿干吗？”

“对对对，你告诉过我，我怎么会忘了呢？”陈果转头瞪赵沂，很心虚，“我们来这里是……干吗的呀？赵沂，你告诉莉莉呀。”尽管近朱者赤，陈果编故事的能力与日俱增，然而到这种关键时候，她还是会紧张得头脑发胀。

“我们在等朋友下班吃饭。”赵沂的眼神就像在看一个白痴。

扫了一眼他们的狗仔打扮，莉莉很惊讶：“吃饭需要穿成这样？”

“这个啊，是因为……”在赵沂口中，因为画漫画的缘故，陈果有了个粉丝。这粉丝为了追番，人肉搜索出陈果的信息，日日骚扰，弄得他们现在出门都得戴上墨镜、口罩。

莉莉很同情地说：“真惨，怎么才能帮你忙，要报警吗？”

“不、不用！那也是个可怜人……”陈果万分尴尬。

“说起来你是真有才华。那漫画不错，每篇我都看过，还推荐给同事了呢，她们也很喜欢，都关注你的微博啦。”莉莉热情洋溢道，“我看粉丝数涨得也挺快，等流量再大点，说不定都可以接广告了。不过，你也别光盯着条漫呐，不如想想怎么把内容转换为视频，短视频的受众才大呢！”

陈果禁不住夸，赶紧转移话题：“你呢，你怎么样？”

莉莉脸一沉：“有宋小梦在，我能好到哪儿去？公司疯了，居然给了她3天假，明天就去三亚，机票酒店全包，知道住的是什么酒店吗？瑰丽！我的天！”在大意传媒工作那么久，她都没享受过这样的待遇。

等她走后，赵沂戳戳陈果：“听到她刚才说什么了？”

“听到了，说我有才华，漫画画得好，好多人都爱看！还让我做短视频，接广告！”陈果美滋滋地回答，虽然不知是不是平台流量倾斜，但她最近的粉丝数的确是噌噌往上涨，而且还有热情的粉丝帮她建了粉丝群，一扫她不愿更新的阴霾。

转头见赵沂面如土色，陈果才忙不迭地问：“她说什么了？”

“她说小梦要去三亚，明天就走……”

要干什么

YAOGANSHENME

“梦梦，那我走了。”京北CBD附近的高级公寓套房里，高大俊朗的男人在门口换好鞋，他的声音低沉自信，充满了这个年龄男人特有的魅力。刚刚女人正在读手机信息，面色略微凝重，见他要走，扔下手机过来帮他整理衣领。她穿一条裸色真丝睡裙，长发随意绾起来，慵懒又妩媚。男人顺手揽住她的腰，很亲昵地说：“今天什么安排，不用录视频吗？”

女人乖顺地摇摇头。

“那你今天干什么？”他接着问。

“研究商务之前发过来的资料，看看那些品牌符不符合我的选品标准……嗯，有空的话再逛逛街？”

男人笑：“听说你最近都开始挑牌子了？”

“不是你说羽毛珍贵，让我有所为有所不为的吗？晚上真不过来了？”

“应酬完已经很晚了，你早些睡，不要等我，主播的皮肤状态很重要。”他说完，在她额头轻啄一下，走了。

门“咔哒”一声合上，女人的目光还贪恋地吸在对方离开的地方，像磁铁一样。他为什么不来？她心知肚明却又无力改变。这间公寓是他送她的生日礼物，套面不大，但位置绝佳，因而价格不菲。他对她向来大方，只是她想要的，却不只是这些。

微信的信息提示声音又响起，清扫完心底那点惯常的不甘，她走过去拿起手机。

“待会儿在这里。”后面是一串地址，是前男友发来的信息。在三亚度假的最后一天，她收到他的信息，说有重要的事要见一面。他们正式分手也有大半年了，他从未找过自己，这次到底是什么事呢？自己把分手的话说得那么决然，难道他还心存妄念想要复合？

“你确定我们在这里就能等到她？”

一周前，在赵沂的坚持下，陈果和他来到三亚。瑰丽是海棠湾的高级酒店之一，顶上的餐吧外是无边泳池，面对一望无际的大海，海中有个小岛，景色之绝美超过艾迪逊酒店，也无怪乎泳装美女们排着队摆姿势拍照了。两人坐在泳池外摆区，黑衣、黑裤、黑口罩，怀里还抱着只保温杯，与此处格格不入。

赵沂“嗯”了一声：“瑰丽最出名的就是这个无边泳池，她如果在这里，没道理不出现。”

“万一她生理期下不了水呢？”陈果不知什么时候开始变成了“赵沂说东她就要说西”的杠精。

“这里风景这么好，她就不能来喝酒吹风？”

“万一她就宅在房间不出来，我们不是白等了？”

赵沂忍无可忍：“你当她是你吗？”

俩人又剑拔弩张时，一个女人蛇一样扭来扭去扭到他们前方，朝不远处的男人勾手指：“Jeff，给我在这里拍几张好不啦，这里好美啊！”

听见名字，俩人都浑身一震：这么快就“捉奸成双”了？然而他们抬头，见到的却是位肚皮能把脚尖遮住的肥胖男，男人直勾勾地盯着女人看。女人变换造型，尽显傲人曲线，男人直看得心花怒放，应付着拍了几张就迎上前去："你这么好看，这里拍哪够！我们还是回房间慢慢拍……"

"死鬼！"女人娇俏一笑，柔若无骨地攀在他身上，像一根藤蔓，"现在是不是觉得我比你家里的那位要好多了？"

唉，叫杰夫的果然都不怎么样。赵沂刚和陈果面面相觑完，就发现一个人从泳池里爬出来，恰好在激情二人组离开的位置站定。那人一抬头，赵沂仿佛心梗一般。宋小梦穿的是素白连身泳衣，在周遭一片莺莺燕燕中实显保守。然而款式保守、颜色清淡，都架不住她的好身材。在三亚绚烂的阳光下，白到发亮的皮肤衬出了她的凹凸有致，一头长发湿漉漉的，既清纯又有氛围感。

这是陈果第一次见宋小梦真人，还来不及做任何反应，这位气质美女就朝他们走过来了！陈果眼瞪如铃，赵沂更当场石化：小梦对他如此熟悉，不发现他是不可能的！

然而，宋小梦只往他们身上扫了一眼，便踱步到旁边的躺椅上了。那位置和陈果之间恰好隔着两棵茂盛的热带植物。赵沂方才记起自己在陈果的游说下，帽子、墨镜、口罩一样没少——打扮成这样，身上还披着条浴巾，别说前女友，就是亲妈也认不出，而且宋小梦压根没想过前男友会出现在这里。她擦干身上的水，戴好墨镜，悠悠闲闲躺下啜了口酒，享受得很。

"她只有一个人啊。"陈果唯恐暴露行踪，只能给赵沂发信息，抬头却发现他竟兀自站起来往回走。她一头雾水，只好追过去："干吗呢？"

"我们还是走吧。"赵沂沉默片刻，声音发涩。虽然一切都在预料中，但他却不想剧情如此发展。

"我们来这里不就是为了知道……"

"我不想知道了。"是的，他不想知道，他什么都不想知道，他要回去了。赵沂直直往前走，大步流星得竟像在逃一般。

搞什么鬼呢？费时、费力、费钱地跟踪那么久，还没有结果就要回去？对得起他们的飞机票和如家酒店的住宿费吗？

“鸵鸟！”赵沂充耳不闻，还是往前走。陈果只好拽住他：“不是担心她误入歧途被骗吗，就这样回去算什么？”

“我就是鸵鸟，好了吧？”赵沂自暴自弃。看到人间富贵花般的小梦，他不禁自惭形秽。拯救？他有什么资格去“拯救”她？

两人推推搡搡到了电梯门口，僵持不下时，电梯门开了。一个身形健美、气度不凡的男人怡然从里面出来，与他们擦身而过。陈果死死抓住往前冲的赵沂，力气大得他竟一时没法挣脱。几秒以后，等男人绕过了大厅，她才说：“是江浩……”是无论怎样也能认出的江浩。

见面的地方在京北河边的咖啡馆，说是咖啡馆，其实充其量算间港式茶餐厅。宋小梦刚进来，就闻到一股莫名奇怪的味道。赵沂坐在窗边，支颌向外望，因为太瘦，侧面勾勒出清冷的弧线。听见动静，他转头，四目相撞。前女友穿着休闲西服套装，挎着羊皮包包，贵气逼人。

“等很久了吗？”宋小梦坐下。

“没、没有，我也刚到。”那是不可能的，他白开水都喝了四五杯，厕所也去了两三次。按陈果的话来说就是：紧张到动作变形。

又是沉默，两个人都有些许不安和不适。宋小梦把服务员叫过来点完单，才又寒暄：“最近还好吗？”尽管他看上去依旧白得病态，但似乎还算有朝气，至少过得应当不怎么坏吧？宋小梦自我安慰。

“还、还不错……你呢？”赵沂畏畏缩缩又扯了个谎，在前女友面前，他真是气势全无，连平常跟陈果叫板的一成实力都拿不出来。

“那就好，我换了份工作。”宋小梦不想过多透露自己的信息，直奔主题，“你说有重要的事告诉我，是什么？”捧着杯子的手僵住，赵沂定定地看着对方，直到对面的人再次发问，“到底什么事？”

终于，他艰难地问：“你是不是跟谁在交往？”

宋小梦愣住，着实吃了一惊。她是在跟人交往，但这段关系被藏得很隐秘，应该没人知道。她脸色变了变，矢口否认：“你在说什么呢？”

赵沂咬住下唇，手上的水杯开始颤：“真的没有？”

“没有。”

“可我看见了！”赵沂脱口而出，为什么连这个也要骗他呢？

宋小梦强装镇定地掂掂手指：“看见什么？”

“前几天在机场，你和一个男人……”

“你跟踪我？”宋小梦惊骇得不行，难以自控地低吼，“赵沂你到底要干什么？我们已经分手了！就算我在和谁交往又怎样？这跟你没关系！”

“不是……”

“我们已经不可能在一起了，你做这一切有什么意义？”宋小梦倏地站起来，正好撞上端咖啡来的服务员，咖啡瞬时被打翻在地，咖色液体四溅。这一刻，一个绝望的声音混合着飞溅的咖啡说：“你知不知道你正在交往的那个人已经结婚了？”

宋小梦惊呆，缓缓滑到卡座上。赵沂的关心好明显：“没被烫到吧？”

服务员吓坏了：“对、对不起，女士！我、我马上去给您换一杯！”天啊，怎么上班第一天就遇到这种事？

宋小梦没回答，嘴唇都在发抖。

“你连他是谁都不知道！”宋小梦的脸血色全失，她掐着手指，努力让自己冷静下来。

见她这副情状，赵沂产生了某种微妙的自我肯定：“我知道你不信，但我说的都是真的。他叫江浩，是小破书的高管吧？”宋小梦的表情变得更加僵硬。

“江浩结婚10年了，而且还有两个小孩，他骗了你！”赵沂说得认真，眼神里闪烁着关切。

宋小梦脸上僵硬着，脑子却在飞快转动：他透露的信息多到她难以反驳，但他的用词是“骗”……她用力抵在靠背上，用实在的物体支撑自己的理智：“他是什么样的人，不用你在这里指鹿为马！你跟踪我，还诋毁别人，我对你真是太失望了。”

“我在你心里就是这样一个人？”赵沂见状真急了，“我没跟踪你，没想过打扰你的生活。我会知道他的情况，是因为这个男人用一模一样的方法欺骗了我的朋友，让她身败名裂。我不想让你和她一样，成为众矢之的，最后做这种人渣的牺牲品！”到最后，赵沂几乎难以自控地低喊出来。

宋小梦僵住的脊背反而柔软了一点：“什么意思？什么朋友，你到底在说什么？”

“你等等。我叫她进来，见到她，你就什么都明白了。”赵沂边发短信边说，“那天其实我是陪着她去机场，才恰好看到你们在一起的。”赵沂没说实话，最终他还是不愿意她把他当作变态跟踪狂。

两分钟后，一个女人进入咖啡馆，朝他们走过来。她个子小巧，长相普通中透着几分可爱，卫衣、卫裤显得不修边幅。她走得小心翼翼，很紧张的样子，站到他们桌前时，脸红得仿佛要炸开了。她看向赵沂，有些不知所措。

“小梦，这就是我的那个朋友，陈果。”

蜜里藏刀

MILICANGDAO

在正义的驱使下，陈果鼓起十二分勇气，结结巴巴地把她和江浩的事讲了一遍，刻意略过跳河和之后的闹事行动。讲完后，她双眼微垂，脸红得发紫，不太敢直视对方，眼光朝着桌面："他满嘴的花言巧语，又翻脸不认人，你可千万别被他骗了！"

宋小梦的脸发青："口说无凭，没有证据，你们就是在诽谤，知道吗？"

"你有病吧，我诽谤他？"陈果差点没大声叫出来，这人怎么如此不识好歹！

赵沂按住她的肩膀："不是空口无凭，他老婆叫徐甜甜，英文名是Candy Xu，你上Facebook去搜她的账号，上面都是他们的家庭照片分享。"

宋小梦面色一凛，任谁知道自己的交往对象是有妇之夫都会有如雷击吧？她的手被自己捏得发白，过了好久才极艰难地说："我会找他求证的。"

"还求证什么？你现在就给他打电话，提我的名字，看他敢不敢来！"陈果适时聪明了一下，可对方脸色难看得更目不忍视了。

"谢谢你们提醒，我会好好处理的。不过也希望你们为我保守这个秘密。"此言一出，对面两人皆惊：难道她竟想要维护那人渣？宋小梦恳求地看着前男友："赵沂，我现在是个主播，需要良好的形象去面对公众。如果粉丝们知道我当了'第三者'，你让我怎么在这个圈里混？"

"可你又不是故意的，你也是受害者呀！"激动起来，陈果就暂时忘记了自己当初四面楚歌的境况。

"你也是被骗的，其他人信你吗？我和你一样，到时又有什么能力自保？何况网络上大家隔着网线，攻击只会更加赤裸裸，所以我求求你们，千万不要告诉别人，否则我就毁了……"一则是男朋友身份的打击，一则是名誉事业可能毁于一旦，她边说边红了眼眶。

赵沂难受得紧，赶忙劝慰："放心吧，我们不会告诉别人的。"

"这种人，只要没身败名裂到翻不了身，他还会去害人的。"陈果的碎碎念立马招来赵沂紧张的一瞪。"唉，知道了。我不会曝光他的啦，我就是气，这么个烂人还要我们帮他瞒着……"

"不是帮他，是帮小梦，否则她会被流言毁掉的。"赵沂叹气。

陈果突然不开心："你这么担心她，私下为她做了这么多，她又为你做了什么？"她到底怎么了？明明是她鼓励赵沂向他前女友坦白一切的。当初是同情宋小梦，而当一切都确认，几分释然里却涌出更多古怪的情绪来。

三亚的超高层公寓，隔着玻璃见宋小梦和人渣旁若无人地拥吻，陈果只是激愤地想打爆江浩的头，而赵沂则完全站不稳了，整个人都在晃。那天陈果费了好大劲才把他拉走，后来他喝得烂醉，倒在大排档不省人事，她才知道他对宋小梦的情深。

"告诉她真相吧，等她了解那人渣的真面目，说不定会回心转意呢。"她是这么劝他的，然而刚刚见到那满身光华的人，陈果却莫名埋怨自己多管闲事。

京北河秋冬凉，草木凋枯叶黄。两人默默并肩走了很久。京北桥上，赵沂停下说："谢谢你。"

郑重的语气让陈果一愣："谢什么？"河面的风好冷。

"谢你推着我把事情弄清楚，谢你愿意出来做证让她相信，也谢你能忍着不曝光这一切，让她不用被二次伤害。"

赵沂是一如既往的真诚，陈果却言不由衷："不、不客气，你救了我，又收留我这么久，我做点事也是应该的。你和宋小梦……还有可能在一起吗？"他求自己改台词，不想被她发现是他们跟踪，也不愿意破坏她光辉灿烂的前程，他还是很喜欢她啊……

赵沂怅然地没反应，一踉跄差点摔倒。也许他还怀着九死一生的希望，可没有江浩，他们就能在一起了吗？他还是那个不中用的自己，而小梦却涅槃成凤凰了。

心情沉重的也不只是赵沂和陈果。从咖啡馆离开时，宋小梦表面上看似波澜不惊，但心里却有如巨浪滔天：如果这消息被公之于众，她会面临什么样的下场？越想越怕，回到家，内衫竟被冷汗打湿。赵沂把江浩的信息一字不差地说出来，又让陈果来做证，宋小梦极度震惊，脑中跑马似的溜过千万个问题：赵沂怎么会知道？他为什么和陈果凑在一起？他们之间是什么关系？陈果又想干什么？

她不动声色地把这些问题见缝插针全提了出来，得到的答案是这样的：陈果是赵沂为数不多的读者之一，一直保持着联系。知道她出事后，他一直在网上安慰她。陈果那段时间的状态十分疯魔，他担心她出事便陪她跟踪江浩，不承想在机场发现了宋小梦，完全是误打误撞。有陈果这前车之鉴，他们肯定宋小梦也是受害者，所以才赶紧来告诉她，希望她不要成为第二个悲剧的对象。

宋小梦认识赵沂多年，知道他对自己情真意切，因而信了七八分，剩下的那一点疑惑是感慨：又不是拍戏，怎会这么巧？冲澡出来，收到主管发来的工作安排，明天又是满满当当的。她突然烦得很，刚刚的谈话让她躁动不安，打开微信找到赵沂的ID，给他主动发了半年多来的第一条信息："这件事你们还告诉过谁？"

前男友对她依旧是秒回："没有。"

"你那朋友不会为了报仇就出卖我吧？"

"不会。"

"真的吗，可是万一呢？"赵沂也许信得过，可陈果呢？一个陌生人，还与她绑定着令人尴尬的关系……即便有善意，她会放过江浩吗？他几乎毁了她的人生呢。

"她不是那样的人，我保证她不会做出任何对你不利的事，放心吧。"

宋小梦稍稍舒了口气，随即心情又复杂起来：他是她什么人，又怎知她是什么人？宋小梦给自己调了杯利口酒压惊，很多个孤独的夜晚她都是这样过的。此时，江浩的电话打来了："还没睡呢，不是让你早点睡吗？"

宋小梦整理了一下情绪："刚洗完澡。"

"我马上到你楼下了。"

"不是说今天不过来了吗？"

"想你了。"3个字就让她难以抑制地甜蜜，可惜蜜里藏刀，偷来的感情总归危机四伏。10分钟后，下午才分开的两人披着月色在床榻上翻滚。江浩带着浓重的酒气和雄性气息在她身上点燃燎原之火，今天的突发事件，所有的秘密、欲望与不安，都掩藏在宋小梦娇俏的呢喃中……

chapter 7

第 7 章

半个恋爱

陈果的腿痊愈了，钱也快花光了，“拯救”宋小梦好像是她和赵沂最后需要被捆绑在一起进行的任务——可这一件都完成了，他们还有什么理由这样不明不白地“同居”呢？半地下室内，陈果边更新漫画边想。唉……她默默叹气。

其实，陈果也好好研究过，试图给自己找出路。去开网约车——可她不仅没车、还不会开车；去跑快递——可她看不懂地图而且经常迷路；那发传单、卖手机、刷盘子的从业门槛总没那么高吧？可沿着这个思路想下去，越想越悲从中来：从前她好歹是个小白领。

唯一令陈果感到安慰的只有漫画了。之前由于负面评论，她打了一阵退堂鼓，但几日后打开微博竟发现横空多出了个粉丝群。她进群时，里面正热热闹闹在讨论她的漫画，令她大受鼓舞，再掉回头去看零星的恶评，便不再自怨自艾。

“丑死了”，那就是各花入各眼，再好的画手也无法改变别人的审美；“没有新意”，那就去发现更多生活中会被忽略的细节；至于“不会画就别出来画”……赵沂曾问，没人看难道就不画了吗？同理可证，不会画就不能画了吗？赵沂还奇怪地感叹：怎么不更则已，一更就是好多篇，真是节奏混乱。陈果得意地回答：这叫不走寻常路。

坚持更新着，陈果的粉丝数量也从百人涨到现在几千人，每天都有人在群里或评论里捧场。赵沂还给她策划了新的引流方案：漫画真人视频。莉莉说得完全正确，短视频是兵家必争之地，陈果的漫画讲述成长片段，非常适合改编。真人形象演绎最终秒变漫画，不仅形式吸睛，而且能快速展示她的漫画风格。

陈果起初不愿出镜，倒也不是偶像包袱，只是自己长相如此普通，可以说没什么优点。可实在架不住赵沂一再怂恿，为了这策划，他还半路出家去学了视频拍摄和剪辑。她更拒绝不了他租来的一堆演出服，回校园扮学生，于咖啡店中演白领，在教堂里穿白纱……是身为画手最爱的Cosplay活动。

为了那场她想象自己变新娘的片段，赵沂还专门找了所大学的小礼堂拍摄。看门大爷说无活动的日子非师生不得入内，赵沂好说歹说半小时，两人总算被放行。进去后，陈果才发现这家伙很会选地方：礼堂虽小，红砖却很有质感，穹顶漏出光柱，光柱下用透明鱼线固定着数缕羽毛，在光的映照下，圣洁得好像是被天使撒落的。

“你拿着捧花站中央，先仰头然后低头，再往远处注视。重点是想象下面宾客满堂，你的爱人会从那扇门外走进来……”

陈果打断正说戏的赵沂：“一般婚礼不是新郎在台上，新娘从那边走过来吗？”她指着礼堂的门。

“那是一般情况，你看我们现在的情况一般吗？再说，我去哪儿给你找个新郎站台上？”赵沂昨晚熬夜写拍摄计划，正困得要死，哪儿有心情听她啰唆，烦躁地赶人，“快快快，赶紧站台上开始你的表演，再不快点小心我收你房租啊。”

陈果慌忙脱掉外套，稍稍整理了一下头发就跳上舞台。手机屏幕里顿时出现了一位穿着简约婚服的女子，她的及地白纱和栗色卷发沐浴在光晕里，温柔极了。仰头的瞬间闭眼，好像要离开这地面，飞向穹顶外的天空……赵沂呆住，仿佛不认识屏幕里的人了。陈果一直不让他看，刚才又把自己裹进大衣里，他之前完全不知道这造型会这么好看——是不是女孩穿上婚纱就会有大变活人的效果，难怪她们都心向往之……

陈果按脚本接着演，低头、转身、凝望，恰好在屏幕里与赵沂对视。手机挡住对方的脸，她看不见他的惊诧，只觉心跳不已。如果，只是如果，万分之一的如果，她也知道没有这样的如果，可如果非要她想象，那么她就会想，是他从那扇门外走进来……那该多好。

“视频你剪得怎么样啦？”这些天赵沂因前女友事件创作功能“瘫痪”，工作效率低得要命，将原本的视频计划一拖再拖。陈果郁闷地放下手绘板，绕到赵沂身边，却发现作家正对着手机发呆，屏幕上是宋小梦的vlog。她开始牙酸，又凑近了一点，这女人依旧那么美。最新的分享是一张餐厅的局部内景，是她眼熟的那家法餐厅。

“都分手了，怎么还去那儿吃饭啊？”

“什么？”

“她都跟人渣分手了，还去那餐厅干吗，缅怀逝去的爱情吗？”

对呀，她为什么还要去那里？小梦从来不是喜欢沉浸在过去的人。赵沂一下呆住，呼之欲出的不堪揣测哽住了他的喉咙：难道她……不会的！他猛然摇摇头，不会的！

“问你视频呢……哎，你要去哪儿？”赵沂随手抓起一件外套，风一般冲出门，弄得陈果不明就里。

赵沂傍晚也没回来，陈果只好自行解决了晚饭。凌晨，她听见门开了，却一直没听见门合上，有点害怕地出门查探。却见赵沂靠在门口，满身酒气。他眼皮耷拉，手上提着一袋酒，神情说不出的难过。陈果赶忙过去扶他：“怎么喝成这样？”

“是我想错了。”

“什么错了？进来！”陈果扒拉他，“搞什么？全身这么臭，这又是什么……”骂人的她愣住，原来她不小心摸到赵沂的下巴，发现是湿的，抬手一挑，才见那水正顺着脸庞流下——赵沂哭了！陈果一时惊诧到了极点，“你……”

被前男友叫到分手面馆来，宋小梦有些不悦，她还有一堆工作呢。而且那天之后，她不愿在任何场合见到他。可对于手握自己秘密的一方，人多少忌惮，所以她还是来了，但因为不情愿，所以语气不善：“今天又是什么事？”

赵沂坐在他们分手的位置，递给她一份菜单：“想吃什么？”

“我不饿。”

“给你点了牛肉面。”

“找我出来干什么？”宋小梦不愿客套了。

“那件事，你处理好了吗？”赵沂平平淡淡地问，见宋小梦点头，他又问了一次，“真的好了？”

她扬眉：“我说了我会处理的，不信就算了。”

“依我看，你没处理吧。”赵沂紧紧盯着她，像一只隼。

他罕见的步步紧逼让宋小梦又惊愕又气愤：“什么意思？”

“你跟那人分手了吗？”

宋小梦不知道，前男友的问话包含着多大的期待。她的注意力只聚焦在对方的动机上：一向软弱的赵沂为何突然如此强势？上回不是说好不会再打扰她的生活了吗？还有，为什么见面的地点要选在这里？她一向善于观察和等待时机，于是试探地问：“你要干什么？”

“你就告诉我和他分手没有？”赵沂感觉自己的嘴唇都快被咬破了。

他是在等她回心转意吗？宋小梦一时拿不准，敷衍道：“分了。”

那一刻，赵沂失望至极，自己曾信仰的东西摇摇欲坠，但不到最后他都不会选择相信自己的直觉。于是宋小梦听到了更惊悚的问题：“小梦，其实你早就知道他有老婆、孩子，对不对？”

宋小梦微不可察地瑟缩了一下，严厉呵斥他：“说什么呢？如果不是你和那陈什么的来告诉我，我怎么会知道？如果没其他事，我先走了。”她心虚得想立刻消失。

赵沂仿佛在痛苦地酝酿着什么，见宋小梦提包要离开，终于忍不住说：“连莉莉都知道江浩结婚了，你这么聪明、细心会不知道？”果然，宋小梦被他的话惊到一动不动，“如果你早就知道他已婚，又怎么会因为我来劝你就跟他分手呢？不要骗我了好不好！”

宋小梦心中一团乱麻，到底怎么回事？赵沂气势汹汹是为何？如果他早推算出她的心思，之前带陈果来劝自己又是为何？如果要报复，大可不必演这么一大圈戏吧？宋小梦深呼吸，故作镇定，学江浩的语气：“如果你非得这么想，我也没办法。那你上次带那个陈果来是要干吗，说什么不想让我被蒙在鼓里，是做戏给我看、耍我吗？”

“我没有……”赵沂近乎卑微地解释，“上次事发突然，我是真心希望你不要被他利用，才急匆匆来找你。只不过回去后，我才查到小破书是你们公司的控股股东。于是找人打听了一下，发现你的同事都知道江浩结婚了。你离他这么近，又这么聪明、善于观察，怎么会一无所知？”

宋小梦心底“咯噔”一下。在她心里，赵沂一直怯懦无用，以至于她忘记了他并不蠢，竟能凭一丝线索推测到这个程度。但推测毕竟只是推测，她可以不认，只要她不认，他也不能怎么样。可他就像是她肚里的蛔虫：“小梦，我不会拿你怎么样的，你相信我，我只想听你说实话。我就是想知道，你离开我的时候，是不是已经跟他在一起了？这对我很重要，所以别骗我，求你了！”赵沂近乎哀求地说。

她一时乱了阵脚，静默了一会儿，终于承认：“你说得对，我早就知道他结了婚、有孩子。而且就算现在，我也不想跟他分手。但我跟你分手的时候并没决定要跟他在一起，只不过是因为他……”她哽住喉头，“因为他，我才发现我们不能再继续了。”

沉默、难过、糊涂，再看前女友，赵沂眼中是浓重的不解：“为什么呢小梦，你为什么要做这种事？你在我心里……”是白月光、红玫瑰、人间值得，“你和我恋爱，我知道委屈你了。所以你走，我不敢留你。因为我相信到处都是比我更好的人，可你为什么要去……”他说不下去了。

这绝望的模样令宋小梦震动，她面对的是一个视她若珍宝的人，他面对自己时的卑微，亦如她在江浩面前的卑微：“你是不是想问，我为什么要给他当情人？”赵沂看见前女友的脸上出现了一种一了百了的决绝，“因为我爱他！”

如果可以选择，谁又想掺和进这种关系里呢？可人一旦陷入，又有多少人真的有决心离开？赵沂说，假如陈果知道江浩已婚，哪怕知道他不是单身，她也不会插足。宋小梦冷笑：“你是永远不会明白的。”

柯南唇下

KENANCHUNXIA

“发什么呆？过来。”江浩靠在床头招呼宋小梦，他正在看大意传媒送过来的季报。她乖乖到床边坐下，他把平板电脑的屏幕挪给她看：“你‘11·11’的数据不错，排在了细分赛道的前十位，莉莉的带货量都没你的好。”

暂时抛开这几天经历的事情，宋小梦俏皮地眨眨眼：“那也要多谢老板提携，要不是你，老黄怎么可能让我频繁地上活动？”得到羡煞旁人的资源，不仅仅靠能力和努力，江浩在大意传媒的地位也是不容忽视的。

“别胡说，公司要长远发展，当然得不断培养新人，可不是我对你特殊照顾。”

“那……就谢谢老板的栽培。”她拱手作揖。

他宠溺地刮了下她的鼻子：“‘12·12’要努把力，好好表现。”宋小梦点点头，对她而言，江浩既是爱人，也是恩师。江浩今年35岁，是小破书最年轻的高管。岁月没在他脸上留下多少痕迹，倒是阅历让他越发气度不凡。宋小梦屡次在他睡着后细细看他，他不算一顶一的大帅哥，论五官之精致甚至不如赵沂，可他胜在模样周正：剑眉星目，高挺鼻梁，唇线清晰，略方的下巴很有男人味。醒时言行聪慧沉稳，说话声如洪钟，举手投足的自信令人折服。品位也很好，带她去的民宿、酒店、餐馆无一不是设计感十足——这样的人，即使当个普通朋友也不亏，因而很少有人能在他示好时真正拒他于千里之外，哪怕知道他结婚了。

“对了，你怎么又往我卡里打钱，不是说不用了吗？”江浩皱眉，“公司准备IPO（首次公开募股），被发现的话，审计上说不过去。”

“放心，我是通过朋友的咨询公司公对私转账的。有合同在，应该没有法律风险。你给我买公寓用了那么多钱，徐甜甜又坚持要给孩子择校，你的存款也没剩多少了吧？就算公司上市，那些期权兑现也还要很久才解禁。我‘11·11’收入还行，分给伯乐，我愿意！”宋小梦的话里带着一丝绵里藏针的温柔：你那位只会花钱的老婆，把房产、期权都转到了她名下，可那也是你活该，谁叫你不同意离婚，又去招惹陈果呢？“贿赂”他固然是报知遇之恩，但如果有一天需要，也会变成一把利刃。

果不其然，爬虫一般的不适感闪电般出现，江浩埋怨道：“哪有花女人钱的？”

“这是渠道费，不是花钱。”宋小梦适时地露出她在赵沂面前从未有过的小女儿情态，她要他不高兴，但也不能太不高兴。

男人失笑：“你当我是渠道，还给居间费？”

“不然呢？”

江浩把平板电脑甩到旁边，用力将她拉到怀里，一转压在身下，“谢伯乐可不是这么谢的……”接着，宋小梦就被对方全面攻陷了。赵沂啊，她不是不能走，已然到了这般田地，谁又能轻易放手？

云雨一过，江浩呼呼睡去，宋小梦在洗手间里涂着一层层昂贵的精华和面霜，她非常注意按摩手法，唯恐用力拉扯到纤维加速皮肤的老化。她的皮肤原本很好，但多次医美后变得敏感脆弱，维持美不是没有代价的。不过既然是赖以生存的本钱，也是他注意到她的起因，费心养护也值得。

宋小梦的五官很特别，尤其是眉毛很浓密，平直上扬，给她的明艳妩媚里增添了几分英气。“如果只看你的眉毛，真猜不到是个漂亮女生。”大约就是这双眉，引起了江浩的注意。

那时她还在做理财顾问，江浩是公司派给她的客户。在她之前离职的同事交接时说，这个江总很难搞，头脑清楚又不近女色，产品在他那儿很难卖出去。所以宋小梦见他前，早做好了心理准备。

江浩坐在对面，宋小梦也谈不上有什么特别的感觉，只当他是个没有投入产出比的客人，需要走走流程罢了：毕竟她是新人，如果真是人傻钱多的种子客户，也不会分到她手里。她平平淡淡介绍了给他做的理财方案和手上的固定收益产品，实话实说：“江先生，我的行业经验恐怕还没您的理财经验多。这几款产品的收益率和灵活度只能算中规中矩，最大的优势就是托底资产好，安全边际高。如果您不是急着用钱、收益要求也不是那么高的话，可以考虑它们。”

江浩托腮：“底层资产的安全边际高？解释一下。”

这真是当惯领导的人才会说出的话，果然不好伺候。宋小梦打开房产交易平台的APP：“您看，这批产品用来抵押的资产是长三角的住宅，项目周边的去化率很好。我不是设计产品的，不知道业务部那边具体的信息，但我用软件查过，这个区域的二手房交易很活跃。我还打电话问过项目的竞品楼盘，售楼部的置业顾问告诉我，周围基本是开盘即清盘。”

“这些是你私底下做的功课吧？”他嘴边多出一点笑意。

宋小梦一愣，心头莫名喜悦，自己的努力竟被发现了！这些话的确不是公司培训的内容，而是她根据材料查的，做这些也是为了卖货更顺利。不过这番说辞她讲过很多次，没有一个客户能发现这是她的额外心血。于是她发自内心地笑了，笑得像一朵盛开的蔷薇：“确实，既然客户从我这里买产品，投资门槛动辄上百万元，那产品的方方面面我就要了解清楚。风险要和收益平衡，不能随便推荐。”

“有原则。”江浩赞许地点点头。那天最后，江浩逆传闻而行，找宋小梦买了200万元的理财产品，算是她那段时间最大的单子，离开前他问她：“你喜欢现在的工作吗？”

宋小梦呆了呆，不明白他的意思。

“你长得不错，又有选品和服务意识，卖理财产品可惜了。如果你愿意，可以考虑别的行业看看，个人的发展或许会更好。”

他看上去很真诚，令她不自禁问：“比如呢？”

江浩打量她，用的是挑选人才的目光，不带一丝色欲：“比如主播。”于是，宋小梦在江浩的引荐下去了大意传媒，但她和他当时只是普通朋友关系。

“她是真心爱他，但爱就能没底线吗？”那天，赵沂喝着酒喃喃道。

见他表情痛苦，陈果一时难受，对江浩更恨之入骨。赵沂这前女友到底怎么想的？作为长得好、工作好、收入好的三好女生，怎么心甘情愿去给别人当情人呢？虽然赵沂不是什么大好青年，但起码未婚，道德无瑕疵。何况就算不要赵沂，她这种姿色就没人追求吗？真不懂……

“她怎么会是这样的人呢？”江浩钱多、学历好、地位高、长得不差——单凭这些，大街上愿意追随的女孩就一大把。可赵沂唯一不明白的是，小梦怎么也如此，她图他什么呢？他迷迷糊糊地望向陈果：“你呢，你图他什么？”

陈果挠头：“我给你讲过呀，他从售楼部杀出来，把我从营销部那个马屁精的手中救下，就像踏着七彩祥云而来的白马王子。”

“滚开！他结婚了，还白马王子？”

“我又不知道他结婚了！”陈果豪迈地挥手，“算了，不重要，都过去了。”

可赵沂心理上却过不去：“小梦跟你不同，她怎么会爱他呢？”

“什么叫跟我不同？”陈果准备伸手教训他，他却缓缓靠到她肩膀上，“你干什么？”无人回答，赵沂醉倒了。

陈果把他扶到沙发上，给他盖好被子，自己也睡下了。不一会儿，她就做起梦来。梦里她是位肤白、貌美、大长腿的女老板，被一群男青年众星捧月地围在中间，他们分别顶着当红男明星的脸。然而面对这些一等一的帅哥，她却高傲至极，把报表往桌上一甩，不怒自威："知不知道公司下半年就要IPO了？你们还不努力干活，期权还想不想要？一群没用的东西！"主播们纷纷战战兢兢："老板，您别生气，我们这就去跳舞，让粉丝打赏，为公司做贡献！"最红的主播还拉着她的手，可怜巴巴道："陈总，您就再给一次机会吧，千万别不要我呀……"陈果毫不怜惜地甩开他的手，恶狠狠地说："起开！"

下一个场景飞快变化，装修豪华、气氛旖旎的五星酒店，她正和一个男人亲热，轻佻的语气妩媚至极："现在觉得我怎么样，比你的青梅竹马强多了吧？"男人看她的眼神格外情深，有棱有角的脸俊俏极了："你很好，但小兰是我老婆。""工藤新一！"工藤新一轻笑，抱着她亲昵道："开玩笑的！"话音刚落，他就吻了下来……

以上内容充分说明梦是反的，还有就是缺啥梦啥。在梦中，陈果都感觉剧情太扯、自己太虚荣：哦，她是女老板，拥有一家Pre-IPO的MCN机构，还有一群花儿一样的主播，回过头，枕边人还是有妇之夫的工藤新一？这不是女版"江浩"吗？嘲讽归嘲讽，她又不自禁沉溺其中：这吻时浅时深，带着淡淡的啤酒味，可真是太销魂了。陈果主动把手臂探出去抱住男人的脖颈，幸福得差点"嘤嘤嘤"：所谓柯南唇下死，做鬼也风流！

有个词叫"酒色之徒"，可见酒和色本就分不开，但工藤什么时候开始酗酒了？这么一想，感觉不对……接着，工藤新一的脸渐渐幻化成熟悉而苍白的模样……陈果猛然睁眼：哇，不是工藤新一，是赵沂！

"赵沂，你在干什么？"嘴被堵着，所以喊叫听上去只是"呜呜"了几声。

赵沂半夜醒来，头晕乎乎的，却依然心痛难当，鬼使神差摸黑爬上了陈果的床。醉意和难过装满了他混乱的大脑，令他无暇思考自己手下的到底是谁。对方身体丰盈，肌肤丝滑，抱起来手感很好。嘴唇柔软，很好亲。赵沂陷于本能，身下的人也莫名配合，便更沉浸其中。从轻吻到深入，只用了一分钟。他的不甘、愤恨和伤心仿佛都找到了出口。

陈果试着挣扎，却被对方压得很实，她在心里骂了一句：该死的。可丢人的是，在一下挣扎未果后，她却没有继续反抗，因为……她发现自己并不排斥。不仅不排斥，当赵沂的手在自己身上胡乱地游走，她竟还有点享受？

犹豫的一会儿工夫，赵沂已经解开她的内衣，将手探进来，他的手冰凉，在燥热的暖气屋里很舒服。陈果的呼吸更为紊乱，有一瞬她甚至在想：谁还不是饮食男女？然而下一秒，一声含混的“小梦”让她心底那点迷醉立马下线，怒气值一下飙升。睡着老娘想着她？你怎么不去死！盛怒之下，陈果的膝盖往上用力一顶，赵沂立刻“嗷”地叫了起来……

天降大瓜

TIANJIANGDAGUA

“我错了，对不起，我、我……”等疼痛缓过来，借酒撒疯的醉意也去了大半，赵沂完整地记起了自己刚才的行为，懊悔不已。陈果显然生气了，可她却非常反常地沉默着，这让他更加愧疚：自己的行为禽兽不如，她这么疾恶如仇，肯定不会原谅他了。“我晕了头，我真没想过要对你这样！我知道喝酒也不是借口，我以后绝对不会对你这样了……”他越说，陈果脸越黑。

赵沂手足无措，无论如何也推测不出陈果此刻的想法：她不好吗？赵沂怎么就“没想过要对她这样”？她睡床、他睡沙发这么久，每晚的距离不到一米，这么长时间，他就一直没起邪念？那他当她是什么？真是气死了！

“不然……你打我两拳吧？如果还消不了气，我明天就收拾东西走人。”赵沂恳切得差点跪下，“你也不用搬，就住在这里好了，反正我刚交了房租……”

陈果瞪着他没说话。她是很生气，可生气的原因好像也有点太奇怪了。她到底是生气他酒后变“狼人”，还是生气他心里只想着宋小梦，又或是生气他们刚才没有进行到底？她明白他的道歉是真心的，但却因此更加不爽，可她在不爽什么呢？

赵沂的脸红得厉害，脖子仿佛都撑不住自己的头，感觉一辈子没这么丢人过。他写过很多酒后乱性的故事，却从未想过这样的桥段会发生在自己身上！以陈果之刚烈，此事大约不能善了，赵沂自觉地站起来：“我还是现在就收拾东西吧……”

盯着垂头的赵沂，陈果暗自思忖：他的手、他的唇、他轻轻巧巧脱掉她的衣服……如果刚才他没提前女友的名字，他们是不是已经……两颊慢慢烧起来，陈果心虚了。可这心虚却在下一刻化作莫名的愤怒：“你之前说，宋小梦是被骗的，她什么都不知道，是个受害者，所以我才答应你帮她隐瞒。但是现在不一样，既然确定了她是那种人，我就要曝光这件事！”对，江浩和宋小梦，彻头彻尾的一对狗男女，让她和赵沂那么悲惨，她凭什么要保护他们啊！

“不可以，这样会毁了她的！”赵沂惊惧道。

陈果心一凉：“你还要维护她？就任她破坏别人的婚姻？”

“她只是爱那个人，想待在他身边而已，不是想破坏别人的家庭。说不定给她些时间，她想明白了就会离开的……”

陈果不敢相信一个人居然能自欺到如此地步：“她之前就骗过你一次，你怎么还会相信她？你是傻子吗？”宋小梦根本不是好人！

“你就当在帮我，好不好？”

“不好！”陈果吼道，“我就是要曝光江浩，让他声名狼藉！宋小梦明知他是个人渣，还跟他在一起，也不是什么好东西。他们应该遭到全社会的唾弃，我现在就发微博@他们。就算我不这么做，徐甜甜知道了照样不会放过他们的！”

“不要这样，我求你了！”赵沂扑通一下竟对她跪下了！

很难形容陈果那一刻的惊讶：到底是什么样的深情，才能容忍自己所爱之人沦为他人的情妇？即便知道她如此不堪，也还要保护她，处处为她找借口！她不知道自己心中泛起的难受是疑惑、不甘、怜悯，还是嫉妒：为什么事到如今他还要保护宋小梦呢？

初中的赵沂因为发育较迟，比同龄人瘦弱很多，在人群中行走，苍白得像道鬼影。他内向安静，在班里存在感极低。男生们喜欢拉帮结派，常常一起逃课出去玩，赵沂不属于任何一边。久而久之，这样一个瘦弱苍白只顾埋头读故事书的人，在男生堆里就成了不折不扣的怪人。

不能融入，自然逐渐成了众矢之的。赵沂走路时会莫名被撞，东西会丢，作业会消失不见。直到家长介入，对方道了歉，却更怀恨在心。他们趁着下午人少，把赵沂堵在厕所。他永远记得那个阴沉的下午，他被按在墙角，等着避无可避的羞辱。

就在这时，外面传来尖细的女声：“张老师好，您怎么到这层的洗手间来啦？”他感到抓住自己的手松了，几人很快从另一边逃走。男孩等着，可过了很久，也没看到有谁进来。他赶紧离开厕所，却在楼梯口遇到了纪律委员，那是初中的宋小梦。

“其实在班里我跟她一共也没说过几句话，彼此都不太熟。那时她比我高，力气很大，所以老师才让她管班里的纪律。她可能猜到我被欺负了，就对我说‘以后我去哪，你去哪’。”就这样，他成了宋小梦的小跟班。

后来，他们去了同一个高中，没分在同一个班。赵沂长高了，也长大了，不再需要跟随宋小梦寻求庇护。再后来文理分科，他们见面的机会就更少了。直到一次期中考试后，学文的宋小梦找到赵沂，请他帮忙补习数学。她出落得越发漂亮，也越发像个女孩子。给她讲题时，见到她鼻尖那一点春风里的阳光，赵沂的心狠狠地动了一下。从此，感激便成了喜欢。

“虽然小梦早就忘记当初是她救了我，但我却不能不记得。”赵沂恳求道，“你恨江浩，我不能感同身受，所以我要求你别去曝光，是勉强你。但我求你，就算是帮我，别这样毁了她。”

赵沂那样恳求，陈果心里纵然气恼无比，却也拿他没办法。可有口难言真辛苦，这几天她的嗓子里就像哽了块大馒头，堵得要死，只好把这股气撒到漫画上，那就画个宋小梦因江浩抛弃赵沂的故事吧。虽然没法发表，但她想画，就是想画！

“都不是好东西！”陈果一边画，一边气愤地直哼哼。赵沂突然走过来，吓得她立刻遮住手绘板问道：“干吗？”

“待会儿我要出去见一个朋友，晚饭你自己吃。”说完他便出门了，留下陈果以一个可笑的姿势趴在手绘板上……呃，自己不是占理的一方吗，怎么表现得如此气短？这么一想，胸部隐隐作痛。一不做二不休地画了很久，连手机都没顾上看，等她再抬头，窗外的天色都暗了。肚子一“咕噜”，陈果感应到了大自然的召唤，与此同时，门响了。

来人是莉莉，她手里又提着大堆慰问品，陈果病号的形象深入她心。她今天在附近拍视频，京北河城墙外侧破旧颓败，却恰好是最近流行的“废土风”取景胜地。完成工作后，莉莉发现这里离陈果家不远，便在超市扫荡了一圈后不请自来了。一则，她对陈果满心歉意，总担心对方因为自己落下后遗症；二则，主播这份工作看似光鲜自由，但有时又自由得有些寂寞。陈果性格软萌，又是自己的救命恩人，莉莉看到她就十分亲切，也就格外想找她谈天说地。

她自来熟，一点也不客气地横在沙发上：“你男朋友怎么不在？”

陡然听见这么一句，陈果差点把开水浇到自己手上。按道理讲，她应当向莉莉解释一下她和赵沂的关系，可不知为什么，她只是说了句：“他不在……”边说还边想：不是我默认，是说来话长。

莉莉并不十分在意陈果的回答，又问：“你最近怎么样，我看你漫画都好久没更新了，是不是腿伤又复发了？”

“不、不是，我的腿好得差不多了，上次复查，医生也说没问题，你不用担心。”把茶水递给她，陈果不想说自己，于是便问，“你呢，工作还顺利吗？”

果然说到工作，莉莉就“呱啦呱啦”开始吐槽：“有宋小梦在，我能顺利吗？公司专门让她出外景不说，还把最好的品牌项目都给了她。以前的国内产品就算了，毕竟是国货；现在不同，雅诗红带、赫莲娜娜可都是国际一线护肤品，你说她何德何能接到他们的广告？

“我加入公司那么久，功劳、苦劳都不少，这些牌子凭什么给她做？我真想不通，我们主管老黄怎么那么照顾她？你觉得是为什么？”

提起宋小梦，陈果心里说不出的别扭：如果莉莉发现她不仅认识宋小梦，还在帮她遮掩，不知会做何感想。所以这一问，弄得陈果冷汗都出来了：“莫非是‘皇族’？”

“我打听了一圈，也没听说她是哪个领导的亲戚。”莉莉叹息，“我都气死了，可没用啊。谁叫我当初签了天价的违约条款，不然早带着账号跳槽去熊猫传媒了。你想想，我们公司那些人多势利，以前谁看见我不是莉莉姐、莉莉姐地叫着。现在好了，全都像要饭的一样，宋小梦去哪儿，她们就跟到哪儿，还不是想让她给她们倒流量！”真憋屈，以前她们央求的可是她莉莉！

“现在也只能走一步看一步，我倒要等着看她宋小梦能风光到什么时候！哎，陈果？”

陈果脸色发青，瑟瑟发抖，她全力以赴还是没抵挡住体内某种东西的来势汹汹，只能极其勉强地回答：“我去上个厕所，你先坐坐……”然后螃蟹似的横着小碎步挪去了洗手间。因为宋小梦，陈果这几日心情不佳，饮食无度，胡吃海喝，今日报应终于来了。折腾了快一小时，她终于走出洗手间，见到的却是拿着她手稿的莉莉，以及她那张能冻死人的脸。

“这是什么？”莉莉沉声问道，手上拿着陈果漫画最新一节的手稿。

刚才陈果消失得太久，莉莉百无聊赖地四处观望，发现了被扔在床上的手绘板，手绘板下面还压着一小沓纸，她也不管是不是人家的隐私就抽出来看。

原来是漫画。莉莉是陈果的半个粉丝，当即翻阅起来，然而越翻越心惊：宋小梦、江浩？这风马牛不相及的两人怎么会出现在陈果的故事里？陈果的脚本虽不细致，但脉络却很清楚。几页纸看完，莉莉心中涌起无数疑惑：假如宋小梦是素材，那江浩是怎么回事？陈果为什么会知道江浩？还有上次，陈果为什么要问自己宋小梦的行踪，她跟宋小梦是什么关系？画里的江浩和宋小梦又为什么是一对……虽然一时猜不透原委，但她知道其中定有蹊跷。

陈果见状立刻慌神，奔过去夺回画稿：“干吗偷看我的东西？”

“这是什么？”莉莉十分凶狠强势地又问了一遍。

毕竟是亏心事，陈果心里打鼓："我漫画的脚本……"

"你来告诉我，你的成长故事里，为什么会有宋小梦和江浩？"

陈果的心提到了嗓子眼："我画着玩的，名字也是随便取的，哪有这么多为什么……"

莉莉睁大眼："陈果，你别骗我，你是不是认识他们？"

"不认识，我不认识！"

事情到了这个地步，陈果只能强撑，可人生如戏全靠演技，她的演技还在幼儿园进修呢。莉莉瞧着她慌里慌张、结结巴巴的样子，不怀疑都不行。她脑子车轱辘似的一转，当机立断诈道："不告诉我也没关系，我马上雇人去查她！"她把头发拨到脑后，拿起包包，风风火火往门口走。这波操作把陈果彻底弄傻眼，她脑子一热，伸手拖住莉莉："不行！你不能去，我全都告诉你！"

陈果能省则省地把自己和江浩、宋小梦和赵沂这两组人物关系讲了讲，竭力营造出漫画里出现的所有故事都是自己胡编乱造的假象来。

"你曾跟江总好过，而宋小梦是赵沂那小子的前女友？"天降大瓜，莉莉感到很不可思议：陈果和江浩？认识她好几个月，怎么不觉得她有这样的资质？前段时间，小破书的确传出过江浩的绯闻，听说是一个名不见经传的销售女孩，最后还闹上门来——这种倒霉事发生在江总这样的人身上，其实也不是不可以理解。

"我不是第三者，我和他恋爱的时候根本不知道他结婚了！"陈果恶狠狠地纠正她。若不是情非得已，她可不愿在人前揭自己的伤疤。可说都说了，眼下只好把心一横，在莉莉面前扮可怜，她拼命挤出两滴泪："我的事，你现在都知道了。后来我遇到赵沂，决定与他在一起好好过日子，可最近却发现他总跟前女友联系，原来他一直忘不掉她。我很生气，才编了这漫画，所以你真的不用在他们身上浪费时间……"

"是这样吗？"历莉莉狐疑道。

陈果拼命点头，几乎要把胸脯给拍穿了："就是这样，之前没告诉你，是因为我跟江浩那段不是什么光彩的事，而且我也是前几天才知道宋小梦是赵沂的前女友，不是有意要瞒你……真的，你信我！"

莉莉凝神，不知在想什么，缓过来时表情却很敞亮："你是我的救命恩人，我当然信你啦。我刚才就是看见宋小梦的名字气不打一处来，也不是针对你，别放心上。"

"你不会真去雇人吧？"陈果紧张地问。

莉莉鄙夷地"嘁"了一声："我才没那么无聊，她也配我花钱雇人查？倒是你，因为江总，不，因为那人渣，工作都丢了，还骗我说自己是漫画家。"

"不是骗你，我是真的在朝漫画家的方向努力呢！"

"好好好！总之，你缺钱就告诉我，我一定能帮就帮！"陈果胸口一热，因为莉莉的关心而歉然：骗了她，她还这样关心自己，自己真不够朋友。没多久，莉莉回去了，陈果暗自庆幸地想：总算蒙混过关了。

初情往事

CHUQINGWANGSHI

赵沂去见的是一年前给自己发小说获奖通知的编辑，对方刚从出版社跳槽去了一家网站，便主动约还能联系上的作者见面。听说赵沂近一年来写作事业的发展和现在生活的境况，他诧异不已，因为这位编辑对赵沂获奖的那篇小说记忆犹新，其切入角度之刁钻、结构之精巧很罕见。然而现在出版业不景气，特别是小说选题，如果不是自带流量或热门话题，连立项会都上不了，不然他也不会人到中年还跳槽。

听说赵沂打算放弃写作，他感到十分可惜，表示虽然对网文运作不熟悉，但回去一定好好研究他的作品。才华如斯，数据竟比不上流水账似的小说，一定有什么之前未察觉的硬伤。赵沂道过谢，又想起陈果，于是打包了几盘菜回去。

“这是我的家乡菜，很难在京北吃到这么地道的，带回来给你尝尝，蘸汤汁后味道更好！”赵沂径自把菜在茶几上一字铺开，陈果排完毒正饿呢，见他这么体贴，磨磨蹭蹭坐过去。

“谢谢。”

“干吗？”陈果嘴里“吧唧吧唧”嚼着，感觉赵沂这毫无征兆的讨好很可疑。

“编辑的事，是你帮我联系的吧？”晚饭快吃完时，酒精上头的编辑忽然说很羡慕他有这样一个默默支持他文学梦的女朋友，赵沂才知道，原来是陈果主动联系的对方。

“让他别说的……”她有种暗地里干坏事被发现的羞赧。赵沂小说的数据一直不好，他又不愿再动笔，打定了要放弃的主意，陈果急死了，却毫无办法。直到一天刷微博，她发现赵沂的编辑跳槽了，心里觉得这是个机会，抱着试试看的态度给对方发了私信，才有了编辑主动约赵沂见面的后文。

赵沂不知从哪儿又掏出两罐啤酒，打开递给她：“那就干一个吧。”两只手同时拿住了一罐酒。

酒过三巡，微醺的两人心绪松动，不知怎么的就怀旧起来，赵沂说完对宋小梦的痴迷，陈果也聊起了她的初恋。当初陈果没考上美院，就龟缩在省里，后来之所以跋山涉水到京北，甚至为此跟她妈妈吵到差点断绝关系，那必不是自己悟出了天道酬勤、爱拼才会赢的道理，而是为了一个男生。那段恋情前后持续十几年，到最后虽然不得善果，但也是旷日持久。

“我喜欢他的时间，可不比你喜欢宋小梦短。”他——陈果称之为A君——哆啦A梦的A。A君是不少高中女生会为之倾心的那么几种类型之一：高高大大，仪表堂堂，体育很好，上篮很帅，会开玩笑，会讲故事，偶尔还会阳光一笑。他恰好坐陈果后面，而且高中数轮换座，他都在她一回头就能望到的地方——这说明什么？陈果觉得说明了“缘”来是他。但其实在那个按分数排座位的年代，这只能说明两人成绩都不怎么样。

不过，两人确实有些许交集，开头也挺……电闪雷鸣的。

“陈果，你偷偷摸摸在底下干什么？当我看不见吗！”一个粉笔头精准地砸到陈果立起来做“护城墙”的教材上，数学老师面如寒霜地从讲台上冲下来。

陈果现在的心理素质都称不上正常，何况十几年前？她刚刚在“护城墙”后画柯南，闻言直接手一抖，被当成画板的练习册立马掉在地上。

“你刚在干什么呢？”数学老师眼瞪如铜铃：这学生成绩不好，还不听课，真是烂泥扶不上墙！陈果羞愧地低着头，感觉脖子快断了。老师见她的眼睛不断瞄向桌下，便问：“椅子下是什么东西？捡起来给我看看。”

完了……陈果面如土色，耳边好像响起了哀乐。她木然捡起书，发现练习册竟变成了《中国黄冈：手把手教你学好高二数学难点》。咦？这是怎么回事，青天白日大变练习册？还没反应过来，练习册就被数学老师抢了过去。只见他飞快翻完，目光却莫名柔和了，温声道：

“不懂的下课来办公室，我给你再讲一遍，这么看也看不会的。”

陈果大脑停滞，等数学老师回讲台后，才敢翻开那本陌生的教辅书，只见上面写满各种笔记和标注，俨然是一位勤奋学子的手笔，封底还赫然写着：我可真笨，为什么看不懂呢？

这波偷天换日，便是她后座A君的手笔。很久后，她才敢问A君，当时为什么要“救”她？A君的回答是，觉得她笨得可爱，不能放着不管。他永远不会告诉她，那本《中国黄冈》是他表姐的，他被上面密密麻麻的笔记弄得密集恐惧症都犯了，于是一直用它做枕头。那节课上他正睡觉呢，被数学老师的叫声吵醒，将“枕头”推了下去，书又被陈果误打误撞地捡起来……

自从那次“命定”的巧合开始，陈果对A君的感情就发生了质变。在她的记忆中，那日窗外夕阳倾斜、树影婆娑，一束微光打在她与A君之间，空气中充满栀子花香，教室旧貌换新颜，就连发黄斑驳的墙壁都散发着柔焦的光泽。

其实那天根本是个大阴天。

由于那份不能言说的心情，无论来自后方的目光是否真落到了自己身上，陈果的后背都因灼热而挺得笔直，有效地为A君阻挡了来自老师的监督。A君嗜睡，时常错过教学内容，陈果不仅借给他笔记，帮他复述知识点，有时还给他讲题。不过由于她水平有限，大多数时候自己也没明白，于是在讲题过程中两人之间时常出现大段沉默，导致A君又睡过去了……

但整个高中陈果都在暗恋，因为A君跟宋小梦一样，恋爱总是一段接一段。后来他去外地念大学，两人也没完全断了联系，陈果偶尔会帮他写公共课和选修课的论文作业。熬夜赶工时，她丝毫不觉得辛苦，还为这种千里之外都能维系的感情沾沾自喜——这听上去可太蠢了，可沉浸在单恋中的人，有几个聪明的？何况对方总有千般套路、万种说辞——

“我实在没时间了，再不复习，专业课就要挂了！”

“打篮球把手弄骨折了，没法打字……”

“急性肠胃炎，在校医院输液，作业明天就要交了，怎么办？”

陈果每每心怀不忍，只恨自己不能赶去照顾他。她不会去想巧合哪里会有这么多；她不会知道她熬夜打字时，她的心上人正跟别人愉快地约会；更不会知道，有的小作业和论文根本不是他的任务，而是他为讨好别人的礼物。

A君但凡假期回家，都会请她吃饭，餐馆不贵，但在陈果看来也是心意。最令她感动的是有年她生日，他亲手给她画了朵玫瑰花，尽管画得歪歪扭扭，连小学生都不如，可到底让她有一丝“但愿我心换你心”的错觉：她喜欢漫画，所以他画给了她，这难道不浪漫吗？所以陈果莫名其妙坚信：自己就是他历经千山万水后的最终港湾。

A君读完研后的确回了老家，可并没停留多久就去了京北，走前还和陈果捅破了最后一层窗户纸。那一夜，见他在身侧的睡脸，陈果简直幸福到缺氧。半夜两点，她还起来重新化了个妆，而后一动不动地在床上躺着，等他醒来跟自己正式告白。然而天亮了，鸟叫了，她等来的3个字并不是“我爱你”，而是“我走了”。

他说家里给自己在京北找了份工作，机不可失，这一去，可能就不再回来了。不和她在一起是对她负责，毕竟异地而处，迟早也会分手。面对A君这番标准的“渣男”说辞，陈果不仅完全相信，而且仅仅沮丧几天后，就决定辞掉工作来京北，这也是她继考美院后第二个最果决的行动。这份果决让A君很惊讶，惊讶得连说话都结巴了。看他高兴的，见面的时候陈果自作多情地想。

那时陈果还在找工作，A君刚入职，也清闲，两人不时厮混在一起。那时的陈果和刚来京北的赵沂一样，心中充满爱，脑中充满浪漫幻想。

再然后，A君和她约会的频次越来越少。陈果拿到录用通知的那天，本想和他一块庆祝，上门找他，却发现他正在公司附近和一个女子拥吻。她如遭五雷轰顶，一时仿佛五感尽失，等反应过来想去要说法，人家早走了。

“他说，那是家里给他介绍的女朋友，所以不得不应付……”回忆起来，陈果都感觉自己真是蠢，竟又相信了他。再不久，A君就跟这位“情非得已”才在一起的女友移民了。

回头时已能看开，然而当初还是难过得无法言说。陈果不敢承认自己从头到尾爱了个寂寞，更不敢相信自己的初恋竟是那样的人。还记得自己哭着问他，能不能不去国外，表示自己愿意跟着他远走天涯。好可笑啊。“后来才听说，那女的是个富二代，没有她，他根本不可能拿到移民的资格。”

事情过了这么久，本不该再有情绪，可能是今天喝多了，陈果居然哽咽：“你说，我是不是个‘吸渣体质’？永远都看不清别人，遇到的男人一个不如一个。所以我懂得你对宋小梦的感情，因为我也曾那么喜欢过一个人，想为了他付出一切。不过，你和宋小梦起码真的在一起过，但是我和他没有。所以我的初恋，只能算半个。”此刻的陈果像神农，嘴里是尝遍了百草的苦。只算半个的恋爱，比一个不足，比零个痛苦。在被爱慕着的人眼中，自己的心意比快餐还廉价。一次次对世界充满鄙夷，对人性不信，可时间过去，柔软本性终浮起。还是看不透，还是会相信，还是会爱。她要怎么办？

一只修长的手覆在她的头顶，很轻地拍了拍。

chapter 8

第 8 章
祸从天降

12月，京北进入人人喊冷的冬天，呼呼的北风吹得人没了脾气。两个裹着羽绒服的大“粽子”正顺着京北河进行球状移动，一步一哆嗦。一只成人高的玩偶挡住了其中一只“粽子”，粽子说话了：“为什么你的奖品要我拿？”另一只粽子回答得理所当然：“还不是你非得让我画！”

自从那天陈果突如其来地坦白自己的初恋后，她和赵沂的心结算是彻底解开了，甚至多了些同病相怜的情谊。被A君刺激后，陈果感觉自己再也不信爱情了，只想随便找个人结婚，随便生活一下，就像她大部分的人生那样。然后，她就顺坡下驴地将这种随便用在了不久后的第二任男友身上。

3年前，陈果的脸蛋比现在更富有弹性，眉眼比现在更温顺，有时的确显得楚楚可怜。某天，她犯错被领导骂到灵魂出窍，顺带追忆了一下逝去的半个恋爱，登时哭得梨花带雨，成功勾起了身旁造价部男同事的保护欲。男同事条件很好，京北本地人，有房、有车、有户口，还有颗怜香惜玉的心。在公司对她处处爱护、处处关照，一来二去，陈果就跟他糊里糊涂在一起了。

那段恋情里，对方一直很主动，而陈果则在随便的心态中放飞着自己的分心和不靠谱——她不仅在与他生日夜里的亲密互动中走神，还直接把去见他父母的时间点给睡过了！

“对不起，我太紧张了，紧张到一晚没睡！早上我想眯会儿就起来化妆，结果醒来都下午了……”后来，陈果对着男友点头哈腰地解释，说的都是实话。然而人很多的错误看似不经意，其实是身体很诚实地帮忙做了选择。男友瞪着眼等她继续认错，却发现女友的目光一直游离在电视屏幕上，啊，那是她正在追的动漫新番。脾气好到人人夸赞的他，那一刻再也不能淡定了，吼道：“你干脆还是别醒了！”

就这样，随便嫁人的路径提前中断，那长相平庸的男同事是陈淑芬的梦中佳婿，那段恋爱也是陈果最接近结婚、有房、生子的一次……可惜了。

“不是画得挺好吗？”寒风中，赵沂打了个大大的喷嚏。陈果邀请他去看漫展，地方恰好在京北河边的文创园，近得都能走过去。他因为小梦的事始终对陈果心怀歉意，是以完全无法拒绝。结果刚进去，两个粉头发、戴着兔耳朵、女仆装打扮的女孩子就扑过来，一左一右拉住赵沂，问他要不要合影。赵沂被人拉住，当场脖颈发红，全身僵直，寸步难行，只好红着脸求救地望着后面的陈果。

说也奇怪，只要在漫画领域，哪怕在人来人往的漫展上，陈果都能轻松自如。那些角色扮演的仿佛不是人，而是一个个漫画人物，即便再怎么热切夸张，她都能得体应对。卡卡西、柯南，还有皮卡丘，都是她亲切的老朋友。也许在她心里，这些被幻想出来的漫画人物性格鲜明，所思所想一目了然，比真实的人更简单可爱。

“走开走开，没钱，不拍！”陈果一手解决一个，果敢中带点野蛮，拽着赵沂的小领子就往前走，“每次漫展门口都有这些人，和她们拍照，一张要几十呢，你拍得起吗？还不如留着吃盒饭呢。”

在展厅逛了一圈，每个摊位都有不同主题的漫画书和周边卖，偶尔还有画师来签售。不过排面都不大，签名桌前门可罗雀。陈果在一个展位前停留了很久，翻漫画翻得入了迷。赵沂趁机溜去如厕，等他回来，却看见陈果和一个陌生男人正相谈甚欢。男人很瘦，头发乱糟糟的，佝着身子，黑框眼镜也盖不住他的猥琐气质。可陈果就跟变了个人似的，好像跟他有聊不完的话题，最后还是赵沂过去把水塞给她，才打断了他们的交谈。

“水。”赵沂没好气地说。

陈果丝毫没注意到他的语气和脸色，反而很雀跃：“知道他是谁吗？他就是《有妖风》的作者小白！漫展的通知上都没预告他要来呢，如果早知道他也会参加，我就把家里的书带过来给他签名了！”

被陌生女读者这么一通夸奖，男人非常开心，抠抠后脑勺，止不住地笑，笑完还接话：“你要是喜欢，我送你一套啊！”陈果高兴到两眼放光，赵沂却在心里翻白眼：谁要你送，又不是买不起。

男人说到做到地拿了一套全新的漫画，还在每本的内页上给陈果签了名，最后加了她的微信，不好意思地说：“这就是我的号，不是小号，既然你这么喜欢漫画，我们之后可以常联系、常交流。”

陈果喜滋滋地点头，要不是被赵沂强行拖着去其他地方，她还能和小白一直聊下去。她边走边眉飞色舞地说：“真没想到今天能在这里见到他……我都不敢告诉他我也画漫画，不敢让他看我的画，怕他觉得不入流，他们这种元老级大神都不太看得上条漫的……不过从学习的角度，我是不是应该发给他看看，就当是请教呢？算了算了，还是等我再进步一点，粉丝再多一点吧！你觉得呢？”

脸色因兴奋而变得潮红，陈果喋喋不休：“当年《有妖风》火的那一阵，我真是迷得不行。不过后来小白签的工作室被大公司收购，他就被安排去画那些他不喜欢但比较热门的题材了，于是这个也断更了。小白特别有骨气，不想当工具人，所以被雪藏了很久。他的粉丝团还在微博上发起过抗议，可最后也没什么用，好惨的。不过现在好了，他的合约终于到期，人也自由了。”

“人家自由了，关你什么事，你跟他很熟吗？”赵沂烦躁地撇过头，“想想你的‘吸渣体质’吧！”陈果眉头一皱：这人今天怎么就跟犯了病似的，莫名其妙的——其实赵沂也不清楚自己的烦躁从何而来，反正就是有一种自家的白菜被猪拱了的不畅快。

展厅尽头人群聚集，是国内三大互联网巨头之一——网不易举办的漫画现场活动。等两人走近时，台上正有几个穿水手服的人在跳舞。

“那儿有位置！”陈果拉着赵沂小心地从椅子缝隙里穿过，生怕碰到别人。坐下后，陈果如数家珍地介绍：“她们穿的是《狐尾》里的制服，你看那个发髻做得多逼真。”赵沂的脑子还停在陈果要和画漫画的男人互通有无上，所以满脸都是“我胃疼”。

不一会儿，舞蹈结束，一袭古风装扮的主持人上台了，她欢快地念着台词：“刚才狐尾们的表演大家还满意吗？哈哈，我听到了你们的掌声，想必大家都是满意的。现在到了我们今天活动最重要的环节，半小时漫画比赛！”顾名思义，半小时漫画比赛就是在半小时内利用手绘板创作出主题作品，创作完成后，作品会被展示在后方的大屏幕上，由观众投票决定谁获奖。

“大声告诉我，我们今天的主题是什么？”主持人自问自答，“对！就是‘非主流的爱’。今天活动的奖品非常丰厚，第一名不仅能得到限量版狐尾玩偶，还有我们网不易提供的价值5000元的卡券；第二名是3000元的卡券；第三名是1000元的卡券！10个名额，30%的获奖概率，机不可失，时不再来，希望各位漫迷踊跃参加！”

重赏之下，必有勇夫。不就是画画吗？台下不少人举起手。赵沂问：“你要不要试试？”

“不要不要，我才不要！”陈果立马否决：在这么多人面前画画，她不得吓死？

“5000元呢，虽然是卡券，但可以在二手平台上折价卖掉呀。”

陈果的头摇得像拨浪鼓：“想钱想疯了吧？要去你去，反正我不去。”

参赛选手们嘻嘻哈哈地陆续上台，主持人点完人头又对下面喊：“我们已经有了9位选手，还差最后一位，哪位朋友愿意作为第10号选手参赛？”台下无人应答。

“真的没有吗？最后一个名额哦！奖品很丰厚哟！”主持人心想，3秒之内无人应答，9个就9个吧。

“3、2、1……”此时，赵沂猛然抓住旁边人的手向上举，陈果被这动作弄得措手不及，她僵住，竟忘记挣扎。

主持人一眼望到，愉快应允：“好的，那么就这位穿黑色衣服的女士了！”

陈果狠狠瞪赵沂，咬牙切齿：“你干吗？”

可还没等她斥责完赵沂，主持人便走下台来催促：“女士，请您上台吧！”

“我、我不行，我不行的，我真的不行……”陈果颤颤巍巍站起来，朝着主持人乱摆双手。然而，赵沂又在后面推了她一下，几乎把她“送”到人前，全场目光都聚焦在她身上。该死的赵沂！

就在那一刻，她感到自己的指尖被赵沂捏住，炙热从那头传了过来。她浑身更僵直，简直就像僵尸被雷劈了，从里到外都焦了。他小声说：“你连重新开始认真生活都敢，上个台又有什么呢？去吧，我在这里等你。”不知是因为奖金，还是因为难以拒绝主持人的邀请，又或者是因为赵沂该死的鼓励，破天荒的，陈果没有转身就跑，而是跟着主持人上了台。从心从心，为什么组合起来却是个被怂恿的“怂”？

如此闪耀

RUCISHANYAO

上台后，主持人洪亮的声音让陈果轻微耳鸣。除了艺考，她从没在这么多人面前画过画。而且眼下的情况跟艺考还不同，艺考时大家都是考生，全部精力都集中在自己的画上，而今台下所有人的目光都聚集在她和其他9位选手身上。陈果后背湿了一半，啊！回去一定要把赵沂做成化肥！

主持人拿着手卡，宣布着比赛规则："大家有5分钟时间构思，5分钟后，我们就开始计时啦！"

陈果对着手绘板，坐立难安：什么是"非主流的爱"呢？她不禁抬头望向不远处熟悉的人，平日里竹竿一样的人正目不转睛地盯着她。陈果心里猛地一怔，像被烫伤似的，迅速收回目光。他对宋小梦的爱，不就是这样的非主流吗？默默守护，不求回报，即便自己碎成一片一片，也要她平安喜乐。陈果鼻翼发酸，出了会儿神，她哆哆嗦嗦在纸上画了个草样，手好像不是自己的了，画出的线条在打颤，每一条都不在应该在的地方。果然还是不行吗？

"好的，比赛正式开始！"心脏"咚咚咚"，耳边"嗡嗡嗡"，展厅高高的行架，空中的微尘在起舞，陈果感觉灵魂仿佛出窍了。

人生只有3万余天，找到梦想就很不容易了。你不是也有一直想做的事吗？

你想画漫画，你从很早以前就开始想了，对不对？

工作后，没有一天为梦想活过。如果你想，现在也可以开始画啊。

我能画什么？我什么都画不出来，不行的……

她的丧气，他的鼓励；她的不行，他的打气；自己的声音、赵沂的声音交替着回荡在耳边：我不行，我不行的，我真的不行……你连重新开始认真生活都敢，上个台又有什么呢？就像漫画里主人公悟出了奥义，陈果再次望向赵沂，看不清他的脸，但她知道他全心全意地看着自己。

沉浸在自己热爱之事里时，人是会发光的。看着台上的陈果，赵沂觉得那普普通通的一个人此刻竟如此闪耀，闪耀得自己无法与之比肩……有一瞬间他居然想回避。那种不配得的心境是多么熟悉，赵沂苦笑，自己竟连她也追不上了吗？自己到底是什么时候有了这样无意义的攀比？

30分钟很快过去，放下笔的那一刻，陈果重重吁气，终于勉强画完了，不算精致，但这么短的时间，也不能更精致了。工作人员把她和参赛的其余9人请到了后台——也就是大屏幕后。

“好，选手们已经完成了他们的创作，他们的作品将被打乱顺序投在显示屏上。除了台下的观众可以按投票器投票，我们还请到了网不易漫画平台的3位签约画手，他们同样也会给出评分和评语，综合计算分数后，我们将评选出最后的结果——这个过程真是紧张和令人期待啊！”主持人在台上制造着悬疑的气氛，“不过，大家可不要按错画作的号码啊！”乱序播放的画面中，赵沂一眼认出陈果的作品，他太熟悉她的笔触了。他心中一动，滋味难言。

又过了一刻钟，主持人出来串场：“观众的投票和漫画老师的评选都结束了，到底获奖的是谁呢？先卖个关子，让我们把刚才的选手们请出来吧！”

话音毕，工作人员领着陈果等一众选手再次上台。陈果紧张到心悸，台下那么多人，黑的头、黄的头，还有白的头，像一个个扭蛋，看得她头晕，感觉自己就要昏死过去。她把身子缩起来，越发像只发育不良的家禽。对什么都得过且过的她，在这个并不重要的比赛里，却突然产生了胜负欲，是因为那句“去吧，我在这里等你”里的期待吗？

依惯例，颁奖是倒着来——

“第三名——名为《我》的作品，综合票数20，我们漫画老师给的评语是，20个同样的人物表现了自爱的极致，这么短的时间内，能创作出同样的人物，不同的个性，堪称出众！”一个年轻男子随着颁奖词主动站到前方。

“那么第二名是谁呢？”主持人看手卡，“请《狗狗狗》的作者举手！这幅画综合票数50，所展现的情感超出了人类的范畴，笔触细腻，非常温暖！”这次获奖者是位小姑娘，台下又一次响起热烈的掌声。

“女士们先生们，现在到了最关键的时刻，我们要来宣布大奖的获得者是谁了！”主持人刻意将期待值拉满。果然没戏，陈果幽怨地想，不知不觉挪步到台边，打算一结束就飞奔着回到赵沂身边，太丢人了。

“让我们来看大屏幕，看！这就是我们的大赢家！”

屏幕上的画整体是不同层次的墨色，深深浅浅，画面下方是个男人的背影，他下半身没入黑色波浪中，露出的上半身双手高举，手中捧着个女人。女人踏着他的手，满脸幸福奔向另一人怀中……只有男人的心，是正红色的，就像血一样。

“对，我们的第一名就是这幅《碎掉的爱》，综合票数98！漫画老师们认为它的画风奇特，下笔娴熟，用色大胆，寥寥数笔就展现了鲜明的人物性格和强烈的内心冲突，整体完成度很高！”

我的画！陈果一惊，不小心往后踏空，跌坐在台下。她站在最不起眼的角落，没被台下观众注意到，只有赵沂心下咯噔：这人不会又把腿给摔伤了吧？

“我们欢迎第一名的选手！”主持人急急地上流程，可环视一周，发现无人应和，一时好不尴尬，只能很勉强地开玩笑来活跃气氛，“说不定呢，作者的爱也碎掉了，刚好没有力气来领奖了呢？哈哈……”暖了半天场，依旧……无人出列。

这奖颁完，她就可以下班了，谁有毛病参了赛又不来领奖呢？主持人情急之下直接呼唤：“碎掉的爱，碎掉的爱，谁是碎掉的爱？能举手示意吗？”

此时此刻，台边怯怯地伸出了只手，顺利吸引全场人的注意。赵沂捂住眼：这么非主流，不愧是她。

其实那不过是个造热点的活动，参赛者水平良莠不齐，陈果能得奖，的确是矮子里面拔高个。可不管如何，认可总归是认可，这是她头一次在漫画上得奖呢！所以陈果抱着奖品下台时，心情还是久久不能平静。赵沂自觉接过了比她个头还高的玩偶，心底由衷为她高兴，却还是嘴欠：“你说的都是什么感谢词？”

宣布得奖时，陈果跌坐在台下，好不容易爬上去，主持人问她漫画构思，她又顶着张京剧脸，支支吾吾说不出个所以然来——在赵沂直勾勾的注视下，她委实不好意思实话实说，只好狠心拿自己当哑巴，给现场制造了一场猝不及防的沉默。

只要自己不尴尬，尴尬的就是别人。主持人按捺不住了，先是“哈哈”两声自我解围，又赶紧开动脑筋，装作很有逻辑的样子：“我听说，很多创作者的灵感都是一秒迸发的。有时候画作的核心从诞生到落笔不过短短一刻，用灵光一现来形容也不为过！看来咱们的头奖得主也是这种类型呢！”为了让气氛破冰，工作人员赶紧带头鼓掌，台下人也不明就里地“跟拍”起来，陈果晕晕乎乎，不知怎么忽然就处于一片欢乐的海洋中了。

主持人又把话筒塞到陈果嘴边：“您有没有想感谢的人？”

这个问题好像容易一点？毕竟各大影视的颁奖礼也看过不少，陈果照葫芦画瓢地回忆：“我要感、感谢……CCTV还有主办方毛不易……”

台下哄堂大笑：这人说的什么话？这里没有CCTV，更没有毛不易！主持人实在感到一言难尽，只好打圆场：“想不到我们的漫画家如此幽默！我们的主办方是网不易，当然也很想请毛不易老师来做我们的嘉宾啦！”

这人是不能指望了，主持人偷偷地一点点把麦克风往外挪，想快点结束比赛，把眼前这个只会发呆和制造喜剧效果的呆萌女生请下台。然而，她刚把麦克风挪了5厘米，陈果却灵感迸发：“我还想感谢赵、赵沂，没有他，我不会站到台上，也就不会得这个奖……”听到自己的名字，赵沂后背一直，眼中光华一闪。

“您说的是您男友吗？”要否认吗？她还在纠结，可主持人已不耐烦地敷衍着要结束，“你们真是郎才女貌，珠联璧合，祝你们今后幸福，早生贵子，百年好合！那么接下来，请我们的嘉宾老师来为获奖者颁奖！”

网不易请来了3个不善表达的直男，上来“哐哐哐”把奖状和礼品往获奖者手里一塞，连祝贺都没一句，就准备撤了，明显社恐的行为让陈果感到分外亲切。主持人心累地一个个提醒，他们才勉强完成了整套流程。

下台看到赵沂，陈果的脸烫得仿佛可以烙饼了，作家的心口也兀自一跳，这时主持人的声音好像格外清楚："我们今天的活动就要结束了，看国漫，就上网不易！欢迎大家多多使用网不易漫画APP，同时也欢迎各位画手朋友们向我们投稿，网不易漫画平台拥有全国领先的出版、影视资源，致力于帮助青年画家实现漫画梦，也为读者提供更好的漫画……"

赵沂仿佛抓到一根来掩饰自己不自然的救命稻草："听见了吗，要不要去投稿？人家说可以帮青年画手实现梦想呢！"

"还想来一次啊，走开啦！"陈果嫌弃地用扭头就走表示拒绝：当惯了分母的人，从不会想象自己能够当分子，这人真是哪壶不开提哪壶。赵沂无语地跟上去：报个名又不要钱，万一有万一呢？

红人是非

HONGRENSHIFEI

"不是号称从不便秘、一身通畅的吗，怎么上个厕所那么久？"都走到出口了，赵沂说要去洗手间，堪堪折腾了半小时才回来。

"你的话越来越多了。"两人晃悠悠向展厅外走。创意园里没人气，树也光秃秃的，偶尔有几只飞鸟掠过。然而，萧瑟景象难掩心中的愉悦满足，似乎入冬的风都没那么凛冽了。

沉浸在难以形容的美妙中，陈果想，原来被人肯定的感觉是这样的。她很久都没被如此赞扬过了。学习成绩不好，被说脑子笨；不喜欢跟陌生人聊天，被说嘴笨。学校里最喜欢她和她最喜欢的人，就是美术老师，可惜小学后，连美术课也变相地被取消了。其实，幼儿园和小学的时候，她也曾被小朋友和同学们环绕过，听他们羡慕地说：“陈果，你画得可真好！”不过那些都一去不复返了。

“你小说得奖的时候，站在台上领奖，也是这种心情吧？不，肯定比我更开心，毕竟那是场真正的比赛。”陈果侧头看旁边同样充满笑意的人，一下真正理解了他当初来京北的那股心底的冲动——我们这样的人，最怕被关注，更从没想过要成为焦点，但是我们也渴望成功，也想要被认同。

赵沂点头，再点头，好像这样点下去就能实现梦想。高光时刻历历在目，他还记得站上台的自己，腿都在发抖。当那书卷形的奖杯放到自己手里时，那隐秘的快乐足以令他癫狂。还想要更多，更多一点点。于是放弃了所有的安定来到这里，虽然现在一无所有，但如果重来一次，他依然不会回头。然而只是这么想想也还是难过，不是不为她高兴，而是他很久没得到过认同了，哪怕是自我认同。

微妙的心情起伏被敏锐地察觉到了，陈果伸手拧拧赵沂的耳朵：“得奖了，我想吃火锅，好久都没吃过了！”

这呆钝的人，观察力还不错。赵沂笑得有点感激，温情像暖气片里的水缓缓流过。他反手拉扯她的脸皮，拉成柴犬状的大饼脸：“谁允许你对我动手动脚的？”他使完坏，抱着玩偶撒腿往前跑，像高中时捣蛋的少年。如果有人因为自己的不开心而不开心，自己该试着开心点。他跑了几步又回头说：“嘿嘿，我就知道你馋我身子！”

摸着逐渐发烫的脸，陈果反应过来往前追，可惜始终差他一截。俩人前后打闹，在他人眼里已然一对恋人，他们自己却不觉得。手机铃声响起，是首欢乐的曲子。赵沂含笑接通，听到对面悲愤的声音，赶紧一个急刹车，陈果直接撞到他身上。

“你发什么……”“神经”两个字没有说出口。不宽阔、不厚实，瘦瘦窄窄一个胸怀，可那件不防风的旧羽绒服很柔软，像她现在的心情，颜色好像是心跳跳出来的粉色。什么时候开始的呢？她抬眼，却见赵沂的脸色极难看，怎么了？她听不到电话那头压抑的歇斯底里：“你不是说不会告诉别人的吗？”

宋小梦最近真可谓是人在家中坐，祸从天上来。博主全年营业，但在各大电商节前最为忙碌，尤其是“6·18”“11·11”和“12·12”。作为大意传媒新晋的当家花旦，宋小梦只要成功拿下最后一个活动，她今年的工作就可以完美收官。

为了准备“12·12”的直播，宋小梦都待在公司好几天了。今天是例会，所有签约主播都来了，几个部门的主管更是轮番“战前”动员，会议充满紧张气氛。会议刚结束，大家就匆匆忙忙出去做准备了，只有宋小梦还在原位整理材料。旁边一人忽地探过身，阴阳怪气道：“‘12·12’全公司就你的资源最好，很得意吧？”

宋小梦眼皮也没抬，从自己进公司第一天起，这人就没好脸色，几次三番来找碴儿。也难怪，谁叫她不仅动了别人的蛋糕，还一口全吞了呢？既然关系不好，就不必强装和睦，宋小梦回应得十分冷淡：“莉莉姐，你不用去准备直播吗？这么闲，难道老黄什么都没给你安排上？”

莉莉的嘴差点被气歪：真会往她的痛处上戳！主管给她的品牌都是宋小梦挑拣后剩下的。莉莉脑充血地瞪了对方好一会儿，她阴森森地笑了：“看你还能得意几天！”宋小梦没搭理她，只是看着贴了防窥膜的手机，上面是老黄发来的6个字：速来我办公室。

“看看这个。”老黄把他的手机递过来，脸色罕见地有些难看。

那是条微博：道德沦丧不学好，网红小木木夕竟是插足者！宋小梦手一抖，血液温度仿佛骤降几度。点开微博下面的九宫格图片，一张张右划，犹如置身猛然下坠的云霄飞车——那是她和江浩挽着胳膊进入公寓的侧面和背影照，她穿着他送的驼色大衣，那件她在vlog中推荐过的羊绒大衣。

“黄总，我……”宋小梦感觉嘴唇发麻，无法说话，甚至不能解释。

主管老黄的年纪和江浩差不多，他的长相远没有江浩伟俊，更谈不上气质风流。不过他中庸、精明。他的目光滑过宋小梦的脸，并没落井下石：“别急，这条微博是早晨品宣部发现的，发帖的人@了我们的官方号，PR（公关部）正在处理。”宋小梦不由一凛，她一直是很细心的人，他用的词是“处理”而不是“辟谣”，那一刻，她羞愤欲绝，仿佛被扒光了衣服扔到大街上。

老黄的确不惊讶，更不关心那男人是谁，因为他非常清楚那应该是谁——虽然他对外一直宣称宋小梦是自己发掘的新人，引得诸多非议。公司里那些宋小梦是靠他上位的谣言，他充耳不闻，因为他很清楚自己的睁一只眼闭一只眼是为了讨好谁。至于她与那人是几时有的那层关系，哪儿是他能管的事呢？唉，但他们也太不小心了！老黄皱皱眉，这处理不好可怎么得了！

“目前这条微博所涉范围不大，还是有可能被公关下来的。只是现在我们还弄不清发帖人的用意。照片明显是偷拍的，虽然这几张看不清上面到底是谁，暂时可以糊弄过去，但我们不知道对方手里还有什么，又想要什么。”宋小梦有点乱了阵脚，她还有那么多工作，要怎么办？心中的惶恐是正在膨胀的气球，自尊越发稀薄。老黄点了支烟：“你也别太担心了，我们有专业的团队搞定。工作你照旧准备，这事没准儿明天就解决了。”

从主管办公室出来，宋小梦的胃一阵排山倒海地难受。她做理财销售时，为了跑客户时常饥一顿饱一顿；当上主播后不仅过着欧洲时间，还要为保持身材节食，胃更脆弱，成了感受压力的排头兵。

最害怕的事还是发生了。那条微博是谁发的？对方想得到什么？她又该怎么办？宋小梦强装镇定，却怎么也镇定不下来。莉莉迎面而来，朝她翻了个白眼，大摇大摆地走进主管办公室。手机振动，是一串熟稔于心的数字。宋小梦赶忙接通，小跑到露台上。低沉的男声传来："事情我听说了，你那边怎么样？"

不是责备的语气，江浩对自己还是很好的，这么一想，委屈、害怕立刻一齐涌上来："老黄让我继续准备直播，可是……现在是不是全公司都知道了？这还让我怎么工作……你呢，公司没发现吧？"

江浩还是很冷静："那帖子只@了大意传媒，公关组那边已经举报了，估计帖子马上会被限流。你不要自乱阵脚，该干什么就干什么，晚上我来看你。"

"来公寓？万一又被人跟踪了呢？老黄说有人跟踪我们！"宋小梦很心慌。她很清楚跟踪者是如何无孔不入，只是反转到自己身上，那双陌生的眼又是那么令人崩溃和痛楚。

"别怕，我会小心的。"江浩沉吟片刻，问，"你觉得微博是谁发的，有线索吗？"

心底浮现出一个名字，但她到底还是没说出口："没有。"

"我后面还有个会，先挂了。你要稳住。"这就是江浩的魅力所在，他永远这么镇定自若，三言两语就让她平静下来。这很好，男人在风浪里不就该这样吗？可偶尔，宋小梦也会希望他为了自己手足无措、仓皇不堪，让她看到他少年般的莽撞和悸动，就像……就像赵沂那傻子。会是他泄露自己和江浩的秘密吗？还是那个女人？

京北河边创意园里，温馨的场景骤然结冰。刚才还嘻嘻哈哈和陈果打闹的赵沂一下子面似寒霜：“小梦说，有人把她和江浩的照片发到微博上，还@了他们公司……她以为是我们传出去的。”看着还没收住笑颜的陈果，他问，“是你吗？”

怔了一会儿，陈果才弄清他的意思，然后为他对自己的不信任和他对宋小梦过分的忧心而狂怒：“当然不是！我是看不惯她明明知道江浩结了婚还要做他的情人，但既然答应了你不说，我就会说到做到！”赵沂一时惶惑，闪烁的目光再次激怒陈果。

“我就这么不值得你信任吗？”一时很心酸，陈果抬脚往家的方向走去。

赵沂追出两步扯住她的胳膊，“我没不信你！”

“你要信，就不会那么问！”陈果回过脸来，眼中星芒闪烁，委屈得噙了泪水。

“对不起……是我不好，是我刚才说话没过脑子。”赵沂无措，抬手摸摸陈果的脸，像轻轻拂过柳树的风，亲密的抚慰。一时间，他俩都愣了。等两人都反应过来现在的情况，登时都心跳加速。

“你……”“我……”

赵沂赶紧把手拿开：“我不是……”

不是什么啊？赵沂感觉情况不能再糟糕了：她不会以为他又“兽性”发作了吧？难道自己的抑郁症已经严重到四肢失调的程度了？真想把手给剁了……更尴尬的是，这时不知从哪儿飘来了过去流行过的甜腻的音乐：“是你让我看见干枯沙漠开出花一朵，是你让我想要每天为你写一首情歌，用最浪漫的副歌，你也轻轻地附和……”余音环绕着在西北风中大眼瞪小眼的两人。

最后一句结束后，接着放起了《好运来》，赵沂故作平静地问：“除了我们，还会有谁知道这件事？”

陈果也有样学样地扮演“刚才什么都没发生”，说道：“不知道，我到现在都不知道徐甜甜是怎么发现我和江浩在交往的。”

“那时你并不知道他结了婚，自然不会注意自己留下了什么‘证据’。小梦不一样，她既然清楚其中的利害，做事就会加倍小心。除非是像咱们那样跟踪，否则谁会拍到他们？”

陈果大剌剌地回答：“她现在是个网红，人红是非多……”人红是非多，说到这里，她太阳穴一突：不会是她吧？

助纣为虐

ZHUZHOUWEINUE

在主管老黄的关照下，品宣部将整件事捂得严严实实。整整一天，宋小梦在公司表演若无其事，可心里却压力巨大。回家冲完澡，又发了半天呆，江浩才姗姗来迟。见到他，一整天的委屈都涌了出来，他还没脱鞋，她便冲过去抱住他，眼泪簌簌下落。江浩任她发泄，让她靠在肩头好一会儿才拍拍她的背，把她支棱开，开始换衣服、换鞋。京北这天气，到傍晚竟飘起了雪花。之后，他揽着宋小梦坐到沙发上：“公司没事吧？”

宋小梦气弱着答：“老黄暂时把事情压下来了。这种情况，你怎么还敢来？”敌人在暗处，万一被拍到，不是更麻烦？

“没事，就算有人跟着也没事。”“这块老姜”白天刚挂完电话，立刻在租房软件上寻了间宋小梦楼下的房子签了约，这样就算被拍到，也只能说明他恰巧与她同住一个小区。

宋小梦靠在江浩的怀里，颤声问："这条消息来历不明，万一传到你老婆那里怎么办？"

那只搂着她的手紧了一下："不会，她现在在美国呢。而且她从不玩微博，连账号都没有，怎么会知道？何况我们还有PR在控评。"他一脸的一切尽在掌握中，心里却不是不担心：上次他和陈果的事，也是不知怎么就跨过千山万水传到了徐甜甜耳朵里，到现在他也没查出对方是谁。江浩感觉，一直有人在暗处窥伺自己，想要将他置于死地。陈果被刻意包装成纠缠他的无赖形象，加上后来她再没出现，事情也就不了了之。至于宋小梦到底听说那件事没有……她没主动提，就说明她知道了也不愿刨根究底。

"万一她知道了呢，你会不会不要我？"宋小梦噙着泪不依不饶。

"梦梦，你不要胡思乱想好不好？我这么喜欢你，怎么会放弃你？"江浩温言安慰。

是吗？宋小梦有一瞬想刻薄地反问，又止住了进一步试探他的欲望。他不想现在离婚，她不想激怒他。刚和江浩在一起的半年，她很上头，也很愧悔，就像所有的有自尊的女人那样，她怎么会想永远做别人的情人？她要他，全部的他。所以她要他离婚，给她世俗意义上的名分。可他没答应，说要等小破书顺利上市，等剩下的期权到手。她还是坚持，结果他竟跟她冷战，和陈果扯上——那不到两个月的时间，每天都那么难熬。后来他回来了，说一定娶她，但两人之间的裂痕已经存在了。只不过她还想等等看，也许小破书上市了，他会兑现诺言呢？会劈腿出轨的男人又不止他一个，只要他最后回来了，她就赢了，对吧？

"你觉得有谁可能做这件事吗？"江浩问道。

宋小梦茫然，赵沂坚决说不是他，又用全部的人格来担保不是陈果。他为什么要替那个笨蛋担保？

江浩摸摸下巴，会不会是有内鬼？

支开赵沂，陈果到大意传媒楼下的咖啡店等莉莉。莉莉来时春风得意，走位马踏飞燕一般，见着缩在角落里的她，老远就开始打招呼：“嗨，亲爱的！”她是那样的热情、开朗、大方。

“怎么忽然来找我，腿好全啦？点东西了吗？”莉莉扫码点了一堆吃的，一如既往地大包大揽，慷慨得好像富婆转世，“难不成你是想我了，专门来看我？说起来，你的漫画怎么拖更那么久？我看最近那期下面还有条评论说，博主可能去世了，哈哈哈……”她笑得特别没心没肺。

陈果捏紧水杯：“你这么开心，是有什么好事吗？”

莉莉笑了，真的是喜上眉梢：“今天主管给我好几个大活，还优化了续约条件，可不是好事吗？”难以言喻的情绪在陈果心中泛滥，莉莉是不是把她当成傻子？

“你找人跟踪了宋小梦，对吧？”

莉莉一愣：“说什么呢？”

“你之前明明答应我，不会跟踪她的！”莉莉咬死不认，一副“你在说什么，我根本不知道”的表情。陈果翻找出那条偷拍宋小梦的微博，指着其中一个点赞微博的头像说：“这是你的小号吧？”

“他们道德败坏，不配得到那么多！”

陈果紧紧裹着羽绒服往住处走。最后莉莉承认了就是她干的，因为她无从抵赖。她曾用同样的微博账号给陈果的漫画点过赞，那账号在她的漫画下活跃到陈果难以忽视。然而被揭穿后，莉莉却冷静了：“你不也骗了我吗？宋小梦和江总的关系，你早知道了是不是？”陈果一怔，当即说不出话来。

“你知道她是第三者还骗我，你也算助纣为虐。你明知我的资源被她抢走，我有多不爽，也明知我早怀疑她的走红有猫腻。要不是我无意发现了你的漫画，找人去跟踪他们，你和你男朋友根本什么都不会告诉我——到底是谁不把谁当朋友！”

一连串的质问让陈果喘不过气来！

“是，我跟踪她、曝光她，是我没安好心，可我也只是想拿回我应得的东西。我——历莉莉——十几岁到京北打拼，给人按脚、搓背、做迎宾，什么苦没吃过？但我可以拍着胸脯发誓，我挣的每分钱都干干净净！但她宋小梦，靠走捷径就可以把我的努力成果轻易夺走——这样的人你还要维护，你又算什么东西！”莉莉气急了。

陈果双眼发红，身体不禁颤抖。她无法形容自己那一刻的感觉，好像有只手扼住她的喉咙，令她连喘息都好似不能够。

“我不懂你们这种圣母心，你自己就是被江浩骗的，因为他，你什么都失去了，难道你就从没想过要报复他吗？”

想过，当然想过。不只想过，甚至付出了行动。他们这样的人，这样的关系，凭什么在伤害别人后，还能在人间活得那么风光？残存在陈果心底的恨意，一时间死灰复燃，熊熊燃烧，一发不可收拾。可赵沂苍白深情的样子又出现了——“你就当在帮我吧，好不好？”“不要这样，我求你！”他跪地求她的样子揪住了她的心，仇恨和不忍在拔河，陈果崩溃了：“可你这样做，会毁了她的！”

然而最终莉莉还是说服了陈果，她信誓旦旦地说：“我不是要对宋小梦赶尽杀绝，我只想让公司意识到她的人设有风险，在‘12·12’的时候多给我点活动，不然我就不会只@公司，而应该把所有媒体都@个遍。对吧？”

“可如果他们知道是你做的……”

“你不说，谁会知道？”莉莉脸色难看地打断她，随手注销了自己的小号——昨天是她得意忘形了，“如果让江浩知道我派人跟踪他们，又曝光他们的不正当关系，他不把我彻底赶出直播圈才怪！他那种人心狠手辣，你又不是不知道，当初怎么对你的？我想想都心寒！”

是呀，如果那人渣知道是莉莉做的，后果不堪设想。她气莉莉不守承诺，可也不愿伤害她。陈果眼神游离，语气弱弱地回：“可我答应了赵沂，不告诉任何人……”

“跟踪他们的人是我找来的，微博是我让发的，你没有违背和他的承诺，你对得起他啊！”莉莉捧住她的手，眼神不能更真挚了，“而且都已经这样了，天知地知，你知我知。再说了，一条微博而已，不会怎么样的。”

回到家，赵沂还对着那条微博发愁，见陈果冷得发抖，立刻起身给她泡了壶红茶，然后继续研究微博。陈果心脏一阵酸疼，就像红茶里汁液充沛的柠檬，她没法不跟莉莉站在一条战线上，不对的是那两个人，自己当不了圣母！

奖品娃娃好端端摆在床头，灯光好轻柔，恍如一场梦。

不可逆转

BUKENIZHUAN

然而，令陈果和莉莉始料未及的是，情况往不可逆转的方向开始发展。经过公关组的紧急公关，那条帖子是被限流了，可第二天却有更多相同的帖子冒出来。仿佛一夜间春笋遍地，又像打地鼠游戏，无数的洞里同时冒出来，令人措手不及。新的微博内容更细致入微，发帖的博主们粉丝量都不低，于是消息很快就散播开来，每条微博下都充满不堪入目的脏话。那些博主不知收了怎样的好处，哪怕大意传媒用封号威胁也绝对不删。品牌部只好一个个点举报，企图封住悠悠众口。以防万一，老黄只好启用莉莉做备选，然而临时换人，不少品牌方也不满意，纷纷来讨要说法。

“到时候假如你实在上不了，就暂时推给不可抗力，说是家人病危。你暂时协助莉莉准备直播吧，品牌的资料你比较熟悉。”祸起萧墙，他居然还要顾忌宋小梦的情绪，老黄头疼死了。

一姐宋小梦暂停了手上所有的新工作，公司里议论纷纷。她转身就去江浩那儿诉苦，可对方却因电商节和上市的事无暇他顾，只能在夜里抱着她睡以示安慰：“老黄跟我汇报过了，你乖乖忍过这阵子，一切都会好起来的。”毕竟江山情重美人轻，要是直播当天才换主播，公司损失更大。

可情况并没如他所说的“好起来”，并且很快就连他自己也被拉进战场。微博大号们仿佛在进行一场故事连载的盛宴，有了第一集“小木木夕有情人”做伏笔，第二集就单刀直入揭开了这位情人的神秘面纱。

“惊爆！小破书高管Jeff·Jiang情陷大意传媒当家网红小木木夕，两人日日浓情蜜意回爱巢。”这次的照片更是放出了江浩与宋小梦亲密的正脸，令主角百口莫辩。暗处的手推波助澜，铺陈出浩大声势，诸多微博大号整齐划一地转载，等小破书的品宣部反应过来，已形成数个热点话题——

#网红高管道德沦丧，真爱还是露水情缘#

#新锐互联网杰出青年风流韵事#

#10年婚姻原配被出轨#

听着品宣部汇报，江浩的头仿佛要直接裂开了。还没想好对策呢，又被老板叫到办公室劈头盖脸一顿痛骂："公司上市要是因为你受影响，你死100次都赔不起。滚出去，把事情压下来！"江浩入职至今，老板从未如此疾言厉色。他在外面吹了会儿冷风，抽了4根烟，然后回办公室，接着和品宣部商量对策。

"目前对方手上的证据确凿，单纯否认恐怕不行。"品宣部有位前明星经纪人，是个危机公关小能手，客观分析着目前的形势，然后提出了两个突围方向：第一，和原配统一口径，说两人因为异地分居聚少离多，已经在办离婚手续了，这样就算江浩和宋小梦有关系，也合情合理，这种方案的好处显而易见，能同时保住江浩和宋小梦的名誉，公司的损失也最少；第二，延续处理陈果事件的思路，只说是一时糊涂，自己还是心系家庭，江浩不是明星，不靠人设盈利，过几日也就没什么了，只是不得不牺牲小梦，舆论对做第三者的女人可不像对偷腥的男人那样宽容。

第一种当然是最好的方案，但问题是，徐甜甜还什么都不知道呢！

八卦在整个办公区传得沸沸扬扬。同事们看宋小梦的眼神变得奇怪，那是一种充满恶意的好奇。莉莉和她的团队更嚣张，把宋小梦晾在一旁，还美其名曰：怎敢劳烦大股东的女人。其实她也奇怪，后面的微博爆料到底从哪里来的？这要把宋、江二人埋进污泥的浩大声势到底是谁的手笔？她想不明白，也没时间想，她太忙，又太快乐了——她的一切都回来了。

在江浩没拿出切实的处理办法前，宋小梦竭尽全力表演着无事，只要事情没坐实，她就不能认。她坐在角落里翻看自己的小破书账号，里面每条内容都是她认认真真做出来的。宋小梦承认，江浩的举荐和喜爱对自己的确有莫大的助益，但她也并非没有努力。明白自己是外行，所以为了能尽快上手，她不知道熬了多少夜。一篇一千字的内容稿，她至少亲手改十几遍，有的甚至改了几十遍，为了让视频能达到最好的效果，哪怕只是几秒钟，她都可以重来十多次。她一直是认真努力上进的人，做理财顾问会比别人查更多的资料，考研究生可以每天只睡5小时，高考前每天找赵沂给自己补习数学。她的粉丝增长得这样快，并不完全靠江浩和老黄，她的努力也不可忽视。看着视频里的人自信明艳、未来可期的样子，她害怕自己再也拥有不了那样的光彩了。

她给江浩打的电话里是忙音，江浩打出去的电话里也是忙音。这个时间应该是徐甜甜给孩子做饭的时间，怎么会没人接听呢？考虑片刻，江浩准备跟老板请假。他哪能想到，徐甜甜此刻正在前往大意传媒的路上。

徐甜甜明白，聪明的原配最好不要上门手撕第三者，大吵大闹不可取，会显得自己如悍妇，把第三者衬托得柔弱无助，反而把老公推向对方。原配越淡定越无所谓，第三者就越惶恐越可悲。道理她都懂，可就是咽不下这口气——才过了多久，江浩又勾搭上别人了，这次竟还闹到了人尽皆知的地步，真是把她的脸都丢尽了。

按原计划，徐甜甜应该在两周后的圣诞节假期才回国，可她把俩儿子送去全封闭的冬令营后，发现自己无事可干。想起最近是电商节，也是江浩一年最忙碌的时候，于是决定提前回国给他惊喜，趁着这段时间享受一下久违的二人世界。结果起飞前收到闺密的微博转发，气到差点原地昏厥。

国际航班有网络，徐甜甜反复观看那条微博，还有小木木夕的视频，一再跟自己说要冷静，要按闺密说的“一切从长计议，别落他人口实”来执行。可是想到自己为了夫妻感情敛起怀疑，辛辛苦苦在国外带孩子，他却在国内逍遥快活，心中的癫狂和怒火就难以压制：他那些保证和忏悔全都是假的！他把她变成了个大笑话！

徐甜甜瞪着眼进入大意传媒，直接在前台撞上了情敌本人，两人几乎同时认出了对方。大意传媒的前台并不大，两人格外打眼。对视之间，刀光剑影。

真倒霉，宋小梦心里明白，江浩并不想在这节骨眼儿上闹出事端，可如此短兵相接，对方又是如此凶神恶煞，自己要怎么处理呢？思及此处，她眼神微闪。只迟疑了这么一会儿，徐甜甜已冲上前来，这次她连问都没问，扬手就打，然而对方却好似早有预料，出其不意地一闪，躲过了这一巴掌。

“贱人，贱人！”徐甜甜更气了，尖叫着又想打下去。她比上次更生气，平时她在朋友圈和Facebook上秀的夫妻和睦、家庭幸福，约莫正成了朋友们的笑话。

办公区里的同事都注意到了这边的情况，纷纷投来目光。尤其是正对着她们的秘书，简直心脏病都要被惊吓出来了：天，那条微博竟是真的！

徐甜甜不敢相信，宋小梦竟敢伸手架住她，她力气很大，自己的手像被她牢牢焊住。徐甜甜逐渐失控了：“宋小梦，你犯贱！当江浩的员工，就可以和他乱来？你难道不知道他有老婆、有儿子？”

有图为证，原配上门，百口莫辩——看来，今天无论如何也躲不过去了。“等小破书顺利上市，剩下的期权到手，我会让这件事有个了断。”这一刻，宋小梦想起的竟是江浩的承诺。有个了断，是什么了断呢？徐甜甜冲动起来像头犀牛，她再次扬手，宋小梦想，她以为自己像陈果那么好欺负？忽然间，这些天所受的委屈，那些从来被掩藏于心、见不得光的怒气已然无法被压制。局面反正也收不住了，宋小梦索性把心一横，一边挡住她的袭击，一边顺势猛地一甩。徐甜甜始料未及，一下子跌倒在地，屁股着地时发出一声闷响。周围的人，包括徐甜甜自己都蒙了。

宋小梦居高临下，表情冷淡："就算我不对，你骂我、其他人骂我，我都认了。可一个巴掌拍不响，你怎么不回去找你老公，怎么不去他的公司闹呢？你不用回答，因为我知道答案。你怕呀！你不敢真正激怒他，你不想离婚，你不敢。所以你即便知道他不忠，却只能到我这里来撒泼打滚，找一个你觉得捏得动的软柿子。这就是你啊，徐甜甜，你真是没用！"反击如此迅速，毫不留情，直击对手最痛处。

徐甜甜蒙了，宋小梦看似清冷柔弱，当别人的情妇却竟能如此趾高气扬？趁她目瞪口呆的当口儿，宋小梦已快步走出公司大门，就像是早有准备、志在必得。这闹剧来得快去得也快，吃瓜群众难得地都没出声。一时之间，现场竟有了一小段沉默。如果两个人的错都要归结为一个人的恶，而那个人也甘愿受辱，好像也不是那么公平呢。

然而，强大的宋小梦刚踏出大门，便开始全身颤抖，眼泪再也止不住地往外涌。她仰着头，不让泪水滑落。等到彻底走出公司，走进寒风，才颤巍巍给江浩打电话，忙音。她只能语带哭腔地给他发语音："你老婆今天上门来打我，我没躲过去，还不小心把她推倒了……我不是故意的……现在全公司的人都知道了，我们的事瞒不住了，我该怎么办？我好害怕……"管别人说她是"绿茶"还是别的，无所谓了。

这真是杰出青年江浩的人生中遇到的最大的麻烦，没有之一！他真想知道，徐甜甜的脑子里是不是只装着"买买买"，为什么要在这么紧要的关头自找麻烦呢？她上门胡闹一通，他的公关预案全部报废，不仅坐实了小梦是第三者，还证明了原配不知情，这不是给暗处的敌人送子弹吗？

果然，徐甜甜甫一闹完，“高管偷腥，原配上门”让小木木夕事件直接冲上热搜，小破书立刻获得前所未有的关注。老板的脸沉得可以压死几十头牛，品牌宣传部主管一筹莫展，负责灭火的公关组手忙脚乱。大意传媒这边的情况也好不了多少，老黄的电话都要被打爆了。

江浩托人将闹腾不已的徐甜甜接回来，下属刚走，徐甜甜抄起沙发垫子就往他身上砸：“江浩，你答应过我什么？这才多久，这才多久，你就管不住自己吗？上回的承诺书是擦屁股用的吗，一冲就没了？”今天在大意传媒，她竟被第三者推倒在地，简直是奇耻大辱！还有她说了什么，说了什么！被戳中了软肋，徐甜甜气得奇经八脉都错位了。

“你听我说……”

“听你说什么，听你说你搞婚外情越搞越有水平，这次都搞成了全网热点，搞到我所有亲戚朋友都知道了？”徐甜甜正在气头上，根本听不进去。

“不是……”

“不是什么，你跟她不是一两天了吧？不要跟我说这次也只是一时糊涂，我根本不相信，你这个浑蛋！”

“你冷静一下！”

“你是不是想离婚，你是不是觉得我不敢离婚？你要是说‘是’，我现在就给你签字！”说到离婚，徐甜甜更是火冒三丈。她独自带娃在美国生活，跟寡居也没啥区别，遇到孩子生病、惹事，都是她一个人硬扛。江浩给钱是给得很大方，但过日子也不是只有钱就能过好的！她愤慨至极，抓起周围的摆件乱扔。江浩左闪右躲，最后还是中了一只小玻璃摆件的招。形似爱心的玻璃小物什，砸破了男人的额角。血顺着伤口流下，摆件落地，碎了。

chapter 9

第 9 章

舆情来了

一天三条

YITIANSANTIAO

“今天过来吗？”

“需要处理一下家里的事，等我一会儿。”

那晚，宋小梦最终还是没等到江浩，她不知道，对方给她回消息时，正在医院由护士清理受伤的额头，而他的“悍妇”老婆则忍着一肚子火跑前跑后。宋小梦心有期待，所以当门铃响起，她急切地开门，见到的人却是赵沂时，宋小梦脸上的落寞显而易见，下意识关门，但门却被抵住。

赵沂见她眼睛红红的：“你没事吧？”

可他的关心在她这里没有一点价值：“没事，你可以走了。”

“我不走。”赵沂倔强地说。他了解她的决绝，也懂她的脆弱，她的若无其事是纸糊的面具，一捅就破。

“走！我怎么样都用不着你可怜，滚出去！”宋小梦用尽全力想将他挤出去。不料对方用肩卡住门，宁愿被夹得生疼也不退缩。担心、害怕、委屈，众人踩踏叠加旧人关心，宋小梦终于认命地任眼泪流下来：“你到底要怎样？”

“我就是怕你出事。”赵沂的肩好像要碎掉了，疼痛让他的脸变得扭曲。

赵沂从宋小梦的公寓回来的时候，陈果很怕他受刺激，又喝得酩酊大醉。但他没有，只是微微蹙眉，很无可奈何的样子。

“她怎么样啦？”陈果问得很小心。

“看上去还好，应该还在等他。”赵沂语气平淡。

好好笑，陈果想：他担心她，还喜欢她，她却在等着那个人渣，多像个莫比乌斯环。不，也不像，因为江浩只担心他自己。如果赵沂发现到头来消息是从自己这里传出去的，会跟她绝交吧？

徐甜甜的不请自来让舆论升级，网上关于这件事的帖子越来越多，大意传媒发了律师函，警告造谣生事的账号，说他们侵犯隐私，要追究其法律责任，然而一点用处也没有。发帖、评论、转发，像永不停歇的流水线。

#小破书高管江浩出轨小木木夕#

#小破书高管江浩原配突袭大意传媒#

#大意传媒网红小木木夕拒不道歉#

一天之内3条热搜，两家公司鸡飞狗跳，博主圈更是群情沸腾：原配怒掐第三者小木木夕，小破书高管江浩靠男性魅力“运营”旗下网红！

不留名才能显出人性的恶，网络评论中“贱货”是最口下留情的一种说法。看得陈果胆寒，半年前同事对她的攻击竟赶不上现在的万分之一。微博下不是没人抨击江浩，可总体而言，大家只当那是个高管的桃色新闻，好像他并不用负主要责任。赵沂看着舆论发酵心急如焚：网络暴力杀人不见血，人人都是雪崩来临前的那片雪花，人人都可能是刽子手。

赵沂问宋小梦接下来的打算。她说，有他在，就有办法。可是他不在，赵沂抬杠似的想把这句话说出来，但没说破。听到她的肚子叫了一声，便起身给她煮了碗煎蛋面。蛋液在锅里冒气泡时，他想起以前给她做过的水波蛋，颜色也是这样橙黄明亮，好像阳光的颜色。可她却选择生活在黑暗里。把面碗放到茶几上，赵沂说："趁热吃。"宋小梦在沙发上没动，在处处都显得很奢华的房间里，她像冰雕一般，他心中无人可比的维纳斯般的冰雕。

从她公寓回来的路上，雪一直下，是连羽绒服也挡不住的寒冷。赵沂的脑子就像在过幻灯片，过去的种种，一页一页翻上来。

初中，她在楼梯口喊的那一嗓子，又响又脆，霸道异常，像神奇女侠；高中，她抱着数学习题册在图书馆等他，雪白皮肤，雪白校服，春色里青春正浓；大学，她偶尔回兰城，出现在聚会里，模样越发精致，变成当之无愧的女神；再就是同学婚礼上那惊鸿一瞥，让他的心化成温泉水；北古水镇，他们在雪山上交叠的手……璀璨、美好，昨天的回忆，仿佛是漂在玛奇朵上的奶沫，奶沫之下是变凉、发苦的咖啡。

赵沂终于记起，在一个绞尽脑汁、奋笔疾书后的夜晚，他睡得憨熟，她把他推醒，语带哭腔地说京北太艰难，她想回兰城结婚，安定下来；还有那次，她去卖理财产品被欺负，他让她辞职，她眼眶都红了，却就是不肯，还打车走了。他气她没骨气，气她对自己没信心，不肯再等等他，等他的小说出版，等他出人头地。还有很多次，很多以前不察、现在却觉察到她对他失望的细节在翻涌。

她容颜姣好，心高气傲，独立自强却也向往有人可以依附。她能吃很多苦，但她需要有个人来当兜底承诺书，他却只是款不停亏损的理财产品，而江浩给了她工作和一个归处，她最初一定不是为了这个去当情妇的，可那对比是分手的导火索。

赵沂从未如此深刻地理解了自己的前女友，或者说是一个女性人物。编辑说，他笔下所有的女性都像纸片人，他却不知道为什么。就像小梦，他以为她是维纳斯和雅典娜，美丽、聪慧、披荆斩棘，可她不是。他并不理解她，也从没理解过自己笔下的角色。

赵沂抱着笔记本沉默了很久，有点不解地做了个假设：“如果你是我女朋友……”

“我什么时候成你女朋友啦？”陈果蜷在床上，心脏“咚咚”跳，耳根也红起来：这算是表白吗？

不过赵沂的样子一点也不像是在表白，他的面上浮着困惑：“我是说如果，如果我们现在非常贫困……”

“我们本来就很贫困。”

“能不能听我说完？”她怎么这么喜欢打断人呢，“如果我是你男朋友，我们很贫困，但是我告诉你，等我卖出版权，手里有钱了，一切都会好起来，你会信吗？”

“不会。”这个回答让赵沂很意外，她不是一个在爱情里最痴傻的女人吗？

“为什么？”

“这不是很简单吗？靠写作、画漫画成名，那是很难的，需要很多运气。我从小运气就不好，你的好像也不怎么样。”她回答得轻松愉快，因为早就不对“幸运”这门玄学抱有希望了。

赵沂落寞道：“所以最后你会因为看不到希望跟我分手吧？”

这次陈果也没有犹豫：“不会啊。”

“为什么？”

“因为我没有甩掉别人的经验，而且你觉得别人在我身上看得到希望吗？他不跟我分手就不错了。”

两个没有希望的人就别五十步笑百步了，“可是，”赵沂接着说，“如果我的小说一直都卖不出去呢，你会劝我放弃吗？”

她答非所问：“你知道吗赵沂，如果没有你，我不可能再开始画漫画。现在，我很快乐。看到微博上有人评论、催更，即使什么钱也挣不到，我心里也满足。我做过成为大漫画家躺着数钱的梦，可是，”接下来是自嘲的语气，“我也知道我没那么高的天赋和那么多的运气，甚至，我也好多年没有真正努力过了。我没自信自己一定能靠漫画养活自己，但我不想就这么放弃它。所以如果实在不行，我还会回去当行政员，送快递，开出租车……我没有像你这样孤注一掷的经历，但我觉得，如果失败了、没钱了，也可以暂时妥协，反正只要活着就能画，能一直画下去，对不对？”

这女人经常晕乎乎，连话都说不清。社恐——和陌生人说话就会哆嗦，所以面试结果总是很烂；脆弱——失败了再也不尝试，似乎很软弱。然而，她在感情里一身孤勇、当断则断；爱漫画爱得纯粹，并不寄希望于能得到什么，只是享受着画画的快乐——原来，你是这样的。原来，一个普通的女孩子是这样的。

“那我呢，你觉得我是怎么样的一个人？”这是赵沂埋在心中很久的一个问题，他想问很多人，包括宋小梦，却从未问出口，因为他既怕虚伪的应付，也怕真实的回答。但此刻他很想知道：他这样毫无建树的弱小废物，在别人眼中到底是什么样的。

头疼欲裂

TOUTENGYULIE

赵沂是个什么样的人呢？胆小害羞、单纯善良，在宋小梦已模糊掉的记忆里，他一直是这样的形象。瘦瘦弱弱，一副手不能提、肩不能扛的书生模样。他总站在角落，很少与人交往。与女生说话，不管是谁，他都会脸红。他数学不错，写得一手好楷体字。后来，他们失联了很长一段时间。再后来，就是他俩在一起那次。他对自己很好，照顾得无微不至，连内衣都会帮她洗。人也慷慨，明明没钱，可但凡到了节日、纪念日，总会给她买礼物。他是个好人，但这个好人理想化得如同在云端上走，从来不面对现实。

赵沂走后，宋小梦给江浩打电话，没人接。打开外卖软件，又关上，最终还是把他煮的面吃了，边吃边落泪：论全心全意，也许今生她都再遇不到另一个赵沂。

江浩将她推荐到大意传媒后，并不直接指导她工作，只是作为股东偶尔来开会。午饭时间碰上，他便邀她吃饭，鼓励她，也会听她诉说职场困境，他还开玩笑："要我帮你出头吗？"可随即又很郑重地说，"你是我推荐进来的，我希望你能发展好。但你得时刻记住你为什么到这里，目标又是什么。"言尽于此，她唯有加倍努力。

他们之间很清白，直到三亚团建。他作为股东代表，在最后的晚宴时才出现讲话。后来他被轮番灌酒，彻底醉了。她和另一个新人同事把他送回酒店，安顿好之后两人才下楼。可她刚回房间，江浩就发来语音："拿点解酒药给我。"

宋小梦的心怦怦跳，她也喝了酒，江浩的眉目含情印在她的眼中。孤男寡女、有妇之夫、悖乱丧德，一瞬间各种想法接踵而至。可也许只是为了解酒药呢？宋小梦找酒店前台要了解酒药，接着就上了顶层。敲开门，江浩接过药，说了声"谢谢"。他刚吐过，洗了澡，穿着浴袍，脸颊和头发上还有水渍，阅历使他天然的性感。对视一秒，他的手伸过来把她揽入房间……那天半夜，宋小梦就偷偷撤回自己的房间。冷静下来，想到赵沂，想到江浩的婚姻，她愧疚得无法入眠。她怎能做这样的事？怎会如此下作！

翌日佯装无事，打算将昨夜的事当成一次意外，宋小梦去了三亚的免税店，给赵沂买了苹果手环。就在她送手环那天，赵沂发现了江浩的微信。那一刻，她慌了，如同被捉奸在床。她努力维持镇定，问赵沂有什么想问的，可他什么都没问，嗫嚅着粉饰太平。宋小梦一转身就哭了，是愧疚，却说不上后悔，于是更愧疚。

她上楼，穿过出租屋被隔出的凌乱的过道，回到自己逼仄的房间，倒在床上想了很久，还是无法抑制地心悸。与江浩相识后的每个细节都浮上心头，如果他没结婚该多好！原来，她早对他动了心。后来去应他的约，分明是抱着绝不再牵扯的决心，可他用一汪深情凝视她，她就知道自己不想离开他——她爱他。

“你……正直善良，有梦想、有抱负，反应很快，很聪明，碰上不平事，热血又慷慨，遇到需要编谎话的场景也反应一流……”陈果脱口而出，“爱干净，还有做饭很好吃。”

这说的是自己吗？赵沂发蒙，他竟有这么多优点？不信，他不信的：“说实话好不好？不用恭维我。”

陈果蹙眉，额间细细的褶皱告诉眼前这个人她不高兴了：“我说的是实话呀，这些都是你的优点。”

“那听上去我应该是个完美男友了。”不诚恳的女人。

“但我还没说你的缺点呢。”她又滔滔不绝，“首先你没腹肌，又瘦又弱，心比天高、命比纸薄，对前任拖泥带水，对感情犹豫不决，不面对写不出爆款网文的现实，反而想放弃写作……衣品很差，还有，你有多久没换过发型了？”缺点比优点多一倍，从长相、身材到性格现实的全面打击，人物这下就很立体了。

“还是说说优点吧……”

“那没了。”陈果摊手。其实还有的，你有种说不清道不明的清秀，而且很温柔，我喜欢你那些腼腆又点到即止的小动作。对了……你的吻技也很不错。转过身去佯装生气的赵沂没看到陈果一脸春天般的温暖，但他一下子很快乐，陈果最不会说谎了。

市医院里，江浩的头被包扎得像刚从战场上回来，英勇得很。医生说暂无大碍，让他回家休息。到了医院大厅，忍了半天的徐甜甜终于发作：“你没什么要说的？”

江浩今天是真的头疼欲裂，板着脸压低声：“回家再说。”

“哦，你有脸做还没脸说啦？”徐甜甜的声音高了八度，其实刚打破老公的头，她有点理亏，也明白江浩讨厌她闹腾，可见他这么理所当然的样子，火气登时又蹿起来，“你跟她有多久了？陈果的事才过去多久，你……”

江浩一把拉住她：“回去再说！”

“你现在就跟我说清楚！”徐甜甜横起来六亲不认，脚板直接钉地上。这时，老板来了电话，江浩打起十二分的精神听指示，可她还在旁边大叫：“江浩，你给我说清楚！”

老板挂电话前意味深长地说：“Jeff啊，攘外必先安内。”于是江浩的头更疼了，头疼得耐心全没了：“走不走？”

“不说清楚，我就不走！”江浩甩开她径直往前，听到徐甜甜在身后咬牙切齿，“你别忘了，房产、期权和儿子都在我这里，你今天走了，就什么都得不到！”

江浩转头，觉得丢人极了。凌晨的医院灯光明亮，无死角地照着她日渐松弛的皮肤和她身上那件轻奢羽绒服，那宝蓝色真俗，他突然烦躁：这是他当初选定要共度一生的人吗？他们是怎么走到如此地步的呢？他有错，精神、肉体双重出轨，是“渣男”，活该受到口诛笔伐。可她就真的这么白璧无瑕、无懈可击吗？

“今天你走了，就什么都得不到”——既然什么都得不到，何妨再渣一点？江浩就这么甩下徐甜甜，头也不回地走掉了。

江浩在酒吧喝了两口闷酒，快天亮时到了宋小梦的公寓。她见他头上显眼的纱布，问清情况，当即与他抱在一起。

“她以为自己很辛苦，难道我不辛苦吗？当初是她嫌我在美国发展有限，非得让我回国。我叫她一起回来，她又不愿意。儿子上学是一方面，但我也知道她不想抛下那边的生活。那时小破书刚有起色，但条件还是很艰苦的。最开始我们的办公室在郊区，周围连家餐馆都没有，只能吃盒饭，早中晚三餐都是那几样菜。我知道她喜欢住大别墅，喜欢悠悠闲闲地和朋友喝下午茶，吃精致的料理，所以不想勉强她。

“后来公司越来越好，她又说没安全感，先是要了房产，后来又要了期权，我的工资也全部上交。要不是前几年买的比特币赚了，我还要找她要零用钱。她一口一个我们是利益共同体，现在到了公司上市的关键时候，跑来找什么麻烦！”

宋小梦默默紧了紧对方的手臂，尽量表现得温柔体贴。交往伊始，她这位情人就没说过老婆这么重的话，他甚至很少谈她，即使提及也只是一句话带过，说对方带孩子很辛苦，仿佛是个懂得感恩的好丈夫。她的胡来这次是真的惹怒他了，宋小梦觉得，再也没有比现在更好的机会了。

宋小梦不是陈果，当她决定与江浩在一起后，就仔仔细细查过他的家庭，甚至还找人单独调查过徐甜甜。江浩与这位发妻或许激情不再，可经济纠葛却不少，毕竟她养着两个儿子。随着小孩年龄的增长，徐甜甜伸手要钱的频率越发高，今天是孩子去夏令营，明天是别的花费，弄得江浩经济上捉襟见肘。送了宋小梦公寓后，江浩已然被掏空，于是宋小梦红了后，时常通过咨询费的方式投桃报李，暗暗帮他分担家用。

"对不起，都怪我才会弄成这样。当时她要打我，我脑子发蒙，说的话不分轻重，她才这么生气……"

看宋小梦憔悴成这样，江浩略微心疼："怎么能怪你？是她任性妄为，追根究底也是我的错。"得知消息外泄，他不是没怀疑过宋小梦。毕竟半年前她患得患失，多次提出让他离婚，两人为此还大吵一架，冷战一场，不然也不会有后来陈果的插曲。可转念一想，小梦不会傻到用自己的前途做赌注。

"网上传成这样，我还能做博主吗？"她眼底有泪，楚楚可怜。

"要不……我给你安排个后台的职位吧？反正下属公司很多，就算不能直接面向公众，这一年你也没白过，还能帮着策划品牌。要是不想上班，开个网店，找人一起做美妆也行。这行门槛低，不用研发，找家代工厂生产，你只管做营销就可以了。"

他帮她盘算着前途和钱途，就是没说到自己。宋小梦抬头，一滴泪落得恰到好处："那我们呢？她一定会让我们分手的，我不想跟你分开……"

高管的心也不是铁打的，家里那位疯疯癫癫，面前这个温香软玉，她的名誉和未来都被他们夫妻给毁了。宋小梦和陈果在他心里还是不同的，在售楼部初见陈果，她正在别人的训斥中走神，呆萌得像个卡通手办，勾起了他的兴趣。然而可爱的"手办"就是：兴起时买来玩，失去兴趣后扔到一旁。而宋小梦，他喜欢她的美貌，欣赏她的才华、努力，享受她恰如其分的情商，爱她在身旁令人痴迷的呢喃。她懂他在说什么，不像徐甜甜。为了这个，江浩头次松了口："等风头过去，我会跟她离婚的。"

他竟在说离婚？宋小梦感觉自己在发抖，"可你的房产、期权不都在她手上吗？如果离婚，你什么也得不到了。"

"这最后一笔期权份额最多，因为没兑现，所以还没给她。其他的，她跟我结婚10年，总不能让她净身出户吧？如果我那样做，你难道不会心寒吗？”他这样说似乎显得自己很有担当呢。

“那你的儿子呢？”那是他的心头肉。

江浩把宋小梦拥在怀里：“就算离婚了，他们也永远是我江浩的儿子。”徐甜甜不会善罢甘休的，以他对她的了解，她不仅会让自己和宋小梦断干净，还会把剩下的期权全要过去，好把他拿捏得死死的。她不留余地，他又何必保全这段婚姻呢？

夜雨不停

YEYUBUTING

江浩和宋小梦的事一发不可收拾了。暗处的敌人看不见，徐甜甜还专门注册了微博账号，疯狂转发热搜话题，并直接@宋小梦本人——救火还没个眉目，自家人却火上浇油，品宣部总监彻底傻眼，望着江总都快哭出来了：做PR太难了，加班加点写通稿就算了，还要帮高管的桃色丑闻灭火，灭不掉的话，公司名誉受损，高管走不走她是不知道，反正她肯定得走！

“江总，您看夫人这边能不能让她稍微克制一下？别再实名转发那些微博了。”她战战兢兢，唯恐措辞不当。

“知道了。联系那些微博大号了吗，他们同不同意删帖？”

“这……大部分人不肯，但我们已经雇人逐条举报了。可现在的问题是您夫人，她不仅转发别人的，还自己发原创。这一弄就难办了，那些我们举报过的博主，反过来要集体投诉我们。”

徐甜甜……你可真是个好老婆，江浩机器人般继续道：“去联系微博，看看要多少钱才能把热搜撤了。”这时，老黄打来电话，江浩见总监还杵在他面前发愣，不由怒道，“还不赶紧干活！”品宣部总监忙不迭地退出去，边退边想：你来挖坑，我来填，填不好反而要我滚蛋？算了，还是回家更新简历来得实在。

江浩接通电话，随即发现对面是另一颗雷。老黄很焦急：“江总，大事不好了！之前给小梦签的那十几个品牌，就跟约好了一样，今天一起来找咱们解约退款、赔付违约金，说……丑闻影响了他们的品牌形象。特别是雕儿牌，他们出了名地难搞，把律师函都发来了！江总，小梦的资源都是公司顶级的，真要赔的话，加起来可是笔不小的数目……”

江浩焦头烂额：“具体是多少？”

“财务那边正在核算，最起码上千万吧。而且因为小梦，其他帮她站过台的博主也受到牵连，好几个闹着要跳槽呢……法务说，这种情况下不算违约，她们要走，咱也拦不住——好不容易从熊猫传媒挖过来的人，走了的话，损失就太大了！”

这到底是多米诺骨牌效应还是墨菲定律？江浩一时也搞不清，他打算贯彻“天动地动心不动”的原则：“这个情况暂时别告诉宋小梦……”

“客户那边已经跟她说了。”

真是什么变化都赶在计划的前一步，江浩揉揉眉心：“约上CEO，晚点儿我过来一起处理。”“好的！”这时，公司创始人——老板出现在他办公室门口，准备开始今天的第三轮“轰炸”。

同一时间，产业园附近的咖啡厅，陈果涨红着脸对着莉莉低吼：

"是你说她还能做个二线网红的，现在怎么会变成这样？"

面对救命恩人的兴师问罪，莉莉面露愧色："我也搞不清事情怎么会变得这么严重，我以为她就是'12·12'会受到影响而已……我发誓，后来的照片真不是我发的！"

陈果瞪着眼，一脸不信。莉莉受不了冤枉，急忙说："因为他们的热搜，一堆品牌来解约，还有好多同事打算跳槽。我就是再讨厌宋小梦，也不至于这样搞自己的公司吧？我的账号跟大意传媒拴在一起，把它搞垮了，我上哪儿去？"她是真不知道那些排山倒海的帖子和惊人的转发量是从哪里来的。

看她说得有鼻子有眼，陈果蒙了：的确没人会杀敌一千，自损八百吧？

"唉，我得走了。这几天为了宋小梦的事，公司上上下下忙翻了天，'12·12'的人手不够了，物料都得我们自己弄，累死了！"这算不算反噬呢？莉莉来不及想，赶紧风驰电掣地归位。

莉莉离开后，陈果又在咖啡店里磨蹭了好一会儿。她一腔热血鸣不平地冲到这里来，得到这么个既离谱又合理的答案，也不知该怎么办好了。点开微博，十几条私信弹出来——

"大大，怎么不更新啦？"

"催更，催更！"

"想看接下来的剧情。"

她满腹心事，哪儿还有灵感，说要上线的视频也一再搁置。回到家，见到的是正在跟网友对骂的赵沂。这几天，他注册了几个小号，在微博上跟人打口水仗。别看他平时嘴里说不出一句狠话，当起键盘侠来简直绝了。只不过对方人太多，任他舌灿莲花，也被淹没于对方疯狂的无脑回复中。作家势单力薄，又没日没夜为前女友打这场必败的网络攻坚战，眼下乌青更胜平时。

“我听莉莉说，公司的品宣部都没辙。你这样手动点举报，没用的。”

“我总要为她做点事吧。小梦的事在网上已经传成这样，我们老家的人，尤其是那些同学，难道会一直不知道吗？我挺担心她的。”赵沂气闷，“烦死了，我去冲个澡。”

陈果站成一座石雕，在漫展时，她甚至有种错觉：他们俩人的感情好像不一样了。错觉就是错觉吧，抱起赵沂的电脑，她打算看看他是如何舌战群儒的，点开私信，却发现了一个熟悉的群名：果仁山寨后援会。

宋小梦在公寓喝得大醉，她太难受了。赵沂猜得对，虽然她从没告诉过家人、同事、朋友在做博主，但如今社会传播信息的速度超群，很快就有好事者来问她来龙去脉。接下来就该是家人的质问了吧？父母虽然分开后各自过上了幸福的生活，但听到这样的消息，在老家又如何做人呢？门开了，江浩冒夜雨而来，边脱鞋边埋怨：“怎么不接电话？”发现小梦并不像往常那般飞奔而来迎接自己，他略微诧异，抬头才见她正自饮自酌。

“你一个人喝什么酒？”江浩坐到她身边，把她手上的酒杯夺下。

宋小梦抱住他，呜咽两声：“他们都知道了。”

“他们，谁？”

“同学、朋友、亲戚……”

江浩摸摸她的头发，好一会儿才说：“不用理他们，过好自己的生活最重要。”

宋小梦无力地说：“怎么过？”老黄跟她说了品牌集体解约，还有公司赔付的事，暂时没要求她赔偿，大概也是看在江浩的面子上。生活里某个支点坍塌了，她把所有社交账号里的内容都删掉了，根本不敢看那些令人抓狂的留言。吃不下，睡不着，只好酗酒。

“怕你晚上没吃饭，给你带了包子和粥，别喝酒了，先吃点。”他开始拆包装盒。

“如果风头过不去，你是不是就不会跟她离婚？”

江浩的动作几不可见地迟缓，像哄一个3岁的小女孩那样哄她：“乖，咱们先吃饭好不好？吃完饭再说。”

宋小梦勉强咽下两个灌汤包，在江浩的劝说下喝完粥，锲而不舍地又把话题转了回来：“能不能告诉我，风头过去是什么时候？如果风头过不去，你是不是根本就不会离婚？”从前觉得很艰难才能达到的目标，现在看来并非不可能。他已经厌弃了徐甜甜，自己提出来了，她只是想要更确定一点。只要他能兑现，她的离经叛道就是值得的。

“梦梦，我想跟你商量一下……”他说商量，用的却是通知的口吻，“离婚的事能不能等到公司IPO之后？”

江浩自然知道这样一句话对她意味着什么，可他也没办法。老板来办公室找他，眼光如刀。其实老板之前也没预见到，这则桃色新闻会造成这么严重的后果。上回那个陈果事件让他多少知道了江浩的个人生活比较开放，但只要不影响工作，他也犯不着多管。

可这次不同，“独立自信”的主播靠破坏小破书高管的家庭上位，这不仅使这位主播人设崩塌，更颠覆了小破书的商业形象。小破书的用户大部分是女性，家庭妇女更不在少数。江浩的行为让她们齿寒，纷纷发声：如果这样的人都不受惩罚，赚她们的钱来养第二者，那真是没天理了。于是“让江浩滚蛋，否则抵制使用小破书”的呼声越来越高，高到财经媒体也来连续报道。

目前看来，不处理江浩不行，但又不能像网民期望的那样处理。毕竟江浩的个人能力还是很不错的，他加入小破书后，营销数据直线上升，品牌影响力上了个大台阶，从十几家同类APP中浴血杀出，成了Top 3。前年他又亲自带队低价收购MCN大意传媒，四处攻城略地，挖角博主，孵化垂类主播三十几位，创收千万元。

“快去把事情处理好，要是压不下去，剩下的期权，你也不用想了。”这是老板的警告，他并不想真正惩罚这位左膀右臂。

回到家，徐甜甜正和大儿子开视频哭诉，说爸爸不要他们了，他只好过去打断她。大儿子见到爸爸，稚嫩地问：“Daddy，what happened？”

“别听你妈乱说，等冬令营结束，我和妈妈去接你回国好不好呀？”江浩轻声说道。挂断视频电话，江浩疾言厉色：“我们的事，你跟孩子乱说什么！”

“你和别人在一起的时候有想过我们的孩子吗？”徐甜甜再也绷不住大哭，哭得肝肠寸断。这些天江浩没回家，她才意识到：这个宋小梦对丈夫来说是不同的，他也许真的会抛下一切跟自己离婚。徐甜甜泣不成声：“你不管我，也不管儿子了吗？”

她不得不承认，宋小梦很聪明，她不想离婚，哪怕已拿到了江浩的大部分财产，足够她过上优越的生活。但她还是不想离婚，不想成为被抛弃的那个人。10年的婚姻，更久的恋爱，她的血脉生生地和这个人长在一起——被扒下树干的藤蔓也能活下去，但只能匍在土里——又土又脏。

老板、儿子、徐甜甜的话交替在他耳边回荡……

暂时分开，主动道歉，接受大众批评和公司处罚，带着忏悔的心情回归家庭——这是江浩的计划。宋小梦一听就崩溃了，江浩怎么跟她分析利弊都没用。她在恶评的泥潭中还没彻底沉沦，是因为有他这最后一根稻草。她为了他身败名裂，无路可去，这根稻草却要抛下她了？这令她完全不能接受！宋小梦哭得伤心欲绝：“不是你说要跟她离婚，跟我堂堂正正在一起的吗，现在为什么要这样？”

“梦梦，我说了，不是真分手。等这阵子过去，我们再来处理好不好？现在老板完全有理由开了我，如果我跟她离婚，就真的什么也得不到了。”

“有这间公寓，我也有存款，还有什么不够？”江浩沉默。“你说啊，你就是在玩弄我吧？你怎么这么自私，你有想过我吗，哪怕是一丁点儿？”

不留余地的言语劈开了江浩费劲维持的平静，他终于喝道：“我当然想过！我告诉你，如果我现在离开小破书，不再当高管，你以为大意传媒那帮势利的玩意儿能放过你？你以为你的公寓和存款够还那堆品牌解约要赔的上千万巨款？别开玩笑了！”宋小梦怔住。好宏大的叙事，好实在的理由。

江浩喉头一动，强制自己冷静：“抱歉，你今天喝了酒，我不该跟你说这些，我扶你去休息。”

他靠近宋小梦，做出揽人的动作，她却把他推开：“你走。”

“别闹。”

“你走！”宋小梦趁着酒劲全力把他推离自己身边，一步步把他推到门外，像要把他彻底推出自己的世界。甩上门，她滑到地上“呜呜”哭起来。背靠着门板，宋小梦却感觉背后空无一物，全是命门。

江浩敲了会儿门，里面没动静。为了避嫌，他不敢在门口久站，只能缩回楼下的公寓。窗外夜雨不停，凄寒得很。他若有所失地站了好一会儿，翻来覆去地盘算，终于还是回了家。

东郭女士

DONGGUONÜSHI

“小破书高管江浩向公众道歉，称自己私生活中的不当行为和家人的不当言论给小破书的声誉和经营带来了严重影响，因此深表歉意。恳请公司对自己进行相关处理，个人会积极配合公司决定。现江浩已暂停手中工作，修复与家庭的关系……”超话#江浩道歉#冲上热搜前十，点进去第一条微博是小破书公司的官宣声明。

陈果一字字念出微博内容：“他要修复与家庭的关系，那宋小梦怎么办？”赵沂在自己手机上搜索关键词“小木木夕”和“宋小梦”，立刻有了答案：大意传媒宣布与小木木夕解约，并宣布永不录用劣迹主播，接受社会各界的监督。

她被解雇了，怎么会变成这样？陈果很气愤，感觉再没谁比她更有发言权了：“我就知道，江浩这货肯定什么责任也不想负！又是回归家庭装无辜，把别人逼死！”

赵沂没说话，继续看消息，陈果凑过去，被网友的评论吓了一跳——

“没抢到人家老公，还丢了工作，活该！”

“所有第三者都不得好死……”

“人家就是图个新鲜，她还以为是真爱呢。”

……

互联网隐藏了真实身份，更显出人间鬼蜮的滔天恶意。

太恶毒了！眼下的情况多少跟自己有点关系，陈果心虚，好像背地里做了很坏的事。如果宋小梦真想不开，也像当初的自己那样酒醉后去河边，赵沂永远都不会原谅自己吧？

她还没问他是不是该去探望宋小梦，赵沂却已经在拨电话了——他对她的关心连肌肉都有记忆。可宋小梦却不接，只发来一条信息：我没事，不会想不开，别再打扰我。

此时，他们同在的初中、高中同学群却炸开了锅，无数隐晦的诋毁，像针一样扎进赵沂的心。他一直明白，她选的这条路埋着巨大的隐患，有可能会让她的世界彻底颠覆，可这是她选的，他干预不了，但又做不到视若无睹，会替她心痛。他的脸因愤怒而发红，红得就像熟透的虾，接着又像被人粘上了青灰色的皮，没一点生气。

陈果默默看了他一会儿，感受到了他那份不是为了自己的心痛，他还喜欢她。她打开粉丝群，看着熟悉的群名：他为我做了那么多，我又应该为他做点什么呢？陈果下定决心，在手机上按下一串早就记下来的号码，发出一段消息：宋小梦，我是陈果。我有很重要的事找你，你能不能跟我见一面？不会耽误你很多时间的，谢谢了！

收到陈果的消息时，宋小梦正准备出门。她凝视这个陌生号码，思虑片刻，给对方发了一家酒吧的名字。

最近，她的手机像发了疯，不停有谩骂信息和电话进来。刚开始她还接，后来直接屏蔽。有天她回公寓，发现有人在她的门上用记号笔写下了“贱人”两个字。字小小的，是很可爱的圆体。公寓安保很好，平常叫外卖都是管家送上来，否则当初狗仔应该能拍到她和江浩更清晰的照片——既然陌生人很难进来，就一定是公寓里的人写的。宋小梦惊愕到微微发颤：就算她当第三者有违道德，但又损害这些素未谋面的人什么了？是什么让他们对她肆无忌惮地攻击，甚至攻击到了她家门口？

当天，她以最快的速度收拾了几件衣服，搬到了附近的酒店。以至于江浩来时，也没找到她。江浩的确没想过要分手，也很关心她的状况。上热搜前几天，他还给她讲了公司的全套安排，说都是危机公关的一部分。再然后，老黄单独跟她谈解约。

江浩道歉、小破书处理江浩、大意传媒与宋小梦解约，这一套能让公司整体利益最大化的组合拳是江浩本人提出来的，因此也是两家公司的必行之策。介于江浩在公司的重要地位，调任一阵子，等风头过去，很快他又会执掌大权，所以大意传媒没人敢真的为难宋小梦，天价的违约金也就被遮遮掩掩忽略过去了。甚至为了安抚她，公司还把今年的奖金给她提前结算了。

人精老黄总是选最精准的角度下刀：“你也别怨啦，就算看在钱的分儿上。”是的，宋小梦没法反抗，甚至得“感谢”情人的恩德。虽然有一瞬间，她有自爆出给江浩行贿的污点来玉石俱焚的想法，但是只有一瞬间。他彻底毁了，对她又有什么好处呢？不过是多了千万级的负债，那时，他会恨她。因为比陈果冷静理智，所以她只能接受这样的安排。可也正因如此，她觉得自己更加可悲！

和老黄谈完后，从咖啡店出来，迎面撞到一男子身上。她没抬头，连声抱歉，却听他说：“我当这是谁呢，宋、小、梦！我说你怎么好久都不给我推荐理财产品了，原来转行了。”

他一笑露出两排大白牙，上面一点烟渍都没有，却令人莫名觉得沾着洗不干净的烟油，这人是她当理财顾问时期意欲潜规则她的客户。男子两只不大的眼睛一眯，无敌的轻佻扑面而来：“说实话，你跟着那高管，还不如和我在一起，虽然我也有老婆，但至少，”说着，他的手攀了上来，“我不会让你上热搜……”

“滚！”用力甩掉他的手，就像甩开令人作呕的虫子。宋小梦夺路而逃，他却还叫嚣：“我的电话号码没变，你知道哪儿可以找到我！

都是卖，不如卖给我！”直到跑出那条街，宋小梦依旧惊魂难定。她靠住墙，被冷风吹得直发抖，止不住泪崩，一切真像场噩梦！

酒吧叫LONG，位于两条小巷间，因为是平安夜，所以还没到深夜，气氛已经热闹了起来。江浩说，选这一天做公关，也是为了稀释大家的关注度。难道不是为了阖家团圆吗？宋小梦嘲讽地笑了，她选了最角落的位置，摘下口罩、墨镜，点了瓶调味伏特加。自斟自饮一阵，一个猥琐的青年坐到对面，笑嘻嘻地邀请她：“能跟你喝两杯吗？”他主动帮她满上，又给自己倒酒。

“我朋友马上来了。”宋小梦不想搭理他。

青年不依不饶，喝下酒后又给自己倒了一杯：“别骗我哦美女，我观察你很久了，最近几天你一直都是一个人在这里喝酒。告诉哥，你是不是寂寞了？我可以陪你呀。”他的眼光就像毒蛇芯子，在她身上游走。她美得有点清高，但大多数男人最喜欢扯开装模作样的袍，露出她们原本的样子。

“想约我吗？”青年眼睛一亮，听到她冷笑，“也不看自己长得什么样，你也配？”她冷漠地把手抬起，在空中招了招。

“臭女人，少给我装！”青年愤怒值飙升，但还未发泄，服务生就来了：“女士，有什么需要？”为避免闹事，这间酒吧配置了两个专业保安，听说其中还有退役的特种兵，大部分服务生也身材魁梧，这也是宋小梦选这里喝酒的原因——安全。

宋小梦指着对面人：“他骚扰我。”

“她开玩笑的，我是她朋友，你看不出来？”青年臊眉耷眼地说。服务生有点蒙，这里是酒吧，经常有人借酒撒疯，不知哪句是真哪句是假。

宋小梦问：“我叫什么名字？”

对方眼珠一转：“Teresa，对，就是Teresa！”

“真名。”

“这里认识的人，哪里会知道真名？”

宋小梦充满寒意地望向服务生：“再不处理，我报警了，今天是平安夜，你也不希望警察来吧？不然你去查监控，看看他到底是不是和我一起来的。”

人高马大的服务生这才回过神：“先生，请您回到自己座位，不然我们也挺难办的。”

青年瞪他一眼，骂骂咧咧起身，又听到女人刻薄的声音：“Teresa是修女，傻子。”心情的糟糕让脾气也很糟糕，于是口吻也很糟糕，宋小梦没有心思注意，陌生青年的眼神里那股怨毒的怒气。

10点的时候，驻唱歌手来了，酒吧的音乐有了灵魂。宋小梦又喝了两杯，开始微醺，心想或许真应该尽情放纵。酒吧的门这时被推开，一只“米白粽子”走进来，挨桌瞅清人的脸，最后停到她这里，声音小小的：“你、你好。”

唯恐错过机会，陈果出门时连妆都来不及化。她捏紧手机，尝试着找个开场白，然后单刀直入主题。过来时她打了不少腹稿，第一、第二、第三的条条框框都列得清清楚楚，可见到真人却口舌燥热，要和半个陌生人谈心……还是很困难。好在宋小梦并不怕生，还给她倒了杯酒：“坐。”

“找我干什么？来看我当初没听你们的劝，现在有多惨吗？”宋小梦小口喝着酒，脸上好像糊着层冷漠的膜。

“现在你看到了，我被公司开除了，全世界都在骂我，连他也跟着老婆回了美国。”说着突兀地笑了，“你很开心吧？”

“不、不是的……”陈果垂下头，好像真的做错事了。

宋小梦连喝了好几杯纯伏特加："说吧，找我到底有什么事？"

陈果搓着指节，在心里蓄力，只见手机上闪过一条赵沂的信息："滚哪儿去了？"语气不无担心。怕他没完没了，她犹豫了一下还是回复了："在和朋友聊天。"

"在哪儿聊天？"问这么详细干吗，查岗？他是她的谁啊，但她还是顺手给他发了定位，也不知道干吗要告诉他。

嗯，自己应该更勇敢一点，为他做点什么吧？赵沂帮宋小梦点举报时，她碰巧发现了作家的"小号们"。那些小号竟都在她的粉丝群里，其中一个ID还似乎和每个在她漫画下留过言的粉丝都联系过，劝别人进群。回溯粉丝群的最初，竟就是小号们在互相讨论，给她营造了一个其乐融融粉丝大家庭的假象！那时，她正因为受不了负面评价而不想更新吧？眼泪一下就下来了，怎么有人这样傻啊？做什么都是默默的，不想让人知道呢。

陈果还是低着头，吐字却清晰了一点，像在背诵一篇自己并不喜欢的课文："其实今天找你，是想问你愿不愿意回到赵沂身边？他一直都很喜欢你、很关心你，也放不下你。你出事，他很痛苦，连觉都睡不好，整天拿小号帮你吵架。我是想说……如果有可能的话，不要错过一个这么爱你的人。"

灯光幽暗，很难看清宋小梦的表情。

"是他叫你来的？"

"不、不是！是我自己想来的，我是觉得，你与其将大好青春耗费在江浩身上，不如珍惜身边人。"

宋小梦冷笑："赵沂是个好人，但跟他在一起，会觉得生活没有希望。他太理想化，他那些自以为是的写作梦想根本没法实现……"

"难道跟江浩这样的有妇之夫在一起，你就觉得有希望吗？"压抑着的怒气蹿上来，陈果讨厌宋小梦这样贬损赵沂和他的希望，尤其是她离开他，跟江浩在一起："江浩是比赵沂有钱、有地位，他什么都有，就是没有心！而赵沂，他一直能陪伴在身边，和你共同成长。生活的希望不可以只是建立在别人身上！"说完这番话，陈果自己也吓了一跳，她居然在教训宋小梦？

对方怔住："我跟赵沂怎么样是我的事，你有什么资格对我指手画脚？"

是的，她没有资格："可是，他真的还很喜欢你。"

宋小梦盯着她，眼神古怪，几秒后，她爆发出疯魔般的笑声："哈哈……你知不知道，你真的很可笑！绝了，你和赵沂真的好配，一个东郭女士，一个南郭先生！也不看看自己帮的是谁！"她给陈果斟满酒，"为了睁眼瞎，干杯！"

宋小梦将剩下的酒一饮而尽，穿好外套，戴好墨镜，伴着迷醉的音乐要离开，虚浮的步伐好像在跳舞。陈果愣了愣：她就这样走了吗？可是她还有话没说完，追着宋小梦到后门问她："东郭女士和睁眼瞎是什么意思？"

后巷里小雪轻飘，地面湿润，灯光远远照来，没有温度。听到问话，宋小梦转头。她醉了，醉了就可以乱说话，"难道你从来没想过，你和江浩的事情是怎么暴露的？"

陈果呆呆的，她真的从未想过，不是徐甜甜吗？

"哈哈，其实……是我！是我告诉徐甜甜的！"陈果瞪大眼睛，简直不能做任何反应。宋小梦还在笑，满是无所谓的语气："因为那时候我不想当第三者，我怎么能当第三者？不可以的。我想跟他结婚，于是每天跟他闹，他很烦，说要冷静冷静。"北风刮在脸上都感觉不到疼，"结果我发现，我们冷战的时候，他竟跟你在一起！那我算什么，我算什么？所以我匿名给江浩的老婆发了邮件！哈哈，不然她在美国，以江浩的谨慎，连跟你在一起的房子都是临时租的，徐甜甜怎么能发现你们？哈哈……现在你还来劝我和赵沂在一起，要我追求幸福，你真的很好笑哎！”她笑，笑了很久，以致呛到自己都咳红了脸。

雪落在两人肩头，积了薄薄一层。陈果握紧拳头，脸后知后觉地发热：所以她早知道她，在自己跟着赵沂去“拯救”她之前？所以是她让自己丢了工作，还差点丢了性命？陈果不知道该笑该哭，还是该去扇她一耳光。看着她震惊的样子，宋小梦满意地转身而去，反正她已经沦落至此，隐瞒真相也没有必要了。摇摇晃晃间，她的身影分外孤零零。陈果还在原地，再站久一点就成雪人了。赵沂，这就是你最喜欢的人吗？

正在这时，不知从哪儿窜出两个男人，朝宋小梦的方向快步走去，边走边说：“前面就是刚才那货吧？我倒要看看，待会儿她还笑不笑得出来！”

救救我们

JIUJIUWOMEN

赵沂对着自己的小说发呆，正在回想刚才电话里编辑对他讲的话——

“你每篇小说的大纲都很好，细纲也不错，就像你那篇得奖的文章一样，脑洞大开、处处反转、结局意想不到。但正文就太一般了，让人没有读下去的欲望。”人设无亮点，语言不优美，叙述很乏味，就像钝钝的石头，很容易就沉在每年几百万部的网文长河里。最后，编辑发来了一堆网站的选题单，让赵沂找出可签约的潜力股，他说：“我每天至少要过几十个选题，如果不是极有特色，根本没时间仔细看。”

这是首次有编辑把他的作品问题讲得那么明白，他高兴，又不高兴。高兴的是，小说不会死不瞑目；不高兴的是，编辑说的任何一项缺点他都不是没努力改良过，可还是不够。也许他就不适合写小说吧。

发呆，直到胸口发闷，赵沂的目光不自觉往屏幕下方的时间扫：都半夜了，陈果怎么还没回来？跟谁聊天需要聊那么久，不会是漫展遇到的那个叫小白的男画家吧？聊天为什么要在酒吧……越想思维就越不受控，他又给她发了信息：什么时候回来？

没有回复。

不会在回来的路上遇到什么事了吧？她发来的地址在一片老小区里，虽然离CBD不算远，但还是鱼龙混杂。赵沂没来由地担心，最后骂骂咧咧地裹上外套，决定去接她回来——这么晚了，我是怕一个女孩子不安全，不管是哪个女孩子都一样，没别的。

他哪会知道，陈果正一脸呆傻地面临又一个人生难题。那两个从她身边经过的陌生青年追上了宋小梦，一左一右拉着她。宋小梦反抗了一下，可她醉了，对方又是男人，所以没挣扎多久就被他们带走了。

隐隐知道他们的意图，但她还气着，心想：宋小梦又不是什么好人，就让她自生自灭吧！理智上不打算理会，胸腔却“咚咚”在跳，好像有位正义的小人在拉扯自己。

三个人渐行渐远。

女子受侮辱后失去灵魂的眼、反抗无果后的绝望，还有痛哭流涕的亲人和爱人……灵魂又出窍了，她全身一颤，不行，不能袖手旁观！不是大气到以德报怨，是没办法知道前面是深渊，而自己可以阻止的时候却无所作为。

陈果赶紧折回酒吧，向服务生求助。此时正是酒吧最忙碌的时候，今天又是平安夜，小费是双倍，服务生记挂着送酒，实在没空管她。何况说是“有男人拉走了朋友”，难保是饮食男女在自行欢乐。陈果急得扯他的袖子：“人命关天！”

“那就报警啊。”服务生睨她一眼，急匆匆忙去了。

再不追出去，可能连人都找不到了。陈果闷头冲到外面，边往那三人去的方向跑，边打110，结结巴巴地把事情和地点描述完，又给赵沂拨电话，可他没接，她只好发送了个同步定位，最后对着手机吼：“有危……”“险”字含在口里，手机屏一闪，没电了。

跟着他们拐进小巷，陈果看到一人正发动摩托车，另一人扶着神志不清的宋小梦。就这么冲过去吗？可那俩人一拳就可以把自己打成肉酱……腿软了，要不就撤？不要再做一次“城市英雄”了吧？何况要救的那个人还是宋小梦！可等他们走掉，就没机会了！从心从心，这次没有人怂恿，是我自己选择的！

裹紧衣服，陈果抖着腿，心也在狂跳，装作路过，朝他们走去。扶着宋小梦的青年见有人跟来，投来谨慎的目光。陈果这才注意到，宋小梦的嘴里被塞了东西，但她假装什么也没看到，低头小声说：“不好意思，麻烦让一让。”貌似平静，声音却在细微颤抖。青年不疑有他，侧了侧身。说时迟那时快，陈果用尽全部力气扯过宋小梦：“快跑！”一切发生得太突然，等两个大男人反应过来，她们已跑出了好几米。

“臭女人，别跑！”车旁的男的大吼，立刻追上来。

陈果拉着步伐不稳的宋小梦在小雪中狂奔，后巷又黑又长，像巨大的蜘蛛迷宫，看不到哪儿才是出路。更要命的是，巷中空无一人。

“这边！”见前面有岔路，陈果立刻转过去，可宋小梦饮酒过度，快跑不动了，速度越来越慢。后面的男人却快跟上来了，怎么办？忽然间，路的尽头出现了一片亮光……出口？心中燃起希望，陈果咬牙，拽着宋小梦，跑到大街上就安全了！然而，等她们跑到近前才发现，路的尽头是面墙，是条实打实的死路。一盏不高的路灯出其不意地立在墙角……这到底是什么奇怪的设计？摩托车声响起，后面的男人追上来了，她们被逼进了死胡同。

“管什么闲事呢？”路灯把来人的脸照得清清楚楚，陈果害怕极了，感觉每块肌肉都在发抖，五脏六腑都在轰鸣，手脚已不属于自己了。她咬牙说：“她是我朋友的朋友！”

前面的男的回答得很轻佻：“巧了，她也是我朋友。她想跟我们一起……玩。”

“不可能！”陈果鼓起这辈子全部的勇气，尝试着用最凶狠的目光瞪着他们，像只小羊在发火，“我告诉你们，她爸爸是刑警，她老公是特警，你们今天敢动她，好好想想自己会是什么下场！”这张口就来的口才，或许是和赵沂在一起久了近朱者赤？

俩男人交换眼色。面对陈果筛糠似的腿、颤抖的声以及她全力维持着的奶凶奶凶的脸，他们笑出声：“那就让她爸和她老公来抓我们呀！”

啊！远水救不了近火，换个台本：“我刚才报警了，警察马上就来！”

“跟她废话那么多干吗？一起带走！”后面的青年搓搓手指，前面这个虽然长得一般，倒也不是不可以凑合凑合。

“别过来！”陈果惊恐地大叫，“我、我得了艾滋……救命，救命，救命啊！”这是老旧小区里最阴暗、最无人理会的一片区域，远处的黑暗、近处的暗黑，变成巨大的恐惧将陈果整个包围。宋小梦为什么会在这个地方喝酒？赵沂人呢？警察为什么还不来？！

面前俩男人步调一致，越走越近，陈果吓得快崩溃。宋小梦紧紧后缩，酒精让神经麻木，求救卡在喉咙里，怎么也叫不出声。腿由于惊恐暂时麻痹，后仰摔了个大跟头。陈果赶紧站到宋小梦面前，像老母鸡护雏一样将她护住：“没事吧？”

真蠢，你和赵沂都很蠢，到这时候关心的居然是我，东郭女士和南郭先生，愚蠢的你们。宋小梦睁大眼，脑中想的却是江浩，他的平安夜一定很平安吧，阖家欢乐，天下太平。

陈果终于憋不住眼泪，“哇哇”哭出来：她的一生怎么这么糟心，什么都不行就算了，好容易才重整旗鼓，却要折在这里吗？男人越靠越近，陈果的脑子空白得只剩三个字：玩完了。千钧一发之际，巷口一个单薄的人影如猛龙过江般冲了过来！

凌晨的天空洋洋洒洒飘着小雪，是一个寒冷的夜。陈果给赵沂打电话时，他手机静音了没注意到，回拨过去已是“您好，您所拨打的用户已关机”。等他看到微信，登时大感不妙，赶忙进入陈果发送的位置共享，可她不在酒吧里，而是在后面的小路上——是软件定位不准吗？

这时，离终点还有一千米，拼车的师傅拐了弯，赵沂急了：“师傅，走这条路干吗？”

“先送前座这位女士，然后才到您呢，别急，一个一个来。”

赵沂忙不迭叫停，朝陈果的定位狂奔，好像回到了高中的长跑考试。冲进酒吧时，赵沂已气息不稳，他随手抓了个服务生，打开定位给对方看，跟着指示找到了后门，又一路追到了陈果“失踪”的位置，四下无人。

“有危”是什么意思？委屈、委托、微博、微词、位置、伪装……还是有危险？该死的陈果，话不说完是什么意思？天天叮嘱她出门要带充电宝，就是不听！不一定是出事，但愿她只是手机没电，现在已经回家了。就在赵沂胡乱猜测时，他听到前面传来几声“救命”，那声音太熟悉了！

“滚开！”赵沂冲过去一把推开最前面的人，后一眼看到了那团反光的“米白粽子”，“粽子”没出息地瘫在地上，看到来人是他，哭得更厉害了：“赵沂，你死哪儿去了？”

宋小梦也唤了一声：“赵沂……”小梦？她怎会在这里？陈果今晚来见的竟是小梦，她来见她做什么？这些问题还来不及想，刚才被他推开的青年就对着他兜头一拳，打得他一个趔趄，赵沂的嘴角出血了。面前俩人身形高大，有种莫名其妙又无比熟悉的逼迫感令赵沂心中一颤，爬虫脑储存的记忆以他未曾意识到的方式闪过，他想逃。可他根本来不及逃，第二拳又上来了。

“逞什么英雄？”青年围着赵沂就是一顿暴打，他们对男人可不会手下留情，拳脚又准又狠。赵沂立马被捶翻在地，挣扎几次效果微弱，只好蜷起身子护住头：好疼，会被打死吗？陈果尖叫：“住、住手，你们会打死他的！”她爬起来想将人用力拉开，可刚扑上去就被反手推翻。

“别管我，快带着她跑！”赵沂大吼。

“不行……”

“跑！”

陈果只好回头看宋小梦，却发现她不知什么时候已晕了过去。这时候，青年开始踩赵沂的手，一下比一下更狠，像要把它们踩烂！她什么都顾不得了，用肩顶开前面的俩人，蹲下抱住赵沂。一眨眼，拳脚便落在自己身上，只是一下就让她疼得快死掉了。

不疼了？赵沂睁眼，发现是陈果挡在自己前面，连头都不护地任人踹——一看就没挨过打！他心头一紧，眼眶一热，赶紧把她圈住，替她挡住大部分拳脚。

细皮嫩肉的脸贴在冰冷粗糙的地上，被摩擦出生生的疼，陈果痛哭：再这么下去，他会被打死的。早知这样，她就不该给他发信息，不该来见宋小梦，不该一直跟着，不该去京北河边，不该遇到江浩，不该只身来京北，不该被生下来……谁来救救他们？如果有神的话，请救救我们！

chapter 10

第 10 章

永远流动

“想小便吗，给你拿尿壶？”陈果把盒饭放好，问得很殷勤。得到了对方一个欲言又止的白眼，她不识眼色地再加一句，“老憋着对肾不好。”

那晚没有天神，只有110的巡警从天而降，当场控制住那两个酒后滋事的流氓，还叫来救护车把他们3个人送到最近的京北市第三医院。宋小梦很快苏醒，经过检查，她只是低血糖外加饮酒过度。陈果身上的瘀青也无大碍，倒是赵沂断了根肋骨，全身多处软组织挫伤。

宋小梦想留下来照顾赵沂，但被他劝住：“你现在情况特殊，先回家吧，我没事。”她确实被吓傻了，心里乱，于是也没坚持。

“小梦，好好照顾自己。”他言语间是无限的挂念。

办完手续的陈果回来正好撞见这一幕，宋小梦看了她一眼，神色复杂。她刚走，陈果就说：“我也回家了。”

“你回家干吗？”

“我回去好好照顾自己！”他刚刚如此奋不顾身，也许都是为了他的前女友。

“照顾自己？你得留下来照顾我！”

“凭什么？”真是好过分。

赵沂没好气：“就凭我是你的房东。”

一周后，宋小梦来探望赵沂，她把一头长发剪成齐耳短发，三千烦恼丝一去，整个人显得凌厉干练。赵沂首先担心她的状态，左右看看，低声警告："你怎么过来了？不会被人发现吗？"

宋小梦心中一暖：赵沂很不喜欢冲突，在学校时回避一切有肢体对抗性的运动，那晚他一定很疼、很害怕吧。

"你好点了吗？"

"没事的，医生说休息一个月就会好了。"

宋小梦很愧疚："都怪我。"

沉默中传来欢快的声音："哎呀，现在的水果贵得真离谱，一个苹果都要好几块，很快我们连吃苹果自由都没有啦！"陈果刚出去洗水果，端碗进来又撞见宋小梦，还有她与赵沂说不清意味的停顿，脚步立刻慢下来。她把水果往赵沂怀中一塞，刚好碰到他的伤处，赵沂疼得闷哼了一声："能不能轻点，要杀人吗？"

"苹果你自己削，我、我有点事要出去。"说话间，陈果已迈开脚步。

"什么事？"

"就、就……我答应了给粉丝寄福利！"陈果说着小跑出去，中途还左脚碰右脚差点绊倒。赵沂皱皱眉，家里都快揭不开锅了，她还有钱搞粉丝福利？

宋小梦拿过搁在他身上的水果："我来吧。"她削皮比陈果灵活多了，一根苹果皮从头削到尾不会断，像一条顺遂的人生路。削着削着，她说："谢谢你。"

赵沂笑道："终于有机会为你出次头，但好像比较像狗熊？英雄不该是被干翻在地的那个，哈哈。"

"已经很好了。"比很多人都好了。

从医院回到酒店，宋小梦胡乱吃了些东西就睡了过去，一直睡到次日凌晨。醒来后，手机上的未读信息很多：同学、朋友的八卦信息，还有爸妈的道听途说，以及江浩的一句“你怎么样”。她什么都不想回，泡在浴缸里，直到手指的皮肤泡得发白。

“你还好吗？”赵沂的微信就像记信号弹，让宋小梦一个激灵。她从浴缸起来，给江浩打电话。打了3个，对方才接。接听后，对面又过了很长时间才有声音：“梦梦，昨天你给我打电话的时候我在转机，发生了什么事吗？”他还是很有耐心。

宋小梦言简意赅地把事情讲了，只是省去了陈果和赵沂。

“那现在呢，你还好吗，受伤了吗？”

“没有。”

江浩松了口气：“那就好，你是女生，一个人要注意安全。对了，你还有什么要我去争取的吗？”他好像想尽力弥补，却弥补不了那个被掏空的灵魂。

宋小梦疲倦地说：“江浩，我不想谈工作。”

“那你好好休息。”

落地玻璃窗外是长夜，他那边的窗外是白昼。日夜分明，日夜轮回。没有人妥协，就永远不会交会，时差不同，又不肯变换地点的人们，不会看到同一片天空。宋小梦咬唇：“你什么时候回来，我们到底怎么办？”

电话里传来敲门声，一个童声在问：“Daddy, come out to our party!”

儿子的声音一传来，他就匆匆挂掉了电话：“我很快就回来，乖乖等我回来再说，好吗？”随后是“嘟嘟嘟”的挂断音。宋小梦闭上眼，地球的背面，加州没有雪，他们一家4口，或其他朋友，应该在堆满礼物的圣诞树下举杯畅饮吧？

昨天噩梦般的场景浮现。宋小梦睁眼，外面的夜那么黑，黑到星星好像都不存在了。头发上的水、身体上的水一起冷了下来，冷得她打了个喷嚏。她把自己裹起来，在玻璃窗前站了整整一夜。天亮时，烟灰缸里堆满了烟头，就像一个小小的倒转的心。

陈果在医院的走廊里走来走去无事可干，她哪儿有什么福利要发。上上下下溜达一圈，看微博看了大半个小时，以为宋小梦差不多该走了才往病房去，结果刚走近赵沂的病床边，就听见他前女友的声音："我们还能重新在一起吗？"

宋小梦背对着她，又拉上了帘子，谁都没发现陈果进来。这一句入耳，她慌忙转身，蹑手蹑脚出了病房，脑子轰然一惊，往走廊直直走去。不用听，她知道他会怎么回答。她竟真来跟赵沂复合了，就像自己劝她的那样。不是好事吗，可为什么自己那么伤心？心头被什么东西压住，根本喘不过气，又仿佛心被切掉一块，"哗哗"在流血。陈果没意识到，自己的眼泪都下来了。

病房内。

"你说什么？"赵沂着实吃了一惊。

"我问你，我们还能重新在一起吗？"

好像是他一直期待的事，期待着她的回归，期盼着她的爱。赵沂曾无数次想过，如果有一天她回来，哪怕并不那么爱自己，他也一定会毫不犹豫张开怀抱。他以为自己会毫不迟疑地说能，可他竟开不了口。也许这是唯一的机会，可他沉默了。他为什么开不了口？最后还是宋小梦问："你还喜欢我吗？"

喜欢吗……赵沂惶惑，所以又是沉默。

"我懂了。"宋小梦挤出勉强的笑容。人就是这样，这样问，也许未必是真的还想跟对方在一起，但当意识到自己不再是对方唯一守护的人，对方不再随叫随到，心里总是会失落。好像在海上航行的人，虽然暂时很安全，却明白自己永远失去了一根浮木、一艘救生艇、一个逃生舱。还有莫名的生气，不承想有一天，赵沂都能拒绝自己。原来没有人会一直是永远待命的浮木、救生艇和逃生舱。不过也难怪，她早就没有高高在上的资格了。

赵沂却像知道她的心思："小梦，你知道你在我心里是很好的。好到以前……我一直觉得自己配不上你，所以在一起的时候，我每分每秒都小心再小心，生怕梦碎掉了。"

"现在是我不配了，对吗？"宋小梦笑得凄惶。

她的前男友没有立刻回答，而是用心斟酌了一下才说："不是。"

"你选择了一种你认为值得的爱，我也不想批判什么。我可能不太认同，但那是我的想法。只是我现在不想再思考配不配了，如果相爱，就算最后分开，当时也是配的吧。所以不是你想的那样，不是的。"他顿了一下，"其实，我有个问题憋在心里很久了，可我们在一起的时候，我从来不敢问你。"

"什么问题？"

"你当时为什么会和我在一起，你喜欢我吗？"难道是肋骨断了，一了百了就重生了的缘故吗？曾经以为绝不会问、绝不敢问、也绝不会有机会问的问题，现在居然轻易就问出口了？宋小梦感觉：赵沂真的有什么地方不同了。

谢谢，再见

XIEXIEZAIJIAN

虽然还在医院，但赵沂的手能活动后，又开始营业，计划已久的视频终于上线了。另一个视频平台上的漫画呈现方式更简单。陈果演出想象的场景，最后一帧表情和漫画无缝衔接，数组内容衔接出几十秒的小视频。

《学渣少女》里，她一身蓝白校服望着分数榜上垫底的名字，沮丧得红了眼，下一秒是她捏着试卷同样的表情；《恋爱下下签》，她在台灯下一直看手机，日升月落，没有等到回复；《被“情人”》复刻徐甜甜来办公室闹事的剧情，画中她被泼满咖啡坐到了地上……好形式、好内容，再加上平台扶持，账号人气直线上升，粉丝的增长比微博还要迅猛。

短视频的小成功，算是陈果决定离开前最好的消息了。那天她在病房外靠了一小会儿，梦游般到医院的小花园转了转，等发现自己没穿外套时，浑身都冻僵了。阴天的室外树木光秃秃的，几串缠绕其上的粉色假花格外碍眼。陈果怔怔看着：这就是结局了吧？他救了她，她尽力帮了他一回，这就够了。手机的提示音响，陈淑芬女士唠叨了半天春节的安排，陈果起身时腿一麻，差点站不稳。或许真应该考虑回家了，京北有什么留下的理由呢？

那个平安夜的晚上，为了庆祝这个原本属于西方人的节日，赵沂做了一桌西餐：水波蛋、烤火鸡、三文鱼沙拉，还买了便宜的葡萄酒。陈果吃得特别开心："你做的水波蛋真好吃，你又没出过国，为什么会喜欢做西餐呀？"

赵沂当时回答得很放松："小梦喜欢吃，没在一起的时候，我就老看她在朋友圈里发西餐的图片，发现水波蛋的出镜率最高。"

"所以是为了追她才学着做的吗？"陈果还是问了。

他笑得憨憨的："最开始不是，她在京北，我在兰城，无论是地理、还是心理距离都很遥远。我从来没想过会和她在一起，也不明白自己为什么要学。但她说，她确实是从吃了我的料理之后才开始喜欢我的。"他喜欢她，即便她离开了。他为什么来京北？除了写作梦，还为了她。就是见他为了同学群里的消息难受，那天她才决定要去找宋小梦。

早走、晚走都要走，还不如主动一点。大部分衣服鞋子、书本杂志都装箱寄回了家，只剩下几件冬装。把"京北好市民"的奖状和为了去三亚专门买的狗仔帽仔仔细细收起来。房间里还有剩下带不走的家居品和那只从漫展带回来的狐尾玩偶——自从有了这个娃娃，一和赵沂拌嘴，她就抱着它不说话。他气她，说她用实力给自己赢了位终身伴侣。可她就要走了，还是把这个终身伴侣留给他作纪念吧。

赵沂从医院回来，发现家里格外窗明几净，连卫生间里乱七八糟的护肤品都没了，心里奇怪："你怎么开始收拾屋子了？"他还没康复，陈果不愿意那么早刺激他，于是骗他："这叫'断舍离'！"也许是她想多了，他并不会因此受刺激。

直到赵沂感觉不到疼，日子都过得简单而节省。

又过了两天，再次复查，赵沂完全没问题了。回来的路上，陈果才说起自己准备回老家，票都买好了，是当天深夜的那班特价航班。

“这么快？”赵沂着实吃了一惊，她瞒得真好。

“也不快，要过春节了。”

“过完节什么时候回来？”

他竟以为她还会回来？陈果停住脚步：“我应该不会再回来了。”她笑，故意用轻松的语气，“要彻底滚回老家啦！”

赵沂的嘴张了张，像吐泡泡的金鱼，只是吐出空气，但没有内容。想问她为什么不回来，但他有什么资格？

“这么快，来得及收拾东西吗？你东西多得跟杂货铺似的……”说些无关紧要的话，似乎就能阻止会发生的紧要的事。

“已经收拾好了。”

难怪最近家里那么干净。阳光很明亮，赵沂的胸腔起伏了一小下：“回去也好，京北这个城市太不宜居了。”

他没有劝她留下，也没有问她为什么一定要走，陈果知道会是这样，可还是很失望：“是啊，京北河边的风好大，快要把我的脸划出口子了，我一点都不喜欢京北。”她笑得好快乐。

然而，此刻的桥上没有风，黑色的河流缓缓的，像凝固了。两人也都不说话。似乎过了一整个世纪，赵沂才张嘴：“我请你吃火锅吧。”

开头吃得很沉默，两人都真心真意在吃，很久没有如此大快朵颐了。

“宋小梦呢？”她知道不该问，却还是忍不住。如果不是自己跟他在一起，她还是希望他幸福。

“她散心去了，虽然热搜撤了，但她心情还是不大好。”赵沂并没听出什么不对，问她，“回家后你要做什么，考公务员吗？”

“不知道，反正有房住、有饭吃，饿不死，可以慢慢想。不过必须和我妈掐架，说不定还得走上悲壮的相亲之路。”

是呢，对很多人来说，结束京漂就要回归到另一个层面的现实中。陈果去相亲，应该会口齿结巴、一个字都说不出，被人当成智障吧？赵沂莫名笑起来，可心里很难过。他不想去思考这难过是从哪里来的，于是问：“还会画漫画吗？”

“会，毕竟我是有很多粉丝的人，微博上都破3万啦，还有一个300人的粉丝群，都是活粉。而且我昨天看了看短视频账号，又多了一百多个粉丝，这势头很快就会有人找我谈广告啦！”

他笑笑，这是他想听到的答案。

“你呢？再这么晃荡下去，很快就交不起房租了哦。”

“编辑说……我评审网文的眼光还不错，问我要不要去他们网站面试网络编辑，我还没想好。”赵沂苦笑，“可能这就是典型的眼高手低吧。”

“真不打算再写了吗？”宋小梦在医院和他表白的那天正是跨年。夜晚的窗外烟花四起，病号们都趴在窗前看热闹。新一年又要到了，时间向前奔赴，谁都没法逆流，像奔腾的京北河。她才知道，原来他救她上岸的那天，把自己的梦想亲手扔进了水中。

“哎，别说这个了。”他岔开话题，“你那漫画，我给你想了最后的脚本，就差收尾了。对了，我还给你写了几个新选题，你可以看看有没有感兴趣的，回去发给你。”原来他在医院里奋笔疾书是为了这个，陈果心头一热，却强迫自己不要感动，一感动就会撼动自己离开的决心。

“还有，你要在网上招个人帮你拍摄，其实你自己也应该学学剪视频什么的，我那儿有资料……”事事有交代，句句都真心，都好洒脱的样子。离别前最后的开心就像落日的霞光，只一瞬，很快就不见了。

京北八爪鱼一样的新机场，每天每时每刻都在上演着相聚和分离。

“进去吧。”有些事无可挽回时，就宁愿主动一步——赵沂之前也不这样，他很会回避。小时候是对着爸妈、同学，毕业后对着工作，后来是对着小梦。他不想面对结果，也宁愿不知道原因。

但从什么时候起呢？一点点的，不同了。也许是他在巷口见到陈果被欺负冲上去的时候，也许是在漫展上他拉着陈果举手的时候，也许是陈果说很羡慕他的时候……

“正直善良，有梦想、有抱负，反应很快，很聪明，碰上不平事，热血又慷慨，遇到需要编谎话的场景，反应也一流……爱干净，还有做饭很好吃。”他一直都记得这些话。

陈果有点难过，因为他看上去不难过。点头说了句“保重”，她拉着行李箱走向安检口，走了两步又转头。他站在空旷处，像棵孤独而伶仃的树，不高大，还病恹恹的。赵沂看着她的身影完全没入安检口，最后消失。他觉得机场真空旷，虽然到处都是人。

他转了3次地铁，最近的那站在京北桥附近。从地铁站走回家约20分钟，赵沂却第一次觉得那么萧瑟和漫长。行至桥中，万家灯火，没有一盏是属于他的，那边没有，这边也没有。头顶无月无星，连天空都孤独。口袋里的手机振动，是陈果发的信息：“谢谢，再见！”

看上去很短，却被陈果修改过无数遍。最初的版本是：谢谢你——谢谢你第一天相遇就救了我；谢谢你一直在医院照顾我，给我提供住处；谢谢你鼓励我重新画漫画，帮我设计剧情，还给我做短视频；谢谢你让我慢慢忘记绝望，走出那段恋爱带给我的PTSD（创伤后压力心理障碍症）；谢谢你……浑浑噩噩那么多年，却依旧很普通，可现在我觉得生活中又有了叫作希望的存在——明明有太多要感谢，可纸上得来终觉浅，删删改改，最后只剩了四个字。再见，也许不能再见，可是但愿再次相见。

半地下室那么小，却空旷得像刚刚去过的机场，寂静得好像能听见不存在的风声。白墙、沙发、茶几，还有简易的双人床，与以前一样，却又有哪儿不一样：床单是她喜欢的浅粉，床头放着怪里怪气的狐尾玩偶，茶几上是网上买来的毛绒小熊纸巾盒，沙发抵着柯南形状的靠垫，冰箱磁贴压着内容奇奇怪怪的便笺，从这头到那头的白墙上挂着两条劣质的小灯串儿——雁过留声，总有什么抹不去。

其实，他也有很多要感谢的事情。说不上来她具体为自己做了什么，可就这样一天天的，每天帮着她策划内容、创作脚本、搞定视频，忙忙碌碌，觉得活着也挺好的。她说他救了她，可如果不是她，他现在会是什么样子呢?

赵沂坐下来，打开电脑，对着屏幕发了很长时间的愣，不知道该干什么。她都走了，也不需要他再做什么……陈果在时还未察觉，可她一走，他是不是就真的成了废物?空气安静得令人难以忍受，窒息感又回来了——可过去，他不就是一个人在这间屋子里度过的吗?鬼使神差打开微博，发现陈果更新了漫画，就在刚才，她什么时候画的?

你愿意的

NIYUANYIDE

以落水为分界点，被救、救人、自救，陈果的成长故事越来越温暖：断腿躺床上画漫画的认真，为粉丝一句夸赞的开心，与室友酒后吐真言的自在，漫画节得奖时的腿软……都是小事，也都是小确幸。

最新的这一更，现实和想象调了个儿：现实中，她在小礼堂里跟一个男子拍摄视频素材；可在想象里，男人却从不远处的门外走进来，清秀的脸，白色的小礼服，门后的光晕染过来，他朝她笑着，在白光中，他们拥抱着，背后长出了天使的翅膀……

这是陈果漫画的新番，她从没告诉赵沂自己写了这样一段。整理寄回家的东西累了，背靠在床边，看赵沂给她做的视频，这一条他镜头里的她很好看，就像真正的新娘。尤其是她转身看向他的那一眼，仿佛在看清风朗月，温柔无比。她突然泪流满面：现实里，他们终将分离，但在想象中，他们能不能在一起？

条漫是定时发送的，时间就在刚刚，却很快就收获了很多评论——

"终于等到更新，还以为断更了呢！"

"画风又成熟了，好梦幻，喜欢喜欢！"

"这也是画师大大自己的故事吗，是大大喜欢的男生？"

……

置顶的第一条，是陈果自己的留言：亲爱的大家，这是我在京北的最后一次更新，今天我就要回老家啦！今后我也会一直画画的，因为我自己想画，也因为有个人希望我一直画下去，感谢大家的支持！抱拳！

眼睛酸涩，赵沂抬手一摸，是泪水，而后有更多的泪水涌出。人就是很矛盾的动物，赵沂敏锐细腻、情感丰沛，可除了酒后，他很多年没主动哭过了，即使是在小梦离开的时候。赵爸爸深信男儿有泪不轻弹，男孩哭显得不阳刚、没出息。小时候赵沂每回哭唧唧都会被揍，哭得越大声，被揍得越狠。因为怕被揍，赵沂就不敢轻易哭。久而久之，泪腺也萎缩了。于是之后无论遇到再难受的事，心里再憋闷，只要人还清醒，他就不会流泪。可是人的泪腺是天赐的泄洪口，积累在心中的雨水、湖水、河水，最终会冲毁一切的城楼。

“我羡慕你是因为至少你有梦想，知道自己想成为什么样的人，就为之努力和奋斗。”

“正直善良，有梦想、有抱负，反应很快，很聪明，碰上不平事，热血又慷慨，遇到需要编谎话的场景，反应也一流……爱干净，还有做饭很好吃。”

“谢谢你，谢谢你……”

一连串的话犹如棒槌将他打醒，赵沂查了查她说的特价航班，带着身份证冲了出去。

一直以为自己在等小梦回头，以为自己心无旁骛，以为只要她开口，自己永远都是会为她戍守的卫兵。然而那天小梦来看他，开了口问他是否能重新在一起，他却犹豫了，那样的犹豫连他自己也惊讶极了——这不是他做梦都在期盼的事吗？他没直接回答，转而问了那个他一直疑惑的问题。小梦的回答是：有一点点，但可能没那么多。

赵沂刚到京北时，壮志凌云，可那却是宋小梦最难过的时候——她交往多年的男友劈腿了。男友是京北本地人，在某基金做股权投资，业绩好时年入不菲。两人读研时认识，没多久就交往了，双方父母也见过，过了年就打算结婚。可他却出轨了公司的实习生，像着了魔似的，坚决要跟宋小梦分手。

一切来得太突然，她不得不搬出男友的房子，一切从头开始。她找了间老小区的合租房，生活质量断崖式下降。每每回家看着乱七八糟的过道，她就心烦意乱，所以她从不让赵沂去她住的地方。居住条件的恶化并不是最令人绝望的，最绝望的是宋小梦发现自己的前景竟如迷雾一般：她要如何才能在京北留下来，难道仅凭自己刚过万元的收入吗？

她心里乱极了。就是那时候，她在同学的婚礼上重遇赵沂。他看向自己，目光依旧赤诚热烈，心动掩饰不住。次日还给她做了早餐，是她最喜欢的水波蛋。前男友会带她去吃昂贵的早午餐，却从不动手做。那天阳光美得就像滤镜，令宋小梦忽然觉得，生活真美好啊。

宋小梦抱歉地说：“也许我当时是把你当成了浮木……我竟还想尝试第二次，真是昏了头。”

赵沂没生气，反而笑了：“你是有错，错在选了根朽木。我不好，我没能力照顾你。说真的，我以前真的认为自己的小说能马上火起来，我会有很多钱，也能给你买你想要的东西。是不是很幼稚可笑？我说爱你，却不为你做什么，光顾着自我感动。小说数据明明没水花，却感觉自己一定能成为大神，坚持不去找份工作，只能住那种地下室——这样的我，让你很难受吧？你跟我分手，我真的一点都不怪你，我只怪我自己。”交往那么久，赵沂从未这么平心静气地和她推心置腹。

宋小梦的眼眶也热了，她知道他变了，稍显突兀地问：“赵沂，你是不是喜欢那个陈果？”

那时，他一口否定：“当然不是！”他到底是撒了谎，还是没发现？

还能赶上吗？地铁肯定来不及了。赵沂破天荒地打了专车。陈果微信没回复，电话也打不通，特价航班没延误。等赵沂赶到机场时，飞机已经起飞了。

终究还是没赶上。新机场灯火通明，空间大得吓人。赵沂慢慢蹲下来抱住自己，好一会儿，情绪才稍稍缓和。重新查看订票软件，订最早的航班机票去找她。刚订完票，陈果的电话来了，赵沂难以置信地接起来——

“在干吗？”她好像很虚弱。

“现在飞机上都可以打电话了？”他答非所问。

"我没上飞机。"

所以她还在机场？赵沂心中狂喜，他太久没有这种感受了！到最后一刻，她是不是也发现自己根本不想走？他激动地问："你在哪儿？"

"当然在机场。"

"我是说在机场哪儿？我来找你！"

10分钟后，几乎是从洗手间里爬出来的陈果，见到了飞奔而来的赵沂。他白皙的皮肤变得潮红，也许是跑得太快的缘故。她奇怪地问："你怎么还没回家？"

他破天荒头一次按住她的肩，像要喜极而泣："这个时候说好像不合适，但我怕我不说就没机会了，下一刻就不敢了。陈果，我投出的作品一个都没火，我也不知道自己还有没有能力写作，我甚至没有一份像样的工作。我这样都没办法给你未来，这些我都知道！我会去面试网络编辑的，再不行，我就回老家石化系统上班。可你愿不愿意相信我一次，给我一个机会？"

他语速很快，陈果完全没反应过来："什么机会？"

"你愿不愿意和我在一起？"经过昂贵的专车、极度的失望、破釜沉舟的决心、峰回路转的变故，赵沂的勇气值此刻攀上巅峰，他不等她回答，几乎脱口而出，"你愿意的是不是？不然你也不会不上飞机，对不对？"他看着她，用最憧憬的目光。陈果终于明白了他的意思，脸上开心得像炸开了烟花。

"告诉我，你为什么不上飞机？因为什么？"心里有个声音重复着——因为我，因为我，你是因为我！

面对赵沂急切的催问，陈果脑袋空空，腹中"咕咕"作响，回答完全依附本能："因为我肚子疼。不行了，我还要再……"

原来是急性肠胃炎，医生让她输液，这样见效快。医院没床了，两人只能坐在输液室外。陈果把脸撇到旁边，那么重要的时刻，她居然……不能回想，回想就是不想活了！

在火锅店没管住自己的嘴，到机场她就开始不舒服，接着不停上厕所，最后登机广播一遍遍响起“请旅客陈果速到38号登机口，您乘坐的航班即将起飞”，她还在马桶上不能“自已”，然后明明白白误了机。

护士小姐姐过来帮陈果换药水，提醒说：“她的手不能垂下来哦。”又不满地看了眼赵沂，“你帮着托一下啊。”

赵沂晕晕乎乎地问：“脱、脱什么？”

“托她的手啊，怎么当男朋友的？”

在护士的指导下，赵沂就像对待圣火一样小心捧着陈果的手肘，两人间的姿势变得非常暧昧。陈果感觉自己被电了一下，赵沂也双颊绯红。好一会儿，他听见她很小声地说：“其实，有一件事我一直没敢告诉你。那天我太气了，把宋小梦和江浩的事画了出来，莉莉来家里玩的时候看到了……”前前后后讲了一遍，她声音更低，“你是不是觉得我很坏？如果我没有画出来，或者去告发了莉莉，宋小梦可能就不会这样惨了……”

赵沂愣住了。陈果坐着，一副听凭发落的样子。也许他清楚了真相，就会收回之前所说的话。可她不愿心存侥幸，这么多年她一直当鸵鸟，现在不想了，不想把自己埋在沙子里，假装对已经发生的事一无所知。

可能是几秒钟，也可能是好久。陈果听到他说：“现在你们扯平了。”小梦来医院的时候告诉他，是她找人拍了陈果，还匿名给江浩的老婆发了邮件，宋小梦说：“我这样对她，那时她还愿意救我，让我挺意外的。”人性本就是最复杂的东西之一。

憋了那么久的秘密终于说出来，陈果轻松了许多。“对了，你在机场问我什么？”

那股劲儿过去后，赵沂又羞了起来：“我问你为什么不上飞机？”

“再之前呢？”赵沂的嘴被锁死，根本开不了口。

“你要是再问一遍，我就说愿意……”她的手迅速被另外一只手覆盖住，两张白皙的脸都红了。

然而，被赵沂抓住的那只手又挣脱开来，年轻男人错愕：“你这么快就反悔？是你说愿意的！”

“我、我……有一个条件。”陈果顶住对方全面撤退的压力。

“什么？”赵沂也很忐忑，不是要房要车吧？

“你不能放弃写作，你要一直写下去，好不好？我就这一个条件，你答应我，我就答应你。”

“为什么？”

她垂着眼眸，脸发烫，不敢看他，却知道他一定在看她：“是你帮我把梦想捡起来的，我、我也想这样……”以前自己没有资格，如今可以这样要求一次吗？U盘是扔了，可是只要你还在，脑中哪会只有“一兆”的内容？

凌晨4点的冬夜的医院，他们仿佛融化在这片寂静里。终于，陈果听到了一句下定决心的“好”。这次，她主动握住了他的手，心里充盈着莫名的东西，膨胀着，发散着，好像世界这样就行，不用更好了。

柳暗花明

LIUANHUAMING

互联网的记忆很长，但注意力却很差。自从宋小梦被解约，江浩回美国“避难”，小破书发力公关媒体，宋、江二人的热搜早被撤下来，一切又归于平静。在这平静中，小破书的申报很顺利，江浩终于被老板召回京北。然而当他去找宋小梦时，却惊讶地发现她搬走了。

其实这段时间，宋小梦根本没回家，也没去散心，而是处理掉了公寓。虽然在京北待了很久，但收拾东西不过就是几天的事，她决定离开了。酒吧的事让她后怕不已，她不敢想象假如陈果没跟出来，假如赵沂没螳臂当车，假如巡警没及时出现……她希望江浩回来，可他依旧没回来。他在美国，可是美国又不是月球，她遇到了那样的危险，他为什么不回来？她觉得她可能永远也等不到他了。

江浩站在宋小梦的家门口，没发现铁门上的字，只觉窝火。去美国这几天，因为老婆、儿子在身边，所以很少主动联系她，她也不联系他，他以为她在生气。平安夜他接到宋小梦的电话，很担心她，也考虑过回来，然而那时候徐甜甜扣下他的护照，每天和他吵架。

他打了28个电话，宋小梦终于接了，电话里有雨声，京北也在下雨。

“你在哪儿？”电话里只有她的呼吸，显然她不打算告诉他。“为什么？”

我筋疲力尽了，这爱让我窒息，让我身败名裂，让我差点死掉，可我还是爱你，宋小梦想。江浩又在说爱她了，那声音是那么好听，可以让她沉浸在里面。所以她才趁着他没回来，把一切都处理完了，但她的心还有一点没有完全熄灭的灰烬，她用最后一点希望问："IPO程序走完了，你离婚了吗？"

挂掉他的电话，宋小梦咬住手指，撕掉指尖的死皮，好疼。他说他会离婚，可现在他得到期权了，为什么问题的答案还是"会"而不是"是"。她的账户里躺着一千万，还有一处公寓，以后就算不工作，也能在京北一直生活下去，这是多少人一辈子也挣不到的资产总额，她还是得到了报酬。只是没想过自己就这样黯然退场，像个最不重要的配角，连告别都不愿意了。其实，她手上还有很多证据可以威胁他，就像徐甜甜用房产、期权和儿子逼他一样。可她懒得做了，那样跟她在一起的人，只能算奴仆。雨一直下，不知现在赵沂和陈果在一起了吗，他们那样的人，在京北要怎么活下去呢？

冬季的雨天，被宋小梦担心着的两人正在粉色被子里温存，手机铃声突然响了。听见陈淑芬女士专属铃声的陈果，推开身边的男人，赶紧接听，接着就听见妈妈的怒吼："陈果，包裹都到家那么久了，你什么时候才给我滚回来？"

两个滑腻的身体拥在一起时，接到家长的电话格外尴尬。陈果脸红："那、那个，其实我决定暂时还是待在京北……"

话还没说完，淑芬果然炸了，又开始了老生常谈："你在搞什么？不是说在京北待不下去要回家的吗？你从小干什么都不行，在京北肯定混不下去，赶紧滚回来！你二姨把相亲对象都给你找好了……"陈果的脸皮被掐住，赵沂露出一个"我饶不了你"的表情，居然敢背着他找相亲对象！

耳边是熟悉的"滋滋滋"声，淑芬女士的口水喷到了手机上。真是烦死了，激情被打断的陈果，一面担心男朋友以后会不会被电话惊魂而身体受影响，一面暴躁了起来："我哪里什么都不行？还不是你一直说我不行，我才不行！我不行吗？我还行！"

淑芬很惊讶，这是陈果长到现在头一次这样反驳她，"你行个屁！脑子不行，学习不行，跟人交朋友也不行，30岁了还没结婚，连个正经的男朋友都没有！"

"阿姨好，我是陈果的男朋友。"赵沂的声音出其不意，"我叫赵沂，27岁，兰城理工毕业，目前在京北的互联网公司工作。我们相识、相知、相爱半年了，会在京北互相帮助，好好生活的。"

他的意外插话把陈淑芬吓了一跳，女儿旁边怎么会有男人的声音……刚才训斥陈果的话不会被他听到了吧？她极其要面子，当下简直尴尬死了，赶紧寒暄几句，主动挂了电话。之后她心中有点五味杂陈：27岁是不是小了点儿？兰城理工是什么学校？互联网公司还行，听上去还算有前途……哎，他们不会被自己的一个电话给搅黄了吧？

陈果也惊呆了，陈淑芬也会有不好意思的时候？惊讶完，她转向肤白眼青的男人："我们不是刚在一起没多久吗，你怎么能骗我妈说交往了半年？"

赵沂脸不红心不跳地损她是"文盲"："骗什么骗啊？我又没说交往，我说的是相识、相知、相爱！我骗她了吗？"真是咬文嚼字的专家。

"那在互联网公司工作呢？你这个无业游民！"

赵沂翻过身来准备继续刚才的温存："所以我答应了编辑，明天去面试！"就像她说的，如果孤注一掷的经历失败了，也可以妥协，反正只要活着就能写，而且能一直写下去。

“怎么样，怎么样？”见赵沂出来，陈果飞奔上前。今天是男友面试网站编辑的日子，公司的地点就在小破书所在的产业园，怎么全世界的公司都在这里？

赵沂哭丧着脸：“不怎么样，面试官问了我好多问题，我一个都不会，估计没戏了。”

这么出师不利吗？她挽住他的胳膊：“没事没事，现在我能靠画画赚钱了，虽然不多，但养你还是没问题的。”

“我不能让女人养我！”赵沂甩开她的手。

“这叫互相扶持！不是你跟我妈说我们会在京北互相帮助、好好生活的吗？”赵沂掩面，陈果急眼，他不会是哭了吧？

“我吃你的、住你的、用你的这么久，你都没跟我算账，现在反过来怎么就不行啦？别这么性别歧视好不好！”

“真的？”赵沂从指缝里看到她重重点头，一脸严肃，这才将手拿开，“其实……我通过了！”刚换上喜笑颜开的表情，脚上就传来剧痛，面前人竟泄愤般地狠狠对着他的脚踩了下去。

“幼稚，害我白担心！”踩完一下，又一下，再一下！

“还有完没完？”赵沂伸手扯住她的脸，她又变成熟悉的大柴犬：“我又没骗你，他们本来不打算要我的……”

面试官那时犹豫，虽有熟人推荐，但赵沂毕竟没经验，到底要还是不要呢？干脆冷处理，让他回去等消息算了……这时，她的分管领导进来巡视，看了眼赵沂的简历，有点惊喜：“这是你策划的？”

说的是陈果那部《重燃》。他改简历时，女朋友死活要把条漫和视频的数据写上，私心是要在男友的生活各处都留痕，但表面美其名曰：“现在就流行这种能变现的IP策划能力，咱们全平台都快百万粉丝了，还不说明问题吗？绝对是个加分项！”巧合的是，领导竟是《重燃》的粉丝，被小礼堂婚纱的表白视频感动到不行，自然相谈甚欢。于是赵沂被当场录用，部门也从网文部换成了刚建立的IP策划部。

“叫你不把话说完，让我着急上火！”陈果还是不放过他。两人掐得不可开交，一个大熟人飘到了他们面前：“好久不见。”

莉莉的脸上全是疲惫，她最近的日子并不好过。回归一姐的位子，接替所有原本属于她的工作，本来应该爽歪歪。可由于丑闻的连锁反应，很多原本的好项目都变成烫手山芋，甲方的态度陡然强势，提了一堆要求，弄得她工作量大增。更烦人的是，前几天老黄和江浩被查出有利益输送的嫌疑，双双被暂时停了职——之前答应她的ID解绑，自然就没了着落。

“说是两人通过流量倾斜什么的，拿了不少好处。”

“可公司上市，他不就财务自由了吗，为什么还要冒险呢？”陈果好奇道。

“谁会嫌钱多呢？反正这事还在调查中，如果真有问题，老板可以追回所有期权，江浩一分钱都得不到。对了……其实我一直都想跟你说声抱歉。”莉莉眼里有十分的真诚，“最近品宣部的人查出来，那些发帖和热搜是我们的对家熊猫传媒买的，大意传媒挖了很多他们培养的网红，他们股东也是小破书的直接竞争对手。所以当时检索到宋小梦的消息，就拿来大做文章。我确实自私，可我当时控制不住，对不起。也很谢谢你没把这件事说出去。”

“你在干吗？”莉莉走后，陈果一动不动，赵沂立刻紧张了。

她晃晃脑袋，牵住他指节分明的手，笑眯眯地回答：“没事。”我曾希望他身败名裂，那强烈的恨意如此决绝。可现在，我也不会寄望于对方受到所谓的惩罚。命运对我最好的馈赠并不是以彼之道还施彼身，而是给了我更多生命的支点。

步行回家，陈果想起来："对了，之前我们去小礼堂取景，不是只能师生入内吗？你跟大爷说了什么，他就放我们进去了？"

"我跟他说，我女朋友以前参加活动时就特别喜欢这个礼堂里的羽毛光束，今天是她生日，我想在里面求婚，希望他通融通融。"

怪不得当时大爷露出了过来人那样的笑容……"大骗子，你简直撒谎成瘾！"

"我哪里撒谎啦！"赵沂自自然然牵起她的手，"这叫剧情后置，我很有预见性吧？"陈果的手好柔软，像他现在的心情，摩挲间又能感觉到她因绘画而生出的细细的茧子，仿佛风雨沉淀出的岁月屏障，能抵御随时可能而至的风雨。

快到京北河时，手机铃声响起，是不认识的号码。最近陌生来电实在猖獗，内容无外乎贷款、投资、房产、考研，所以听到对方说"请问是赵沂先生吗？想问问您的漫画版权卖出了没有"时，赵沂回答得没好气："没钱，穷死了！"

"您是赵沂先生吗？《重燃》是您的漫画吧？我是网不易的版权编辑，之前您不是在漫展活动上报名了我们网站的漫画大赛吗？来电是想告诉您，有家影视方对您的作品很感兴趣，想通过我们咨询漫画版权的价格。我们在微博和短视频平台上都看了内容，觉得很适合改编成网络大电影或短剧，但不确定作品的版权情况怎么样了。"从漫展离开前，赵沂的耳朵敏锐捕捉到网不易在征稿的信息，他劝陈果去投稿，却遭到拒绝。跟她走到门口，想了想，他还是借口上厕所，返回舞台边填信息、报了名。

"故事主题太治愈了，每个片段都很真实可爱。想象对比现实的设定十分新颖，画面生动有趣。您知道吗，现在女性题材大热，但展现'就算不优秀也努力活着'的作品并不多。《重燃》很接地气，立意也很积极，所以我们真的非常看好这部作品的影视化，各平台下面粉丝们的互动也印证了我们的观点。所以如果版权还没卖出去的话，要不要考虑交给我们独家代理？网不易漫画的资源在全国都是顶级的，如果由我们来代理，一定会全力以赴进行包装，真正对漫画赋能……”

“谁啊？”陈果见赵沂心梗般的模样，奇怪地问。

赵沂颤颤巍巍指着电话：“版、版、版权，有人要买版权……”他拉着陈果的手，往脸上用力猛拍，“打我，打我！”

“你疯了吗？”

“我就是想知道，这是不是真的。”

她张嘴往他的胳膊上一咬，疼得他“嗷——”地喊起来：“是、是真的！”

眼前峰回路转，视野一下开阔起来，又到了京北河。顺着广场走到河岸边，他们丝毫没察觉这就是当初相遇的地方。午后时分，两岸人声嘈杂，虽在冬日，却一派生机勃勃。

两人心潮澎湃，牵着的手都出汗了，却还是紧紧扣在一起。他和她正好差半个头，他只微微垂眼，她只轻轻仰头，就能看到彼此的眉目。她又白又软，像软糯的包子；他又白又瘦，像秀气的玉笛。阳光洒满京北河，河水在阳光下波光粼粼，竟一点也不黑暗。心中不知是什么样的感情在发酵、翻涌、奔腾，就像这河水永远流动，永远不绝。

（全文完）